村裡來了女廚神 下

文創風 1216

予恬 著

目錄

第二十六章 急速接近

杜蘅上前一步溫文爾雅地同人打過招呼，白婆婆看著這一對年輕小夫妻，笑得見牙不見眼。

雨水如注，白婆婆手腳俐落地收拾著攤子。「唉唷，雨越下越大了，走吧，跟我一塊兒去家裡避避雨。」

宋寧回頭同杜蘅商量。「相公，這雨來得急，回去的路不好走，咱們等到雨停了再回去？」

杜蘅沒什麼意見，兩個人幫著白婆婆收拾好東西，就去了她家避雨。

大雨嘩啦嘩啦下了約莫兩刻鐘，烏雲隨後散去，天空放晴。

兩人去街口搭牛車回村裡，牛車上大多是附近幾個村趕集買東西的村民。

趕牛的馮老頭甩著鞭子，唱著一首不知名的小調；婦人們擠在車頭，嘰嘰咕咕地說著閒話；男人們坐在車尾抽著葉子菸，眾人中間堆滿了雞鴨、糧食和各色雜貨。

宋寧和杜蘅就坐在那堆貨物旁邊，牛車行過一個水坑時，車身猛的晃動了一下，宋寧就這樣撞在杜蘅身上，她抬頭十分抱歉地朝他笑了笑。

車上的人都被晃得東倒西歪，對著趕車的馮老頭就是一陣罵罵咧咧。

杜蘅見她臉色有些發白，蹙眉問道：「沒事吧？」

話音剛落，便見她扶著車欄，「哇」的一聲乾嘔了起來。

一個四十來歲的婦人盯著小夫妻兩個，笑呵呵道：「唉唷，小後生，你家媳婦一看就是有身孕了，婦人家懷胎都這樣，過了頭幾個月就好了。」

其他幾個婦人跟著點頭附和起來，一會兒熱心腸地囑咐宋寧當心，一會兒叮囑杜蘅要照顧好自家媳婦。

婦人們妳一言、我一語的，宋寧壓根兒沒有解釋的機會。

她無奈地朝杜蘅笑了笑，小聲道：「相公，她們好像誤會了。好在這牛車上的人都不認識咱們，等下了車就好了。」

杜蘅點點頭，察覺到她的臉色越來越差，挨在自己身側的肩膀也微微發抖。

「冷嗎？」他皺眉問道。

宋寧抱膝將自己縮成小小的一團。「許是方才淋了雨，有些受寒。」

杜蘅脫下身上的外袍將她裹住。「妳要是覺得不舒服，可以往我這邊靠著。」

宋寧感激地笑了笑，歪頭靠在杜蘅肩上，身上傳來他袍間的溫度，鼻尖嗅到乾淨清爽的皂莢味混著幾縷淡淡墨香，心中的躁鬱頓時漸漸被撫平……

「三娘，妳醒了？」

宋寧一睜開眼睛就發現自己躺在家裡的床上，孟蘭手裡端著藥碗站在床邊一臉擔憂地望著她。

「娘，我這是怎麼了？」

孟蘭放下藥碗扶她坐起來。「妳這孩子，身上來小日子了還風裡雨裡地往外頭跑。妳不知道大郎抱妳回來的時候可把娘嚇壞了，生怕妳有個什麼閃失。」

宋寧苦笑一聲，這便是這副身子最大的毛病，每逢月事不在床上躺一、兩日是過不去的。「對了，娘，相公呢？」

孟蘭抿嘴笑了笑。「你們前腳剛到，報喜的官差就上門了，這會兒他去村口送客了。」

宋寧一下子來了精神，拉著孟蘭的手道：「您是說……相公他考中了？」

孟蘭十分欣慰地拍了拍她的手背。「這孩子不聲不響又考了個案首回來，這次考上就是童生了，有官府發下來的文書，說是往後可以到縣學、府學裡讀書，若是成績優異，還能享每月幾斗米的待遇。」

宋寧很高興，皇天不負苦心人，杜蘅往後的路會越走越遠，考上童生不過是個開始。

過了一會兒，家裡又來了許多道喜的村民，孟蘭母女兩個出去招待大夥兒，劉慧娘則提著一籃子枇杷進來探望宋寧。

宋寧欲要起身相迎，卻被她按著肩膀坐回床上。

劉慧娘打量著宋寧，笑道：「別動、別動，妳這未來的秀才娘子如今可矜貴著呢。」

宋寧拍了拍身旁的位置拉她坐下。「就是舉人娘子、進士夫人也要穿衣、吃飯、下地走路，哪裡就那麼矜貴了？」

劉慧娘矮身坐到她身旁，抿唇笑道：「三娘，妳可知今日是杜大哥親自抱著妳回來的？」

宋寧有些窘迫地點點頭，詫異道：「怎麼這事大夥兒都知道了？」

劉慧娘忍不住笑道：「杜大哥抱著妳在前頭走，羅里正領著報喜的官差跟在後面追，直至追到門口才把人攆上，結果妳猜杜大哥怎麼說的？」

宋寧腦補出羅里正提著鞋子在杜蘅身後追趕的畫面，忍俊不禁道：「怎麼說？」

劉慧娘清了清嗓子，學杜蘅的語氣說話。「羅叔，先請客人到屋裡坐，容我去請個大夫。」

宋寧笑了笑，又聽她道：「妳不知道如今村裡的大姑娘、小媳婦們有多羨慕妳。」

其實劉慧娘也羨慕，畢竟她曾真心愛慕過杜蘅，知道他這一路走來有多不容易，只是可惜自己沒那個福氣。

如今宋寧真心待她，又看得出杜蘅待宋寧的不同，她便真心實意地盼著他們小倆口好。

宋寧聽後腦子裡噼哩啪啦炸開了花，又羞又窘，一時不知道該怎麼跟她解釋自己跟杜蘅不是她們想像的那種關係。

翌日，宋寧吃過早飯在床上躺了小半個時辰，覺得身子已經大好了，剛想要去地裡看看，一打開院門就看見宋小滿、宋小福兩個小豆丁邁著小短腿朝她撲了過來。

「小姑姑！」

「我們來了！」

宋寧目瞪口呆地盯著掛在自己腿上的萌娃，彎腰蹲下去朝他們兩人臉上印上一個親親。「小滿、小福，你們怎麼來了？你們爹娘呢？」

兩個小的笑嘻嘻地指了指身後的方向，宋寧順著兩根小指頭看過去，就瞧見吳雪兩口子大包小包地扛著東西走了過來。

「你們兩個小崽子跑這麼快，是要累死老娘嗎?!」

聞言，宋小滿、宋小福朝娘親吐了吐舌頭，一溜煙地躲進宋寧身後。

宋寧快步迎上去接過吳雪胳膊上的兩只大籃子，道：「大哥、大嫂怎麼來了？來就來，帶這麼多東西幹什麼？」

只見宋平笑著撓了撓頭，他還沒開口，就聽見自己的媳婦搶先道：「小妹，恭喜恭喜呀，這雙喜臨門的好事我和妳大哥自然要過來討杯喜酒喝。」

說完她喘了一口氣，用手肘碰了碰宋平道：「爹怎麼跟你交代的，你倒是說呀。」

宋寧還沒反應過來什麼叫「雙喜臨門」，就聽見自家大哥道：「爹說，姑爺成了童生是天大的喜事，本該全家人都過來給他道賀的，只是家裡有事走不開，就……就派我們一家子來道喜。」

吳雪嫌他說了一大堆卻沒說到重點，急得搶過話頭道：「唉呀，這家裡有事，就是妳二嫂有了身孕，妳二哥寶貝著呢，連帶著爹娘也跟著操心！不過呀，等她這胎坐穩了就好了。」

宋寧聽說姚靜終於如願有了身孕也很高興，想著過幾日得了空再回去探望她和爹娘。

吳雪的視線落到帶來的東西上。「喔，這只籃子是娘買的五十顆雞蛋，那只籃子裡是家裡樹上結的櫻桃，還有妳大哥手上那些米、麵是咱們家的一點心意，希望妳和姑爺不要嫌棄才好。」

宋寧心下感動，拉著吳雪往屋裡走。「大嫂說的是哪裡話？你們能來，我和相公開心還來不及呢。快進屋去歇歇，我去給你們做荷包蛋。」

一聽有荷包蛋吃，宋小滿就拉著宋寧的衣角問道：「小姑姑，能不能幫我多放點糖？」

宋小福嘛嘴。「小姑姑，我也要！」

吳雪沒好氣地瞪了兩個小傢伙一眼，可一想到今天是在姑爺家作客，心裡高興，也就由著他們去了。

幾個人進屋安置好東西，宋寧就要進灶房燒火做飯，吳雪悄悄將宋寧拉到角落裡，從懷裡摸出一個黃紙包著的東西遞給她。

宋寧一臉疑惑地接過東西，問：「大嫂，這是什麼啊？」

吳雪低頭掃了她平坦的小腹一眼，神秘兮兮地道：「小妹啊，這個妳拿著，能保佑妳為姑爺生下個大胖小子。」

宋寧無奈地搖搖頭，問道：「大嫂，我真沒有，這事你們是從哪裡聽來的？」

吳雪捂嘴笑道：「上次你們從鎮上回來坐的可是馮叔的牛車？」

馮叔，下河村趕牛車的馮老頭，宋寧恍然大悟，又聽她道：「馮叔昨晚上咱們村吃酒席時什麼都說了。」

宋寧只覺眼前一黑，猶如憑空一道雷劈下來，將她劈得外焦裡嫩。「酒席上說的？那豈不是相當於全村人都知道了？」

吳雪點頭。「差……差不多吧。不過小妹，這也不是什麼丟人的事情，不怕人知道。」

宋寧嘆口氣道：「今日家裡割小麥，他們都去了地裡。」

吳雪一聽便急了。「唉唷，他一個讀書人怎麼還幹這些？」

說完她便三步併作兩步地邁出去，朝著杵在院子裡的宋平吼了一嗓子。「當家的！妹夫在地裡割小麥，咱們快去幫忙吧！」

「欸，好！」宋平作勢就要往外走，兩個小豆丁巴巴地跟上去。

「爹，小滿要去！」

「小福也要！」

吳雪想到兩個小崽子上回去地裡滾了一身泥巴的事，扠腰怒吼道：「都給我老老實實待在家裡，哪裡也不許去！」

兩個小的見求娘親沒有用，淚眼汪汪地拉著宋寧的胳膊。

「小姑姑，我們也想去田裡玩……」

「帶我們去好不好？」

宋寧頓時心軟，朝吳雪笑道：「大嫂，讓他們去吧，咱們去了地裡，他倆在家沒人看著。」

吳雪拍了拍腦門。「瞧我，真是氣糊塗了。」她蹲下身對著兩個小的耳提面命道：「要去可以，但是得乖乖跟著小姑姑，不許瘋跑，否則老娘竹板伺候，記住了嗎？」

兩個小豆丁收起眼淚，點了點頭。

宋寧回灶房燒好茶水後，拿出早上做的蒸餅，帶著大哥一家子去了地裡。

有了吳雪兩口子的幫忙，杜家的小麥不到半日的工夫就割完了。

晚上宋寧置辦了酒菜招待大哥一家人，他們吃完飯，就帶著宋寧新做的鹹鴨蛋回去了。

杜蘅今日下地幹活，身上與頭髮上都沾了泥巴草屑，雖然回來的時候已經匆匆換洗過，可臨睡前仍覺得不夠乾淨，又燒了水準備從頭到腳再仔細洗一遍。

如今家裡沒有多餘的屋子，平常宋寧洗澡都是趁杜蘅不在家的時候搬了水盆在屋子裡洗，現在她要歇息了，沒有比較方便的位置能讓杜蘅洗。

杜蘅表示自己可以去後院沖涼，但宋寧覺得沒那個必要，她取了床單，兩頭捆上繩子做成一道臨時的帳子。

等到杜蘅開始洗了，宋寧躺在床上聽見帳子後面傳來嘩啦啦的水聲，不禁面紅耳赤。她裹著被子在床上滾了兩圈，又蒙著頭躺了一會兒都睡不著，正準備起身披衣裳去院子裡坐坐，就看見他穿戴整齊地出來了。

宋寧微微一怔，下意識地道：「這麼快？」

杜蘅點點頭，背過身去扯了巾子來擦拭頭髮。

宋寧狐疑地看了他一眼，見他面頰微微泛紅，猜測他一定是不好意思才匆匆沖洗完畢，也不說破，只是好整以暇地抱膝坐在床上看他。

此時杜蘅穿著一件乾淨的素色裡衣，水珠順著散落的髮絲滾落，打濕了衣裳，濕答答地黏在皮膚上，看起來不是很舒服。

「相公。」

杜蘅聞言回頭，就見宋寧眉眼彎彎地朝自己招了招手。

「你過來，我幫你。」

還不待他反應過來，便見她穿了鞋下地，不由分說地抽走他手裡的巾子，按著他的肩膀在凳子上坐下，自己則繞到他身後為他擦頭髮。

杜蘅脊背僵直，手指緊握扣在膝上，感覺到她忽近忽遠的呼吸聲，一顆心好似被人緊緊攥在手中任意拿捏，既盼著這樣的時光長一點，又想快些從這種曖昧的情況中解脫。

「好了，相公。」

宋寧收起巾子，見杜蘅仍然挺著脊背，便歪頭去看他。「咦，你的臉怎麼這麼紅？唔，還出汗了，這麼熱嗎？」

杜蘅憋了一口氣，深深看了她一眼——燈下的小婦人一頭烏漆漆的長髮垂順地披散在肩上，長睫低垂、眼神清澈，像是一隻無辜的小獸，可嘴角那一絲狡黠的笑意卻出賣了她。

他恍然大悟，這一切都是她有意為之，她就是一隻狡猾的狐狸，一步一步地引誘獵物心甘情願地踏入自己設下的陷阱。

杜蘅平復了呼吸，收起她手裡的巾子，出去倒完水回來吹滅蠟燭，躺上了床。

然而那小婦人並不打算就這麼放過他，她先是在床上翻來覆去地折騰，等到他終於無法裝作視若無睹，開口問她「怎麼了」。

就見她翻身爬起來，雙手托腮，目光灼灼地望向他。「相公，你也睡不著嗎？那正好，我們聊一聊。」

杜蘅起身要去點燈，卻聽她又道：「不用，就這樣說。」

他有些摸不透她的心思，卻鬼使神差地按她說的做。

「今日大嫂來，你知道是為了什麼嗎？」

杜蘅點點頭，說出自己知道的那個原因。「爹讓大哥跟大嫂過來道喜。」

宋寧先是點頭又搖了搖頭。「是來道喜的，不過卻不單是為了你考中童生的事。」

杜蘅疑惑地望向她，就見她摸黑從枕頭下掏出一樣東西。「大嫂給了我這個，說是能保佑有孕婦人生兒子的符。」

宋寧把事情的來龍去脈簡單說了一遍。「你說馮叔怎麼是個嘴上沒把門的？經他那樣一說，鬧得我爹娘和我家那些叔伯嬸嬸都深信不疑……」

她越說越氣，杜蘅卻是聽得忍不住輕笑出聲，提醒道：「妳是不是忘了妳我本就是夫妻？」

他們既然已經結為夫婦，生兒育女是遲早的事，這樣的誤會實在算不上惡意，卻不想黑暗中傳來她輕輕的一聲嘆息。

「你我雖然是夫妻，但也是迫不得已。若是將來你遇到了真正心儀之人，時機到了我也會成全，不過眼下只要咱們做一日的夫妻，就得遵守本分，我這人有點小心眼，不喜歡別人在背後覬覦我的東西。至於生兒育女這樣的大事，你不情我不願的怎麼能……」

宋寧自顧自地說著，全然沒有察覺到他逐漸冰冷的神色。

杜蘅頭一回聽見她說這種話……這才是她內心真實的想法嗎？

什麼叫迫不得已？什麼叫她會成全？什麼叫你不情我不願？

原來她從未想過要跟他共度餘生，這字字句句猶如千斤，沈甸甸地壓在他的胸口，令他喘不過氣來。

杜蘅忽然起身，穿上鞋往外走，他走得太急，胳膊撞到了櫃子，卻絲毫不覺得痛。

宋寧詫異地盯著他道：「相公，你要去哪裡？」

杜蘅的腳步頓住。「屋子裡悶得慌，我想出去走走。」

他的語氣有些不對勁……宋寧察覺出一絲端倪，穿了鞋追上去伸手攔在門前。「不行，我還沒說完，你哪裡都不許去！」

藉著朦朧的夜色，他沈默著凝視了她一會兒，她被看得底氣不足，剛想轉頭，卻見他忽然上前，雙手搭在門框上，幾乎是將她整個人圈在了懷中。

「你……你做什麼？」

宋寧被嚇了一跳，下意識地想拉開距離，卻誤打誤撞朝他的肩撞了上去。

第二十七章 探府城

「別動，娘在外面。」

杜蘅的聲音從頭頂上傳來，宋寧感受到了撲面而來的滾滾熱浪，聞到他衣服上乾淨清冽的氣息，甚至還聽到了他強而有力的心跳……她可恥地發現自己心跳得不能自已。

如今自己比他矮上了一個頭，顯得氣勢不足，她有些不服氣地挺直了腰桿，用力將他推開些許，用口形道：「那咱們去裡面說？」

杜蘅滿臉疑惑地看向她，她無奈地搖搖頭，扯著他的袖子往回走，走到床前才鬆手。

「你方才是不是生氣了？我可是說錯了什麼？」

杜蘅沈默地看了她一眼，自嘲般地笑著搖了搖頭。

今日看見她牽著兩個姪子站在田埂上的那一刻，他心想她應當很喜歡孩子，將來他們也會像普通夫婦那樣兒女繞膝、共享天倫，如今看來是他一廂情願。

宋寧察覺到杜蘅的情緒有點低落，暗自回想自己說出的那番話到底有什麼不對的地方。當初他們成親確實是迫於無奈，夫妻之間有名無實也是事實。

她想不出有什麼不妥的地方，除非……

「還是說你覺得我方才的話太過薄情，沒有考慮到你的感受？你該不會……」宋寧話說到一半，突然詫異地捂住了自己的嘴巴。

如果他不喜歡她，怎麼會在意她說出那種話？只有喜歡才會在意不是嗎?!

宋寧搖了搖頭，試圖將這個荒誕的念頭趕出腦海。

沒錯，杜蘅一直待她很好，可她覺得他待自己好更多是因為責任，而非喜歡。畢竟他就是這樣一個人，當初她待他那麼惡劣，他也未曾想過休棄她。

兩個人各懷心事地躺回床上，宋寧翻了個身對著黑漆漆的帳子，被自己腦子裡的想法驚得無法入眠，半晌後聽見他突然開口道：「我既娶了妳，就沒打算再娶別人，這樣的話以後休要再提，除非……除非是妳自己生了什麼別的心思。」

宋寧琢磨著他話裡的意思，揪著被子胡思亂想了一陣，終於忍不住道：「那個……相公，你是不是有那麼一點點喜歡我了？你們讀書人不是常說『窈窕淑女，君子好逑』嗎？你正是情竇初開的年紀，喜歡一個姑娘不是什麼大不了的事情，當然，喜歡我就更不是什麼丟人的事情了，畢竟我聰明、能幹、會賺錢……」

說到這裡，她忍不住笑了笑。「你也不用急著回答，時間會給你想要的答案。」

萬籟俱寂的仲夏夜晚，外頭起了風，吹動屋外的梧桐枝葉，發出沙沙的聲響。

晚風吹動枝葉，也拂動人的心扉。

耳邊傳來了宋寧均勻的呼吸聲，杜蘅沒有睡，她的話一遍又一遍地在耳邊迴響。

他的心緒起起伏伏，一合上眼，往事歷歷在目——冬日裡她言笑晏晏捧著烤芋頭到自己面前；她來送考時穿的水紅色小襖、石青色裙子；還有每次她來小日子躺在床上縮成一團，可憐巴巴的小模樣……

杜蘅輕笑一聲，心中已然有了答案。

自那日過後，兩人都十分有默契地沒再提及這個話題。

按照先例，院試每三年舉行兩次，往年沒有考中秀才的童生屆時也會赴考。院試的時間定在六月初三，地點則在蘭臺郡。

從淩雲書院所在的臨溪鎮到蘭臺郡路途遙遠，書院的夫子們決定組織學生們提前七、八日出發。

經過府試篩選，書院考中童生的學生只剩下五個。這回江澄沒有病倒，考進了前十；柳七就沒那麼好運了，考了個倒數第七，不過他們都為杜蘅能再次拿下案首而高興。

對於院試，江澄信心滿滿；柳七有些底氣不足，然而想到自己能考上童生，沒讓家人失望，他就很滿足了。

夫子們把出行的日子定在五月二十六，杜蘅得到消息就著手準備了起來。

杜樂娘每日一絲不苟地照料家裡的雞鴨，做雞窩、補鴨籠，撿田螺、抓小蟲子，保證牠們糧草充足，雞鴨們被看顧得很好，開始接力下蛋了。

孟蘭每日點著雞蛋、鴨蛋，也是喜上眉梢，這才過了短短幾個月，家裡就再也不用為吃穿發愁了。

其間宋寧又去了幾趟九鄉居，除了原先的品項，她家新做的蛋黃醬和鹹鴨蛋在九鄉居也賣得很好。

朱宏的生意越做越火紅，逢人都是喜孜孜的，笑得見牙不見眼。「三娘，陳姑娘之後又來找我幾次，他們給的銀子雖然多，但做人目光不能太淺短，咱們也不是只做他們一家的生意，我告訴她，想從咱們這裡買醬菜我求之不得，想要方子就別提了。」

宋寧含笑點了點頭，朱掌櫃從不讓人失望。「我早就說過了，生意上的事還是您說了算，我尊重您的決定。」

朱宏摸著鬍鬚笑道：「話雖如此，方子是妳的，我總得問過妳的意願不是？不過他們家老爺子眼光倒是毒辣，專挑賣得最好的那幾樣下手。好了，先不說這個，去府城的事妳想好了嗎？」

宋寧點頭。「想好了，不過您也知道我家相公即將出遠門，家裡有些事情要安排，具體哪一日出行我還沒想好。」

朱宏聽罷大喜，立刻著人去準備相關事宜。

宋寧回去後同孟蘭、杜樂娘說起此事，杜樂娘看出她的擔心，拍著胸脯道：「我可以看顧好家裡的雞鴨，也會看住娘不讓她幹重活，妳想去便去，只是回來時別忘了帶些府城的新鮮玩意兒給我們。」

孟蘭含笑戳了戳她的額。「妳這丫頭真是沒大沒小，娘什麼時候需要妳看著了？再說了，妳嫂嫂出去只要平安歸來就好，還惦記著什麼東西？」

杜樂娘朝娘親吐了吐舌頭，拎著小竹簍撿田螺去了。

孟蘭從懷裡摸出一個沈甸甸的荷包放到宋寧手裡。「三娘，這些日子以來家裡寬裕了不少，娘也攢下不少錢。從前娘想給妳花，妳總不要，這回妳要出遠門了，出門在外，一分錢難倒英雄漢，這錢說什麼妳都得拿著。」

宋寧眼眶微熱。「好，娘，我拿著以防萬一，回頭再還您。」

孟蘭瞋怪地看了她一眼，拍了拍她的手背道：「妳這孩子，一家人說什麼還不還的。對了，大郎不是要去蘭臺郡嗎？若是順路，不如妳和他們同行，路上好有個照應。」

宋寧微微一怔，忽然有些耳熱道：「娘，相公是去考試的，而且同行的都是同窗、夫子，我跟著去恐怕會擾了他們清靜。」

杜蘅從書院回來，正巧聽見她們在裡面說話，他立在門前聽了幾句，終於忍不住開口道：「從鎮上到蘭臺郡需要從府城乘船過去，正好順路，同行的人也常有父母與親友隨行，他們不會介意。」

宋寧回頭見他一身淺青色學子服立在門口，長身玉立，宛如一桿修竹，然而此時這位竹子精面容清肅、語氣冰冷，看起來心情不是很好。

「相公，你回來了。」她心虛地朝他笑了笑，起身要往外走。「還沒吃過午飯吧，我這就去灶房……」

不知怎的，今日一看見他，宋寧就心慌慌的，下意識地想要逃避。

杜蘅上前一步，不知是有意還是無意的，半邊身子擋住她的去路，沈著臉道：「吃過了，不必麻煩。」

宋寧眼珠一轉，心道今日她明知他要從書院回來，卻沒有等他同行，莫非他是在計較這個？

孟蘭察覺到兩人之間的古怪氣氛，及時打著圓場道：「三娘啊，既然大郎都這麼說了，我看這事就這麼定了，你們一同出行，娘也能放心一點。」

宋寧想說些什麼，卻瞥見杜蘅投來的目光——像是一隻無辜的小獸，彷彿她說出一個「不」字都會將他傷得體無完膚。

她扯了扯嘴角，露出一個從善如流的笑。「好，既然娘和相公都這麼說了，我也沒什麼意見，只是還須知會朱掌櫃一聲。」

孟蘭見她終於鬆口，長長地吁了一口氣，伸手拍了拍兒子的肩道：「有什麼事好好同三娘商量，別整日冷著一張臉，活像誰欠了你銀子似的。」

杜蘅點了一下頭，待孟蘭去隔壁找方錦說話，屋子裡就只剩下他們兩人。

「去府城的事，為何妳知道同娘跟樂娘商量，卻唯獨不同我說起？」杜蘅問。

宋寧在看向他的一瞬間愣了愣神，好似此時站在自己面前的是一位真情錯付的小娘子，自己則是那個負心薄倖的無情郎。

她斟酌著答道：「原本我打算第一個同你商量的，只是見你課業繁重，便不想分了你的心。」

「喔？是嗎？」

「確實是肺腑之言。」

「好，明日我同妳一起去尋朱掌櫃商量出行之事。」

宋寧張大了嘴巴。倒……倒也不必急於一時吧……

翌日，杜蘅用行動證明他是一個言出必行之人，朱宏聽說此事後也欣然同意。

一則他們與趕考的學子們同行，可免除路上的諸多盤查；二則人多好辦事，若遇到狀況，大家能相互照應；三則此次赴考的學生都是讀書人裡的佼佼者，同他們這類人交往的機會實在千載難逢。

宋寧見他們的想法一拍即合，也沒什麼好說的，老實地回家收拾東西準備上路。

臨行前，宋寧找來劉慧娘託付家裡的事情。「慧娘，我這一去要好幾日，我婆婆身子不好，小姑子年紀又還小，妳幫我多看顧著她們，等我回來了再好好謝謝妳。」

劉慧娘見她事無鉅細地安排得妥妥當當，不禁笑道：「三娘，不知道的還以為妳才是這個家的親閨女呢。妳安心出門吧，莫說我如今每個月領妳家的工錢，就是憑著妳我鄰居一場，我又豈會袖手旁觀？」

宋寧點點頭。「妳做事情一向妥帖仔細，我自然放心。」

當初她勸說劉慧娘上自家幫忙，並非只是出於同情，更是因為看中了她的能力。事實證明她沒看走眼，有了劉慧娘這個幫手，大家都輕鬆了不少。

五月二十六日一早，凌雲書院的馬車從臨溪鎮啟程前往府城。

上車前，宋寧發現同行的人中除了自己，就只有陳玉茹主僕兩人是女子。

至於陳玉茹為何要去，據說是要去府城拜訪親友，而且陳夫子年事已高，又是坐車又是乘船的，家裡人放心不下，就託她們一路同行，方便照應。

見到宋寧，陳玉茹主僕很是詫異。

蕓香攥著帕子，撇了撇嘴角道：「姑娘，怎麼到哪裡都有她？瞧她那一身裝扮，土裡土氣的，一看就是個鄉下丫頭。咱們離她遠點，免得受她連累，到了府城遭人笑話。」

陳玉茹盯著宋寧所在的方向，微微搖頭。「好了，少說兩句，妳去打聽宋姑娘為何要跟著。」

蕓香走了一圈，回來後添油加醋道：「她呀，說是去府城辦事的。一個鄉下婦人能有什麼正經事，無非是擔心外頭富貴迷人眼，才要跟去盯著。您說杜公子他們又不是去遊山玩水的，她這不是添亂嗎？姑娘，別看了，快上車吧。」

陳玉茹略一思索後說道：「妳去請她過來與我們同乘一輛馬車，就說咱們都是女子，在一處行動方便。」

蕓香不情不願地過去，耐著性子將主子的原話轉述了一遍。

宋寧對這種無事獻殷勤的舉動沒什麼好感，正要婉拒，就聽見自家相公率先開口道：「替我謝過陳姑娘好意，只是內子頭一次出遠門多有不適應，就不叨擾二位了。」

江澄聞言笑道：「是啊，蕓香，回去告訴妳家姑娘，我家馬車寬敞，就不勞她費心了。」

宋寧用求助的眼神看向朱宏。「我還是去跟您和小九子擠一輛馬車吧。」

朱宏很有眼色地拒絕了她。「三娘，抱歉啊，我還有些事要請教江公子和柳公子，妳還是……還是跟杜公子一輛吧。」

宋寧一時無語，江澄則是捂著嘴偷笑，對杜蘅一通擠眉弄眼後，拉著柳七鑽進了朱宏的馬車。

馬車走走停停，終於在第三日抵達府城。

路途顛簸，再加上天氣一日比一日熱，到了府城時早已是人困馬乏，眾人一致決定投宿客棧休整一日再出發。

宋寧和朱宏比較趕時間，在客棧漱洗一番、匆匆吃了頓飯後，便決定要去海市逛逛。

杜蘅見他們要出門，便提議由自己帶路。

宋寧看著他眼底的烏青，忍不住提醒道：「相公，明日一早你們要乘船去蘭臺郡，你還是同江公子他們一同留在客棧休息吧。」

此次她親身體驗了一回在古代乘馬車趕路的艱難，就越發懂得路上吃不好、睡不好，還要經受風吹日曬雨淋的辛苦，難怪他每出一趟門都會瘦上一圈。

豈料杜蘅堅持道：「無妨，今日早些回來便好。妳和朱掌櫃人生地不熟的，萬一在碼頭上迷路，豈不是耽誤工夫？」

宋寧看了朱宏一眼，想讓他幫忙勸勸，誰知朱宏卻兩眼望天，伸手逗著鳥籠裡一隻灰頭鸚鵡。「三娘妳看，這鳥可真機靈，真是隻好鳥。」

那鸚鵡撲騰著翅膀，叼走他手裡的豌豆，也重複道：「好鳥，好鳥！」

宋寧再也說不出話來了。

幾個人一路從酒樓茶肆逛到古董字畫，再到珠寶首飾，集市上熙熙攘攘，各式各樣的商品令人目不暇給。

轉了一圈之後，見到了不少售賣西洋鏡、懷錶、望遠鏡、琉璃手串這類東西的小販，可是賣辣椒這類香料的卻相當少，要麼價格太貴，要麼品相不佳。

杜蘅思忖了片刻後提議道：「去海潮街，那位叫阿邁德的南洋商人說過他們在那裡有一個商會，說不定有你們想要的東西。」

宋寧和朱宏聞言皆是大喜，立刻去了他說的海潮街。

到了海潮街，的確見到了一座氣勢恢宏的大宅子，上面掛著紅底赤金的大匾額，用兩種語言書寫著「南洋商會」四個大字。

只是那匾額下面兩扇大門緊閉著，半個人影都沒有，整條街上冷冷清清，連路過的行人也是行色匆匆。

「怎……怎麼會這樣？」朱宏有些失望道。

宋寧回頭看了杜蘅一眼。「許是咱們來得不巧了，今日他們恰好不在。」

杜蘅若有所思地點了點頭。

幾人正準備往回走，行至街角處，忽然聽見有人喚道：「杜公子？」

回頭一看，一輛馬車從身後緩緩駛來，馬車在他們身前停下，從裡面走出兩個穿白袍的南洋人。

阿邁德上前恭恭敬敬地施禮道：「杜公子，果然是您！方才賈卡同我說在集市上見到一個人與您十分相似，我還以為只是巧合。」

杜蘅還禮，並向他們引薦自己的同伴。

宋寧說起來意，阿邁德聽罷，哈哈大笑道：「現在市面上流通的南洋商品只是小商販手裡的次等貨物，真正的好東西在我們商會。我們同大酒樓與商會簽訂契約，直接將東西賣給他們，然後再拿回訂單，寫信給我們本土的親友，請他們按照訂單所寫的東西，運送商品到梁國。」

聽他這樣一說，宋寧就明白了。「也就是說你們目前主要做的是批發而非零售？那像我們這樣的普通老百姓，什麼時候才能買到真正的好東西呢？」

第二十八章　紙鳶傳情

阿邁德看了杜蘅一眼，不假思索道：「我說過杜公子是我們的朋友，夫人既然是杜公子的家人，自然也能拿到你們想要的東西。」

宋寧喜出望外，慶幸自己最後妥協讓杜蘅跟著一起出門。

阿邁德表示如今他們手中存貨不多，下一艘船約莫半個月後過來，到時候會幫忙預留一批最好的香料。

朱宏與宋寧對阿邁德再三表達了謝意，又命小九子去城裡最好的酒樓訂了席面，算是略盡地主之誼。

兩位南洋客人的酒量很好，席上說起豐富的航海經歷，朱宏聽得津津有味，只覺得酒逢知己千鍾少，賓主之間推杯換盞，十分盡興。

杜蘅跟著陪喝了幾杯，宋寧知道他酒量素來淺，自己便以茶代酒，陪在一側。

等到幾人從酒樓裡出來，夜幕早已降臨。

小九子扶著醉得東倒西歪的朱宏上馬車，杜蘅看起來還算清醒，只是才走兩步腳下就踉蹌起來。

宋寧過去扶他，嗔道：「相公，方才我不是勸你不要飲酒了嗎？若是明日你宿醉頭疼，耽誤了行程如何是好？」

杜蘅蹙眉深深地望了她一眼，突然提議道：「今日晚風和暢，夜色正好，陪我走回去如何？」

她有些懷疑地看向他。「啊？你知道路嗎？」

他一臉真誠地點了點頭。

許是他的目光太過溫柔了，宋寧實在沒有辦法拒絕，她無奈地朝小九子擺了擺手，讓他先送朱宏回去。

夜色如水，晚風徐徐，吹散了人心頭的幾分躁意。

杜蘅與宋寧行至一處街角，忽聽得鑼鼓聲響，路上行人紛紛爭先恐後地朝著一個方向奔走過去。

宋寧有些好奇，攔下街邊賣糖人的小夥子，問道：「這位小哥，請問前面可是出了什麼事？」

那小夥子一邊手腳俐落地收著攤子，一邊興致勃勃地說道：「今日汪家最年幼的小姐過生辰，汪家老爺跟夫人搭臺子請了明玉樓的名角去唱戲，那是賽金花啊，尋常人就是花銀子也未必請得動她。欸，我說姑娘妳買不買糖？不買可別擋路，去晚了就看不著了。」

宋寧十分爽快地摸出五文錢買了一根兔子糖，回頭笑盈盈地塞進杜蘅手裡。「相公，給你的。」

杜蘅接過兔子糖，一臉認真道：「我不愛吃甜的，先幫妳拿著。」

宋寧微微揚起下巴。「不成，這叫大展鴻『兔』，給你的。」

杜蘅揚了揚嘴角，問道：「妳想去看那個名角唱戲嗎？」

宋寧朝聲音傳來的方向望了一眼，戀戀不捨地收回目光。「算了吧，明日你還要趕路，咱們該早些回去……欸？相公，咱們要去哪裡？」

杜蘅朝她溫柔地笑了笑。「帶妳去看戲，就看一下，耽誤不了多少工夫。」

言罷便不由分說地牽起了她的手往前走，穿過熙熙攘攘的人群，路過華燈璀璨的街道。

宋寧頓時有些恍惚，她的手任由他握著，周圍的一切彷彿化作幻夢一般的泡影。

不見人群、不見街景、不聞鑼鼓聲，整個世界只剩下將她牢牢護在身旁的高大身影。他的手心在發燙，她的心臟在怦怦跳個不停……

「到了。」他突然鬆開了她的手。

宋寧怔怔地回過神來，人群、街景再次出現在眼前，鑼鼓聲也重新鑽入耳中。

他們來到距離臺子約莫三丈遠的一處坡地上。以杜蘅的個子，可以一眼看清臺上的表演，而宋寧就算是踮著腳尖，也只能看見一片烏壓壓的後腦勺。

杜蘅若有所思地看了宋寧一眼，突然在眾目睽睽之下矮下身環住她的腿，將人抱了起來托在手臂上。

雙腳猝不及防地離開了地面，宋寧又羞又窘，雙臂下意識地緊緊攀住他的脖頸。有好事的青年見狀吹起了俏皮的長哨，小媳婦們一臉怨懟地瞪著自家丈夫，墨守成規的老者則是拄著枴杖罵著「世風日下」、「有傷風化」。

宋寧雙頰滾燙，哪裡還有心思看什麼表演。「我不想看了，快放我下來！」

杜蘅好似沒有聽見一般，一直托著她看完了一整支《對月》。

隨著賽金花登場，眾人紛紛把目光轉到她身上，沒再盯著這對小夫妻瞧。

巧的是這段戲唱的正是一對有情人在七夕之夜祭拜牛郎織女星，對月立誓，願永不分離的故事。

臺上的人深情款款地唸著纏綿悱惻的愛情誓言，宋寧卻是全程腦子裡嗡嗡直響，看著那些人粉墨登臺、來來去去，卻壓根兒沒聽進他們唸了什麼、唱了什麼。

她心想杜蘅當真是醉得不輕，若非如此，以他這般沈穩的性子，怎會做出這樣出格的舉動？

兩個人回到客棧時已經不早了，樓下大堂裡只有一個店小二雙手抱臂坐在櫃檯後，腦袋一歪一歪地打著瞌睡。

宋寧伸手在他眼前晃了晃。「相公？」

杜蘅朝她笑了笑，輕輕應了一聲。「嗯。」

楊。

「還記得我們住在哪一間嗎？」她試探著問道。

杜蘅指了個方向。「走吧，我帶妳上去。」

宋寧眼角一抽，若非此時的他兩頰上還掛著紅暈，她都快以為方才他是在裝醉了。

這次他們住的是寬敞的上房，裡頭是內室，外頭有一間小花廳。內室裡有床，廳裡則有楊。

原本他們說好宋寧睡在裡面的床上，杜蘅則在外間榻上湊合一宿。此時宋寧見他伸手按著眉心，似乎有些不適，便將他趕去床上休息，自己則宿在外間。

睡到半夜，宋寧突然被一陣窸窸窣窣的響動給驚醒。

她睜開眼睛，瞧見一團黑影立在榻前，心頭猛的一跳，隨手抓起一個枕頭砸了過去。

「別怕，是我！」

她用力揉了揉眼睛，看清那道熟悉的身影，不禁啞著嗓子埋怨道：「相公？大半夜的不睡覺，跑過來做什麼？嚇我一跳。」

杜蘅指了指床的方向。「去裡頭睡。」

宋寧滿臉疑惑，表示抗議。「可是我睡得好好的，不想挪地方。」

杜蘅彎下腰作勢要抱她，她馬上俐落地捲著被子爬了起來。「成，我這就給你挪地方。」

杜蘅彎下腰為她穿鞋，動作嫻熟又自然。

宋寧有些麻木地看著他做完這一切，腦子懵懵地躺在方才他躺過的地方，心裡猜測家裡的床硬，客棧的床軟，難道他是睡不慣，非要半夜起來找自己換地方？

不過這樣柔軟舒適的床倒正合了宋寧的心意，前幾日風餐露宿的，她都沒怎麼睡好，此時舒舒服服地躺在床上，只想安心睡個好覺。

翌日清晨，宋寧被窗外照進來的陽光給晃了眼。

「相公，什麼時辰了？」她拉起被子擋住刺眼的光線，打了個大大的哈欠問道。

沒等到想要的回應，宋寧掀開被子一看，只見屋子裡靜悄悄的，外面的榻上已被人收拾得整整齊齊，哪裡還有杜蘅的身影。

「真是睡糊塗了！」

宋寧拍了拍腦門穿鞋下地，轉身去倒茶，才發現茶几上放著一個油紙包、一只檀木雕花小匣子，匣子下面壓著一張摺得齊齊整整的小紙條。

展開小紙條來看，是熟悉的字跡——康記小籠包趁熱吃，打開匣子裡的東西看看喜不喜歡，平安歸家等我回來。

他的字一貫勁瘦工整，就如他這個人，一板一眼、不肯越雷池一步。

宋寧心頭一熱，先打開匣子來看，裡頭用絨布包裹著的是一只晶瑩剔透的琉璃手串。

昨日他們路過一家首飾鋪子時瞧見這串珠子，宋寧忽然想起自己兒時玩過的彈珠。這串琉璃的成色並不怎麼好，在這裡卻也稱得上是件稀罕物，她不過是多瞧了一眼，沒想到被他看在了眼裡。

宋寧滿心歡喜地將珠子放在陽光下仔細端詳，然後戴上手腕試了試。晶瑩的琉璃襯得人越發肌膚如雪、手腕纖細，她正看得有些出神，突然傳來叩門聲。

店小二在門外笑盈盈同她打招呼。「夫人起了，公子吩咐小的等您醒了就送熱水過來給您。」

宋寧開門讓他進來把東西放下，問道：「小二哥，可知道書院的那群人走了多久了？」

店小二撓了撓頭。「估計有半個時辰了。」

「那到蘭臺郡的船幾時開？」

「這個說不準，有時候晚一點、有時候早一點，沒個定數，基本上客人到齊了就出發。」

宋寧謝過他，匆匆漱洗完，挑了一件緋紅的石榴裙穿上身，出門時才發現小九子和朱宏也不在，便自己雇了輛馬車，讓車夫快馬加鞭趕去碼頭。

誰知她剛到碼頭就看見船已經開出去數丈遠，再加上是順風行駛，眼看就要越開越遠了。她踮起腳尖朝船的方向用力揮了揮手，奈何船上的人並未注意到她。

宋寧有些悻悻地抬目張望，忽見碧空中飄來幾只五顏六色的紙鳶，紙鳶乘風而起，同那船恰好是在一個方向。

她心頭一喜，忙尋了賣紙鳶的小販，挑了一只最顯眼的大紅鯉魚紙鳶，再貼上兩條長長的尾巴，順著風吹來的方向放飛出去。

不多時，那只鯉魚紙鳶如願飛到了船的上空，宋寧掐著時間鬆開了手裡的絲線，就見風箏晃晃悠悠地墜落，最終掛在了桅桿上。

船上立刻有人注意到了這只尾巴長得出奇的鯉魚紙鳶，取了竹竿將它勾下來。

「咦，這風箏上怎麼還有字？」

「我瞧瞧。」

「怎麼樣？上頭寫了什麼？」

「嘿嘿，這上頭的字認得我，我卻不認得它。」

「去去去，你們看，那是誰家的小娘子站在岸邊不停地朝咱們這邊揮手。」

「唷，還真是！不知是船上哪位相公家的小娘子？」

船夫們聚在船頭，你一言、我一語，嘻嘻哈哈地開著玩笑。

此時柳七恰巧有些暈船，江澄與杜蘅便扶著他出來透一口氣。

聽見船夫們議論，江澄忍不住朝眾人口中那小娘子所在的方向望過去。「子瀾，快看，我怎麼覺得那女子看著那麼像弟妹啊?!」

杜蘅聞言行至船頭憑桿遠眺，果然就看見一抹熟悉的身影手裡舉著帕子，奮力地朝自己這邊揮動胳膊。

「弟妹在說什麼？」江澄豎起耳想聽清楚，卻被灌了一耳風聲。

柳七蒼白著臉直起身子往岸邊望了一眼，也搖頭道：「離得太遠了，聽不清。」

杜蘅目不轉睛地盯著那抹纖細的人影，風吹拂著她身上緋紅的石榴裙，如一團彤雲在他眼中猛烈燃燒，直到她的身形模糊得再也看不清，他才依依不捨地收回視線。

江澄花了幾文錢從船夫那邊換回紙鳶遞給杜蘅後，不禁朝柳七嘖嘖嘆道：「七郎，你說咱們哪裡比他差了？怎麼就沒個小娘子來送送咱們？」

柳七苦笑著搖了搖頭，低聲問道：「紙鳶上寫了什麼？」

「海闊憑魚躍，天高任鳥飛，願君此去一展鴻圖，平安歸來。」

「嫂夫人何時習字的？」

「有這麼一個才高八斗的相公，學個字有何難？」

杜蘅垂眸，凝視著紙鳶上的字跡。

她的字是他教的沒錯，不過她倔強地保留著屬於自己的那分舒朗灑脫，如今看來，竟已能隱隱瞧出些風骨了……

宋寧從碼頭上回來的時候，迎面撞見小九子上氣不接下氣地跑了過來。

「三娘姊姊，出事了！我家掌櫃在東街跟人打了起來，這會兒被官差抓走了！」

宋寧看了看他臉上的瘀青，蹙眉道：「到底怎麼回事？快跟我說說。」

小九子一邊抹著眼淚，一邊同她說起事情的經過。

「昨日掌櫃見客棧養的鸚鵡機靈，就想買隻一模一樣的帶回去給老夫人解悶。今日一早他帶著小的去鳥市挑選，誰知撞見了鮑家大爺，兩個人先是吵了幾句，吵著吵著就打了起來。」

小九子喘了一口氣，繼續道：「鮑家大爺派人報了官，官差一來就不分青紅皂白地把掌櫃抓走了，小的還是趁亂溜出來，才沒被人抓住。三娘姊姊，鮑家在府城有權有勢，這可怎麼辦呢？」

宋寧聽他說完，蹙眉問道：「你先別急，同我好好說說那鮑家大爺到底是何人，為何好端端的要同朱掌櫃吵起來？」

小九子仔細回憶著自己從前聽來的陳年舊事。

「小的幼時聽家裡的老嬤嬤說過，咱們朱家老夫人歸家前曾是鮑家的少夫人。當年老夫人有孕在身，鮑家少爺竟同家裡表妹有了首尾，還被老夫人當面撞破了姦情，老夫人氣不過，抓起硯臺砸了鮑家少爺的頭。

「後來……後來鮑家老太太知道了這件事，大發雷霆，訓斥我家老夫人不守婦德、謀害親夫，罰我家老夫人跪祠堂。」

宋寧倒抽了一口涼氣。「你家老夫人當時不是還懷著他們鮑家的子嗣，這鮑家老太太就這麼狠心？」

小九子撓撓頭。「實際情況小的就不知道了，只曉得我家老夫人在祠堂裡跪了一日，滴水未進，第二日被人發現昏死在祠堂裡。還是老夫人身邊的嬤嬤們氣不過，派人回朱家給太夫人、太爺報了信。

「再後來，太夫人作主讓老夫人同他們鮑家和離。據說當時鮑家人不肯，我家太爺便一紙狀書將他們告到公堂上，最後還花了些銀錢，才將老夫人接了回去。」

宋寧唏噓道：「老夫人腹中那個孩子就是朱掌櫃？鮑家大爺則是當年那個表妹所出？」

小九子點頭，戰戰兢兢道：「小的聽說鮑家有位姑娘，就是鮑家大爺的姑母給知府大人做了貴妾，他們如今傍上這樣一條大腿了，算是在府城混得如魚得水……您說我家掌櫃被抓進去，豈不是要被他們害死？」

他擦了擦淚，用力捶打著自己的腦門。「都怪我，出門前老夫人千叮嚀萬囑咐要我照顧好掌櫃，都怪我沒用！」

宋寧想了想，勸道：「好了，都說是冤家路窄，是福不是禍，是禍躲不過。不過朱掌櫃不是還沒生下來就跟著老夫人回朱家了，鮑家大爺是如何認出他來的？」

小九子一五一十地道：「雖說我家掌櫃隨了老夫人的姓，但他畢竟是鮑家子嗣，鮑家每年都會派人過來接掌櫃回鄉祭拜列祖列宗。」

宋寧點點頭，眼睛一亮。「也對，無論你家老夫人跟他們鬧得多僵，你家掌櫃畢竟是他們鮑家子嗣。這就好辦了，走，咱們去鮑家！」

「啊？要去鮑家？」小九子有些害怕，但還是硬著頭皮跟著宋寧一塊兒去了。

兩人到了鮑家大門外，雇了一個人去向門房打聽鮑家老爺的去處。

那人回來稟報道：「姑娘，小人按您教的，先使了銀子，只說是府裡的姑奶奶有事要問老爺，門房便告訴小人鮑家老爺今日在明玉樓同人談生意。」

宋寧滿意地點了點頭，又給了他一吊錢，讓他去明玉樓找鮑家老爺把原話再說一遍。

這鮑家的姑奶奶正是那位嫁給知府做貴妾的鮑家五姑娘，也是鮑老爺的庶妹。

鮑家老爺身邊的管事聽說是姑奶奶有事吩咐，不疑有他，立刻將事情往上稟報，鮑家老爺聞言當即辭了客出來。

第二十九章　正面迎擊

宋寧一見到鮑家老爺，就原原本本地將事情經過告訴他。

鮑文雖已年過花甲，舉手投足卻很儒雅，待人也十分溫和，並未因為宋寧騙了自己而生氣，反而在聽到兩個兒子手足相殘時表現得痛心疾首。

「這個畜生，竟然將自己的兄長送進了大牢……宋姑娘，老朽這就跟你們去官府要人！」

宋寧不知此刻鮑文顯露出的情誼有幾分真假，但依舊向他表達了感激之情。「你們父子之間的恩怨，我一個外姓人本不該插嘴，只是朱掌櫃同樣是您兒子，竟在您的地界被自己的弟弟親手送進大牢，還不知在牢裡遭了多少罪。您若是對他們母子還有半分情義抑或有半點愧疚，請不要寒了他的心。」

鮑文面露痛苦之色，枯瘦的手指攥成拳。「姑娘妳放心，老朽定會給阿宏一個交代。」

宋寧沒再多說什麼，一行人到了府衙找獄卒說明情況，衙門的人正不耐煩管這種兄弟紛爭，巴不得他們趕緊領人回去。

小九子見到自家掌櫃從黑漆漆的牢房一瘸一拐地出來，渾身髒兮兮的，身上還掛了彩，立刻跪到他面前失聲痛哭起來。「小的沒用，害您在裡頭受苦了！」

鮑文見兒子這一身狼狽模樣，顫巍巍地走上前，一臉關切地問道：「阿……阿宏，你這腿怎麼了？」

朱宏冷著臉越過鮑文，逕自走到小九子面前將人扶起來，拍了拍他的肩道：「傻小子，這事哪能怪你呀？若不是你忠心護主及時搬了救兵來贖我出去，我還不知道要在這裡頭待到驢年馬月呢。」

小九子擦擦眼淚，老實道：「小的什麼也沒做，都是三娘姊姊想的辦法。」

朱宏看向站在最遠處的宋寧，感激地朝她笑了笑。「大恩不言謝，三娘，妳真是我朱某的貴人！」

宋寧神情複雜地看了站在他身後、眼巴巴等著兒子同自己說話的鮑文一眼。「您別這樣說，咱們在府城人生地不熟的，這件事還是多虧了鮑家老爺出手相助。」

朱宏恍然大悟般點點頭，終於回頭去看站在一旁望著他的父親，十分客套道：「勞您費心，如今事情已經解決，您也該早些回去了，這骯髒地方不是您該來的。」

說完朝鮑文鞠了一躬，便一瘸一拐地走了。

鮑文盯著他那隻受了傷的右腿，巴巴地追上前道：「阿宏，你這腿都傷成這樣了還往哪裡走，好歹讓我帶你去看過大夫再走也不遲。」

朱宏停住腳步，淡聲道：「不必了，我娘囑咐過，如今您有自己的妻兒，我一個外姓人到了府城地界，千萬不要給您添麻煩。」

言罷，他看向小九子道：「小九子，你把嘴巴閉嚴實了，千萬別在老夫人面前走漏了風聲。」

鮑文身形微微一顫。「你娘真是這麼說的？也對，她定是還在怨我。」

朱宏搖搖頭。「您多慮了，我娘她早就不怨了。」

鮑文以手掩面，深深吸了一口氣，又問道：「你娘她如今還好嗎？」

宋寧不禁默默翻了個白眼。遲來的深情比草賤，跟別人都生了兒子還裝什麼深情？

朱宏沒再回答，帶著小九子和宋寧一塊兒走了。

回去的馬車上，宋寧看向情緒低落的朱宏，忍不住問道：「您真沒事？」

朱宏摸了摸臉上的傷，笑道：「喔，不礙事，那混蛋揍我的，我都還回去了。腿上的傷是我裝的，我猜到老頭子會來，這樣是為了讓他良心不安，回頭給那對母子添添堵。」

宋寧忍不住在心裡為他豎起了大拇指。「您裝得可真像，連我都信了。」

朱宏滿臉苦澀地搖搖頭道：「都說家醜不可外揚，三娘，讓妳見笑了。妳是不是很好奇我娘和鮑家到底是怎麼一回事？」

宋寧點了點頭，若是朱宏願意說，她自然會洗耳恭聽。

朱宏嘆道：「那女人是我祖母娘家的內姪女，同我那爹倒算得上是青梅竹馬。」

宋寧有些不解地道：「既然是青梅竹馬，又是鮑老太太中意的人，為何他們還要讓鮑家老爺另娶他人？」

朱宏仔細回憶著從嬤嬤們口中聽來的舊事，冷笑一聲道：「那時他們家帳上出了虧空，需要一批錢來填補，我娘嫁妝豐厚，正合他們的意。只是他們一直看不慣她那說一不二的性子，早就圖謀著侵吞我娘帶過去的嫁妝，再將她掃地出門，當年出的那件事不過是個藉口罷了。」

宋寧點點頭，想到鮑家老爺的態度，還是忍不住道：「我說了您可別生氣，我看鮑家老爺對您和令堂倒像是有幾分真情。」

朱宏拍了拍膝頭，笑道：「我那個爹性子素來軟弱，耳根子又軟，對父母再孝順不過。起初他待我娘或許也有幾分夫妻間的情分，只是這點情分同旁的比起來實在是一文不值。」

宋寧表示認同，一個在自己妻子懷有身孕時同別的女人有了首尾的男人，不論是出於什麼樣的藉口，都令人心寒。

幾人回了客棧，朱宏換洗乾淨出來後對宋寧說要出去一趟，讓她在客棧裡等自己。宋寧待在房裡收拾行李，收好東西後便坐在桌前喝起了茶，約莫過了半個時辰，就見朱宏帶著小九子興沖沖地回來了。

只見朱宏笑咪咪地將幾張蓋著鮮紅章印的文書拍到了宋寧跟前。「三娘，我方才出去找中人盤下了一處書肆，順便買了一間兩進的宅子，妳瞧瞧這地段怎麼樣？」

宋寧險些被一口茶嗆到，這才看清他放在自己面前的東西是房契和地契，而且那書肆和宅子的位置是在離府學不遠的街上。

不過是喝盞茶的工夫，人家就買了宅子跟書肆，跟到菜市場買了兩顆大白菜沒兩樣。

這就是有錢任性，沒錢認命。

府城買屋購地的流程比起村裡倒是快上許多，宋寧不禁拿著書契來來回回看了幾遍。他們這兩日去了府城不少地方，每到一處，杜蘅都詳細介紹那些地方是做什麼的。明白了朱宏買的是什麼地段，自然就更懂得手裡這幾張紙的分量。

「位置倒是極好，府城重開了碼頭，要是不出意外，房價也會跟著水漲船高。您置辦宅子、書肆是為了投資嗎？我是說，等將來價格上漲了再賣出去。」宋寧說著，為朱宏倒了一杯茶。

朱宏轉動著手腕上的珠子，十分讚賞地點了點頭。「妳這丫頭果然有眼光，竟能一眼就瞧出這兩處地方的價值。不過，我並沒有打算轉手給他人。」

他端起茶杯淺啜了一口，滿懷雄心壯志地道：「三娘，妳看著吧，我朱某要在這偌大的府城掙得一席之地，總有一日，我會將鮑家虧欠我們母子二人的東西，連本帶利拿回來！」

宋寧一臉嘆服地點了點頭。

現在坐在她面前的已不是過去偏安一隅、不動如山的朱宏，而是神擋殺神、佛擋殺佛的鈕祜祿・朱宏。

朱宏默默攥緊了拳頭。今日在街上遇見那人故意挑事，指著鼻子罵他是縮頭烏龜、喪家之犬，他只當是路遇了瘋狗，並不怎麼在意，可是他竟敢侮辱他娘？

是可忍，孰不可忍！

回盈川縣的路上，朱宏又主動同宋寧說起了自己對那間書肆和宅子的打算。

馬車到了臨溪鎮後，朱宏吩咐小九子駕車將宋寧送回村子裡。

宋寧看著自己帶回來的大包小包，便沒有推辭，再三謝過了朱宏，才隨著小九子返回白水村。

等宋寧回到家中之後，就同孟蘭母女兩人說起旅途中與在府城的種種見聞。

當她說到府城的車水馬龍、穿白袍的南洋人，以及那些人手裡稀奇古怪的小玩意兒時，杜樂娘聽得都入了迷。

孟蘭則是更關心他們在外面的吃住可都習慣、身上的銀錢夠不夠花等民生問題。

宋寧打開一個包袱拿出裡頭的東西。「娘，這兩疋布是府城如今最時興的料子，用來做衣裳，輕薄透氣，就是大暑天穿了也不覺得悶熱。回頭您給自己和樂娘都做一身，這是我特地買給妳們的，您可千萬別捨不得穿。」

孟蘭細細地摩挲著料子上的緹花暗紋，滿心歡喜地答應下來，又見宋寧打開另一個包袱，拿出用布包著的物品。

「府城的回春堂有位花大夫，擅長治療腰腿疼痛一類的病症，這是我和相公去找他給您開的藥膏。不過花大夫說了，病人最好能親自去一趟，他瞧過之後才能對症下藥，等相公回來了，再讓他陪您去。」

孟蘭眼眶微熱，笑道：「我這都是老毛病了，也不急於這一時醫治。」

杜樂娘卻道：「娘，讓您去就去，這事得聽哥哥跟嫂嫂的。」

宋寧手上動作微微一頓。這還是她第一回聽見小丫頭喚自己嫂嫂，感覺還不錯嘛……想著想著，她將手裡的東西遞給杜樂娘。「這個叫『魯班鎖』，我見妳平時愛擺弄這些東西，就買了一個給妳。」

杜樂娘接過魯班鎖，在手中翻動了兩下，彆彆扭扭地道了聲謝。

宋寧收拾好東西，去隔壁找劉慧娘說話，正巧劉家有客人，只見一個慈眉善目的中年婦人帶著一個年輕後生在院子裡同曹霜兩口子說話。

宋寧見他們不方便，便要回去。「曹嬸，麻煩您回頭告訴慧娘一聲，讓她得了空來我家一趟。」

「唉唷，什麼空不空的，三娘啊，妳等著，我這就去給妳叫人。」

曹霜如今見了宋寧就跟見著菩薩似的，也不管有沒有客人在，直接將閨女從灶房裡叫了出來。

劉慧娘今日上半身穿了一件嶄新的桃色窄袖衫，下半身著一條梨花白的褶裙，襯得她身材窈窕、唇紅齒白。

她垂著頭自院子裡匆匆經過，步履輕盈、裙角搖曳，教那年輕後生只偷偷瞧了一眼便羞紅了臉。

宋寧見劉慧娘的雙頰似抹了胭脂般帶著一抹紅暈，忍不住掩口輕笑道：「看來我來得不是時候。」

劉慧娘捂著微微發燙的臉頰，嗔道：「好了，別說我了。妳找我何事？」

宋寧忙向她賠個不是。「好了，不同妳玩笑了，咱們說正經的，這裡頭的客人是……」

劉慧娘默默垂下了頭，攥著衣角道：「是我娘娘家那頭的親戚。」

宋寧微微蹙起了眉，試探著問道：「該不會是妳表哥吧？」

劉慧娘心想她早晚都會知道，便也沒瞞著。「是我姨父的姪子，論年紀，還比我小幾個月。」

宋寧默默鬆了口氣，不是親表弟就好，否則就優生學的角度來說可不妙。「我看他們似乎對妳很滿意，妳又是怎麼想的呢？」

劉慧娘抿起唇，踩著腳邊的小石子道：「我爹娘嫌我年紀大了，想早些將我許了人，可我卻覺得如今這樣的日子也沒什麼不好。」

她抬頭看著宋寧道：「三娘，妳說姑娘家到了年紀不嫁人就是一種錯嗎？我現在能賺錢養活自己，就算將來不靠爹娘也能過得很好，為何非要嫁人？

「妳看村裡那些嫁了人的女子，不是在婆家伏低做小任由婆婆折磨，就是三年抱兩娃，任勞任怨地圍著丈夫跟孩子轉，要是遇見個不知體貼的混帳男人，那下半輩子還真是無望了。」

宋寧忍不住噗哧一聲笑道：「不知道的還以為妳是在含沙射影地諷刺我。」

劉慧娘慌亂地搖頭。「啊，妳知道我不是這個意思，我只是……」

宋寧伸手拍了拍她的肩。「好了，我同妳說笑呢。妳呀，莫非是被妳奶奶逼婚的事所傷，從一個極端鑽進了另一個極端，事事都往壞處想？

「其實嫁不嫁人都不打緊，重要的是妳自己是否樂意。我若是妳，先不論父母怎麼看，遇見自己喜歡的，便是被人阻撓也要嫁；若是我不願意，刀架在我脖子上也不成。所以妳啊，好好問問自己到底想要什麼吧。」

劉慧娘有些茫然地點了點頭，問出了深埋在心底的那個疑惑。「那妳呢？當初妳嫁給杜大哥是因為喜歡他嗎？」

宋寧微微一怔，隨即笑道：「喜歡啊，從前的事都是誤會，我家相公脾氣秉性、才學樣貌都是百裡挑一的，不喜歡他難道喜歡村裡出名的懶漢錢五嗎？」

劉慧娘默默翻了個白眼。「好了好了，妳家相公最好，算是被妳撿到寶了。對了，妳專程叫我出來不會是為了顯擺自己賺了個寶貝相公吧，到底有什麼事？」

宋寧從袖中摸出一只精緻的小盒子。「我不在的這幾日，妳將我家照料得很好，這是我臨行前許給妳的謝禮。」

劉慧娘打開一看——是一盒成色上乘的胭脂，放在鼻子底下一嗅，就聞到了一股沁人心脾的淡淡香氣。

眼下她雖還不想嫁人，但如花似玉的年紀，哪個姑娘家不愛打扮啊？拿到了這胭脂，她歡喜極了。

進入農曆六月後，天氣一天比一天熱。

這幾日田裡的稻穀已經開始灌漿了，眼看再過一陣子就要秋收，宋寧趕著做了一批鹹鴨蛋和蛋黃醬為朱宏送過去，又趁家裡忙收割之前回了一趟娘家。

宋寧是臨近傍晚時回去的，剛走到門外就聽見吳雪教訓兩個小崽子的聲音——

「慢點、慢點，都灑出來了！宋小滿，帶你弟弟到邊上去玩，別堵在這裡耽誤老娘幹活！」

宋寧一推門進去，就看見吳雪正站在院子裡汗流浹背地收穀子，小滿、小福兄弟兩個也跟著蹲在地上幫著娘親往麻袋裡裝穀子。

吳雪正在埋頭幹活，兩個小的也在專心「幫忙」，連她回來了都沒發覺，宋寧忍不住笑道：「大嫂，這麼多穀子怎麼就妳一個人在這裡收？」

聽到宋寧的聲音，吳雪直起腰桿，抹了一把額上的汗，驚喜道：「小妹回來啦！娘他們都去地裡收豆子了，妳二嫂身子有些不爽利，親家母就來了，她們母女兩個正在裡屋說話呢。快，進屋喝口涼水，這外面讓日頭烤一天了，熱得人心慌慌的。」

宋寧點點頭，待她走得近了，就見大嫂吳雪的臉都快被曬脫了皮，忙道：「咱們都進去歇歇，等會兒再一塊兒收。」

「欸，好。」吳雪在身上胡亂擦了擦手，接過宋寧手裡的東西，先一步進了屋。

兩個小崽子見到宋寧，趕緊丟開手裡的小鏟子，撲上去一人拽住宋寧的一隻手，奶聲奶氣地歡呼。

「是小姑姑！」

「小姑姑回來了！」

宋寧拍了拍他們身上厚厚的灰。「你倆怎麼把自己弄得這麼髒，身上癢不癢？」

聞言，宋小滿後知後覺地撓了撓小腦袋瓜、抓抓小胳膊，哭喪著臉道：「小姑姑，好癢，這裡、那裡都癢。」

見哥哥撓癢，宋小福也跟著全身上下胡亂撓了起來，滿口嚷著「好癢、好癢」。

吳雪拿著菜刀站在堂屋門口喚道：「好了，快叫小姑姑進來吃西瓜。」

宋寧牽著他們的小手往屋裡走。「先別撓了，等會兒小姑姑拿皂莢水好生幫你們洗洗就不癢了。」

第三十章　無事生非

姑姪三個手拉著手進門吃西瓜，這瓜是葛鳳一早放在井水裡冰過的，脆甜可口，十分消暑。

吳雪進裡屋幫苗馨母女也送了瓜，姚靜躺在床上聽見小姑子回來了，掙扎著要起來。苗馨按著她的肩膀，使了個眼色給她。「唉唷，我的姑奶奶，妳方才不是肚子疼嗎？妳如今有孕，就該好好躺在床上休息，小姑子難道還能說什麼不成？」

姚靜張了張嘴，剛想說幾句話，就聽見吳雪也道：「是呀，弟妹，小妹這次回來也不急著走，等妳好了再出去見她也是一樣的，現在妳肚子裡的孩子才是頭等大事。」

吳雪想著院子裡的穀子還沒收完，婆婆回來瞧見又該念叨了，便沒多留，替她們母女關上門，出去繼續幹活了。

宋寧吃完一塊西瓜，覺得涼快了不少，進屋拿簸箕、掃帚出去幫忙，卻突然聽見兩個小的在外頭扯開嗓子號哭了起來。

「娘！嗚嗚……娘您怎麼了？」

「您快起來啊！」

宋寧丟了手裡的東西跑出去一看，只見吳雪臉色蒼白地歪倒在穀堆上，額上、身上全是汗，一看便是熱衰竭了。

「好了，別哭了！小滿，你去裡屋叫苗奶奶出來搭把手；小福，你去灶房缸裡幫小姑姑舀一碗水出來。」

兩個孩子見慣了吳雪平時的剽悍模樣，哪裡見過她如此脆弱的一面，都被嚇得不輕，此時聽見宋寧吩咐，努力止住哭泣，抽抽噎噎地往屋裡跑。

灶房離得近，宋小福哆哆嗦嗦地端著灑了一大半的水從裡頭出來。

宋寧將吳雪扶起來，替她脫下身上的圍裙、鞋襪，幫她擦乾汗，又捏著她的下巴餵進去小半碗水。

吳雪被嗆得輕輕咳嗽了兩聲，人稍微清醒了些，她迷迷糊糊地望著宋寧道：「小妹，我這是怎麼了？怎麼感覺渾身上下使不上勁兒？」

宋寧用手為她搧風道：「大嫂，妳這是熱著了，別擔心，歇歇就好了。」

吳雪虛弱地朝她笑了笑，忽然想到什麼似的掙扎著要坐起來。「不成，我活還沒幹完，娘回來該生氣了。」

宋寧苦笑著拍了拍她的肩膀。「妳放心，我會替妳跟娘解釋清楚的。」

「苗奶奶，您快一點！」

「好，知道了！小崽子慢著點，我這老婆子年紀一大把了，回頭被你絆倒了怎麼辦?!」

宋寧回頭見宋小滿扯著不情不願的苗馨出來了，她壓下心中的焦急，好聲好氣地道：

「親家母，勞您搭把手，幫我把大嫂扶到床上去。」

苗馨不鹹不淡地掃了有氣無力的吳雪一眼，見她不像是裝的，到底還是幫著宋寧一起將人送回了屋。

宋寧將吳雪放在床上躺著，拿濕毛巾為她擦拭額頭，又餵她喝了小半碗淡鹽水，見她臉上漸漸有了幾分血色，才鬆了一口氣，讓兩個小豆丁拿扇子坐在床邊幫她打扇。

苗馨瞥了眼舒舒服服躺在床上的吳雪，又打量起宋寧，皮笑肉不笑地道：「唷，一陣子不見，小姑子就像是變了個人似的，也知道心疼人了。也對，妳都嫁了還不懂事就該遭婆家嫌棄了，從前我就跟妳娘說，縱著妳只會害了妳，她偏不聽，嘖嘖……」

宋寧默默聽著她說完，眼皮子都懶得掀一下。「親家母，您要是沒事不如多陪陪二嫂。喔，對了，熱著的人需要靜臥，記得幫我把門帶上。」

苗馨撇了撇嘴角，「砰」一聲甩上門出去了。

吳雪抱歉地朝宋寧笑了笑。「小妹，妳別聽她胡扯，她這人就是這樣。」

宋寧點點頭，讓她躺在床上好好休息，自己則帶著兩個小的出去收穀子。

苗馨被宋寧趕回屋，對著親閨女又是譏諷道：「虧妳還說妳那個小姑子變好了，我看她呀，是江山易改、本性難移，還是跟從前一樣沒教養。我一個當長輩的只不過提點她幾句，她還敢給我臉色看？我呸，真把自己當成個人物了！」

姚靜扯了扯唇角，有心幫小姑子辯解幾句，卻又被苗馨堵了回去。「妳這大嫂也病得真是時候，眼下妳家正忙，可妳不能勞累，回頭妳婆婆又該尋妳的錯處數落妳了不是？妳可千萬給我沈住氣，別想著逞強！」

宋寧收完穀子，坐在屋簷下歇了一會兒，見兩個小的這裡撓撓、那裡抓抓，脖子都被抓紅了，忙燒了水帶他們洗澡。

兄弟兩個光溜溜的坐在澡盆裡玩了一陣子水，心情又好了起來。

宋寧洗完大的，又把小的拉出來搓背，宋小福乖乖地趴在澡盆邊上，眨巴著圓溜溜的大眼睛，忽然開口問道：「小姑姑，什麼叫裝病？」

聞言，宋寧微微一怔，戳了戳他肉嘟嘟的小臉蛋道：「這個詞你從哪裡聽來的？」

宋小福嘻嘻笑道：「從苗奶奶那邊聽的。」

只見宋小滿也點點頭。「昨天我和弟弟在嬸嬸屋裡躲貓貓，聽見苗奶奶說裝病就……就可以不用幹活。小姑姑，為什麼要裝病？爹說過人不幹活就沒錢買東西吃，沒東西吃就會餓肚子。小姑姑，我不想餓肚子，我會幫娘一起幹活。」

宋小福一臉崇拜地看向自家哥哥，點點頭，他也是這麼認為的，只是不知道該怎麼說。

聽到這番話，宋寧詫異地道：「裝病當然不對，不幹活也不對。小姑姑問你們，這事你們告訴別人了嗎？」

兄弟兩個不約而同地搖搖頭。

宋寧揉了揉他倆的頭，伸出小指跟他們打勾勾。「那咱們約定，這是我們之間的秘密，先不要同別人說，尤其是奶奶，記住了嗎？」

兩個小孩子一臉疑惑地抓了抓腦袋，還是點了點頭。

宋寧剛將宋小滿、宋小福身上的皂莢水沖乾淨，幫他們擦乾、換上小衣裳，就聽見葛鳳兩口子帶著兩個兒子回來了。

如今天氣熱，地裡的農活都是趁著早晚天氣涼的時候做，一家子在地裡埋頭割豆子，一不注意就割到了天黑。

葛鳳放下鐮刀在院子裡轉了一圈，滿意地朝大兒子點了點頭。「不錯，你媳婦幹活就是俐落，穀子沒灑出來就好。」

宋寧牽著兩個小豆丁出來迎接他們。「爹、娘、大哥、二哥，你們回來了！快去屋裡吃塊西瓜歇口氣吧。」

葛鳳看見宋寧，驚喜道：「我的寶貝閨女回來了！快讓娘看看，怎麼瞧著又瘦了一圈啊？不過氣色看起來很好。女婿呢？怎麼沒跟著妳一塊兒回來？」

宋寧抓了抓頭髮道：「娘，相公去郡城考試，還沒回來呢。」

葛鳳拍了拍腦門，笑道：「瞧我這記性，怎麼把這事忘了？唉唷，我閨女馬上就要當秀才娘子了！」

宋賢見老婆子拉著閨女絮絮叨叨個沒完，自己又插不上嘴，忍不住埋怨道：「好了，時辰不早了，一家子已經忙了一個下午，這都餓得前胸貼後背了，快去燒飯才是正事。」

葛鳳朝他翻了個白眼。「喔，你們幾個大老爺們知道喊累喊餓，我老婆子就不累不餓啦？你們幹活的時候我老婆子可是偷懶了？」

宋賢悻悻地閉了嘴回屋，葛鳳往灶房裡望了一下，這才發現吳雪沒在裡頭。「老大媳婦呢？這個時辰還不燒飯，上哪裡躲清閒去了？」

「唉呀，親家母，妳還不知道呢。妳家老大媳婦方才平白無故昏倒了，人正在屋裡躺著呢。」

苗馨不知什麼時候從屋裡出來了，抱著手立在屋簷下，一副事不關己的樣子說著風涼話。

葛鳳一向看苗馨不順眼，如今聽那老婆子這樣說，更是不痛快。她自己的兒媳婦她可以數落，唯獨聽不得別人說半句不是。

宋寧見親娘臉色不好看了，輕輕扯了扯她的袖子，喚了聲「娘」。

葛鳳對苗馨冷哼了一聲，到底看在老二兩口子好不容易有了孩子的分上不搭理她，轉頭歡歡喜喜地拉著閨女進了灶房。「女兒，妳肚子餓了吧？想吃什麼告訴娘，娘都做給妳。」

宋寧挽起袖子準備幫忙。「娘，今兒個您歇歇，讓閨女孝敬孝敬您。」

聽著灶房裡傳出的歡聲笑語，苗馨恨得咬牙，低聲啐道：「我呸！不就是得了個能去考秀才的女婿嗎？這考不考得上還不知道呢，尾巴就翹到天上去了！」
兩個小豆丁正蹲在牆角下拿著小木棍刨蛐蛐兒，聽見苗馨嘀咕，忍不住湊上去眨巴著大眼睛，拉著她的衣角，一臉真誠地問出疑惑。
「苗奶奶，誰長尾巴了？」
「告訴我們吧！」
苗馨低頭瞥了兄弟兩個的小髒手一眼，嫌棄地扯開自己的衣角。「去去去，髒死了，一邊玩去！」
看著被苗馨一腳踢翻地上的小竹筒，宋小福張大了嘴巴，大叫道：「啊，哥哥，大強跑掉了！」
宋小滿忙撲上去捉，結果那蛐蛐兒張開小翅膀一跳，不偏不倚地落到苗馨的手背上。
苗馨被嚇了一跳，失聲大罵道：「你們兩個小兔崽子皮癢了是不是?!玩什麼不好，非要玩這個？快，快拿走！」
宋平在堂屋聽見兩個兒子又闖了禍，也未多想，立刻抓著小竹棍從屋子裡出來要收拾人。
兩個小的見狀，一溜煙鑽進了灶房找宋寧和葛鳳告狀。
宋小滿噘著小嘴為自己和弟弟辯解道：「是苗奶奶先踢翻了我和弟弟的竹筒，然後大強就自己跑出來了，我和弟弟不是故意嚇她的。」

一旁的宋小福也點點頭。「苗奶奶一個大人還怕小蟲子，羞羞羞！」

宋寧有些哭笑不得地做了個手勢，讓他們悄悄躲在自己身後。

苗馨還在外頭喋喋不休地抱怨，宋賢、宋安父子兩個也從屋裡出來打圓場。

「我說親家，你們老宋家就是這樣教孩子的嗎？慣壞一個還不夠，再來兩個，將來是不是要上房揭瓦？說不定要做多少壞事呢！」

宋安覺得岳母有些小題大作了，但礙於晚輩的身分不好多說什麼。

一家之主宋賢緊皺著眉，小心翼翼地賠不是。「好了親家母，妳就看在孩子年紀小、不懂事的分上，大人有大量，別跟他們計較。」

宋平氣得牙癢癢，也顧不上青紅皂白了，非要逮住兩個小崽子狠狠教訓一頓。「宋小滿、宋小福，我數到三，再不出來，就別認我這個爹了！」

耳邊傳來親爹的咆哮，兩個小崽子躲在宋寧身後瑟瑟發抖。

宋寧十分同情地摸了摸他們的小腦袋，叫他們別怕。

葛鳳聽見苗馨居然敢拐著彎罵自家閨女，舉著火鉗從灶房裡衝出去，對著苗馨又是一陣冷嘲熱諷。「我說親家母，我老宋家的人眼皮子淺、見識短，不會教孩子，倒是妳家家教好、重規矩？也不看看自己都多大歲數的人了，還跟兩個孩子計較，也不害臊？」

苗馨一聽氣急敗壞，當即梗著脖子道：「我說葛鳳，妳到底什麼意思？嫌棄我教出來的閨女不好是嗎？行，明兒個我就帶著母子兩個回姚家去！」

宋安忙上前去安撫丈母娘苗馨，宋寧也去勸親娘葛鳳。

可惜葛鳳脾氣已經上來了，宋寧拉都拉不住。「妳別嚇唬我老婆子，妳閨女在我家像菩薩一樣好吃好喝地供著，到頭來妳還嫌東嫌西的，帶回去正好，我老婆子累得夠嗆，不伺候了！」

姚靜、吳雪兩個在屋裡聽見外頭吵鬧，哪裡還躺得住，全跑出來勸架。姚靜一邊抹淚一邊勸親娘少說兩句，吳雪也勸婆婆看在弟妹有身孕的分上別同親家母計較。

苗馨見葛鳳把話說得這麼絕，心中幾分悔意全沒了。如今她家小兒子剛成了親，處處都缺銀子，真要把嫁出去的女兒領回去，倒貼銀子不說，還得遭人笑話。

可要她向葛鳳低頭，那是萬萬不可能的，兩個人又爭吵了幾句。

拉拉扯扯間，姚靜被自己親娘的手肘撞了一下，身子一晃摔倒在地，當即捂著肚子喊起來。「相公……我肚子好痛！」

眾人都被嚇了一跳，最揪心的當數宋安，他抱起姚靜，大步往屋裡走去。「靜兒，妳堅持住，我馬上就去幫妳找大夫！」

宋寧快步跟上去看看自己有沒有幫得上忙的地方，說到底她二哥是男人，對婦人之事一竅不通。

苗馨先是被嚇到，後來又覺得她肯定是裝的，心道這丫頭還算機靈，知道這時候裝病嚇唬他們。

葛鳳瞪了苗馨一眼，暗道二兒媳婦攤上這麼個娘也是倒了八輩子血楣了。

她這個當婆婆的見姚靜疼得臉都白了，也是又急又怕，一把拉住跟著往裡走的老大兩口子，怒吼道：「你倆別跟著進去添亂了，快去你堂叔公家把大夫請過來！」

不知姚靜是幸還是不幸，這幾日宋大山腿腳不好，他那個當大夫的兒子宋明從鎮上回來照顧他，此時正在家裡。

宋平夫妻急匆匆地上門將人請了過來，路上也將事情的起因掐頭去尾地同他說了一遍。

沒多久，宋明就提著藥箱進了門，他來不及同眾人寒暄，直接進屋查看病人的狀況。

姚靜捂著肚子有氣無力地躺在床上，疼得冷汗直流。

宋明把了脈，問了一些情況就開始為她針灸止痛，宋寧在一旁幫忙掌燈、遞帕子。

見姚靜一時還不見好轉，宋安急得團團轉，葛鳳也是提心吊膽，一屋子人大氣都不敢喘。

看著姚靜越發蒼白的臉色，苗馨明白這是真疼，不是裝出來的，也有些忐忑了。「大夫，我閨女怎麼樣了？肚子裡的孩子沒事吧？」

姚靜迷迷糊糊間聽見「孩子」兩個字，眉頭皺得更緊了。

宋明蹙眉，低聲道：「你們今日可是給她吃了什麼不乾淨的東西？」

葛鳳看了大兒媳婦吳雪一眼，吳雪心頭一跳，立刻解釋道：「娘，家裡給弟妹吃的飯菜向來都是最新鮮的，咱們自己不也吃了嗎？昨兒個的剩菜我都沒敢拿給弟妹吃。」

聽了這些話，葛鳳點點頭，十分肯定地說道：「對，給她吃的我這兩個小孫子也吃了，沒什麼問題。」

宋寧回頭看向苗馨，今日她們母女兩個吃住都在一處，姚靜是否吃了什麼不乾淨的東西，旁人或許不知，但苗馨一定最清楚。

苗馨眼神閃躲，心底有一絲慌張，面上卻是強作鎮定道：「也沒吃什麼別的東西，就傍晚時妳家三娘回來那會兒，老大媳婦端了盤西瓜進來，靜兒一時貪涼多吃了一塊，許是……許是吃壞了肚子。」

吳雪心裡打了個突，難道真是自己害了弟妹？

宋寧沈默了一瞬，孕婦脾胃虛弱，倒是真有這個可能。

誰知宋明卻是搖搖頭道：「那瓜是否新鮮？你們其他人可吃了？」

吳雪和宋寧都不約而同地點點頭。

只見吳雪道：「那瓜是今天早上才從地裡摘的，這事娘知道，我和小妹、小滿、小福都吃了。」

葛鳳頷首，地裡的瓜果她都有數，她沒點頭，兒媳婦不敢擅自作主。

宋明瞇了瞇眼，冷聲道：「那就不是瓜的問題了，再不肯說實話，教我如何用藥？」

第三十一章　終歸平靜

針扎下去，姚靜感覺一口氣緩過來了，緩緩睜開眼看了眼親娘苗馨。

苗馨卻是一個勁兒地朝她擺手，姚靜不禁認命地閉了閉眼睛。

宋寧看出姚靜臉上的異常，起身對葛鳳、苗馨道：「娘、親家母，大夫看病需要安靜，妳們和其他人都先出去，留我在這裡照顧二嫂就夠了。」

宋安還有些放心不下，姚靜虛弱地朝他點了點頭，葛鳳便不由分說地將所有人都趕了出去。

等到屋子裡只剩下姚靜、宋明和宋寧了，宋寧才開口問道：「二嫂，妳要說實話，大夫才能對症下藥。」

姚靜抓緊宋寧的手，垂淚道：「我娘過來前替我跟村裡的神婆求了一道符，說是將那符化水喝了，就能保佑我順順利利為相公生下一個大胖小子。」

宋寧心中可說是五味雜陳，姚靜曾經失去過一個孩子，如今這麼做倒也不是不能理解，只是這樣險些弄巧成拙害了自己，實在可憐可悲。

聞言，宋明點點頭，長嘆一聲道：「我說宋安媳婦，生男生女都是天命，往後少信那些有的沒的。好了，這次權當長個教訓，我替妳開兩服藥，吃了以後好生歇著，過兩日就好了。」

姚靜含著淚點點頭，顫聲道：「堂叔，那我肚裡的孩子沒事吧？」

宋明道：「暫時是保下了，要是往後妳再這樣折騰，神仙來了也不一定救得回來。」

姚靜羞愧難當，忙不迭地朝他道謝。

眾人見姚靜有驚無險，都暗自鬆了口氣，兩個老婆子也不吵了，各自忍著一口氣，看對方較之以往更加不順眼了幾分。

吳雪心想大夥兒都還餓著肚子，忙繫了圍裙去灶房生火做飯。

宋寧想去幫忙，奈何姚靜淚眼汪汪地抓著她的手不肯鬆開。「小妹，妳再陪我坐一會兒吧，我心裡總不踏實。」

見姚靜這樣，宋寧安慰了她幾句，又同她說了一些有孕的婦人需要注意的事。「二嫂，婦人有了身孕，頭三個月一定要注意，尤其是妳這樣身子弱的，一定要吃好、睡好。記住，不要提重物、別吃不新鮮的東西，更不能整天鬱鬱寡歡，凡事想開點，還有……」

宋寧紅著臉同姚靜耳語道：「最好不要行房。」

姚靜臉頰發燙，羞赧道：「小妹，這些也是妳從書上看來的嗎？」

宋寧含糊地點頭應了一聲，又聽她羨慕地道：「小妹，識字就是好，我要是也能識文斷字，就不會做出這種糊塗事了。」

聽了這些話，宋寧道：「這個也不難，若是妳真想學，往後小滿、小福兩個進了學堂，讓他們回來教妳，妳回頭幫他們買兩塊糖吃就行了。」

她話音剛落，就看見兩個小豆丁探頭探腦地從門後鑽了出來。

「小姑姑，妳在叫我和弟弟嗎？」宋小滿歪著小腦袋問道。

宋寧笑著招了招手讓他們到跟前，拉著他們的小手問道：「往後你們上了學、學了字，回來教嬸嬸和肚子裡的小寶寶好不好？」

只見宋小福抓抓小腦袋望向哥哥，宋小滿突然有些害羞地捂著臉道：「要是我們教錯了，嬸嬸和肚子裡的寶寶會笑我們嗎？」

姚靜心頭一軟，捏了捏他倆的小手道：「嬸嬸怎麼會笑你們呢？你們教得好，嬸嬸給你們買糖吃。」

宋小福吸溜著口水，重重點頭。

至於宋小滿，他眨巴著黑漆漆的大眼睛盯著姚靜的肚子，問道：「嬸嬸，方才妳肚子裡的小寶寶摔疼了嗎？我能不能幫他吹一吹？」

姚靜看著兩個小奶娃，心都快融化了，忙點了點頭讓他們到自己身邊來。

宋小福先一步踢掉鞋子爬上床去朝姚靜的肚子輕輕吹了一口氣，宋小滿則是小心翼翼地趴在床邊朝肚子裡的小寶寶呼呼。

這一夜，大夥兒總算是相安無事地過去了。

第二日一早苗馨吃完飯就怒氣沖沖地回去了，連宋安趕去送她都被攆了回來。

宋寧忍不住問道：「娘，她這是怎麼了？」

吳雪轉頭看向婆婆，心想：其實我也很好奇，但我不敢問。

葛鳳撇撇嘴角。「誰知道她又發什麼瘋？」

姚靜慢吞吞地從屋子裡走了出來。「娘、大嫂、小妹，這兩日給妳們添了許多麻煩，我讓我娘先回去了。」

宋寧睜大了眼，暗道：二嫂，妳終於強硬起來了！

吳雪張大嘴，心道：弟妹，妳變了！

葛鳳則是雲淡風輕地擺擺手。「行，沒什麼事就散了吧。對了，老大家的，去後院逮一隻雞回來，今兒個咱們吃點好的。」

真是太陽打西邊出來了，看來她家老二這個媳婦還有救。

送走了苗馨，宋家就恢復了平靜，姚靜也開始幫著大嫂、婆婆做一些力所能及的事。

吳雪怕她累著，勸她去躺著休息，姚靜卻道：「小妹說了，老躺在床上也不好。大嫂，妳就放心吧，我知道輕重的。」

現在吳雪看宋寧的眼神都不一樣了，臉上寫著一個大大的「服」！

這天晚上，宋寧用自己帶回來的鹹鴨蛋做了一道蟹黃豆花，又在院子裡架了塊石板子烤魚，另外還做了紅燒茄子、涼拌青筍絲、雞絲涼麵和皮蛋瘦肉粥。

自從天氣熱起來，大夥兒都沒什麼胃口，平時吃飯都只是勉強填飽肚子，這頓飯難得一家子吃得停不下筷子，三個大男人很快就分完了一大碗麵，兩個小豆丁搶著將最後一塊魚肉放進自己嘴裡，連害喜的姚靜都忍不住多吃了一碗。

飯後，大家心滿意足地打著飽嗝，坐在院子裡搖扇子乘涼。宋寧拿出從府城買回來的禮物，給葛鳳的是一只沈甸甸的如意紋銀鐲子，給嫂嫂兩人各一支做工精緻的花鳥紋髮簪，給宋賢和兩個哥哥的則是回春堂的壯骨酒。

葛鳳摩挲著手腕上的銀鐲子，笑得見牙不見眼。「我就說咱們要享閨女的福吧，明天我就戴出去，讓村裡那些老婆子好生羨慕羨慕。」

宋賢聽得直皺眉，敲著菸桿道：「常言道『財不露白』，妳還嫌咱們家不夠遭人惦記嗎？」

葛鳳不禁朝他翻了個白眼。「你個糟老頭子懂什麼？」

嘴上雖然這麼說，她卻默默將銀鐲子脫下來，小心地收好。

吳雪夫妻、姚靜兩口子沒想到他們也有份，都捧著自己那份禮喜孜孜地同宋寧道謝。

兩個小豆丁見大家都拿到了禮物，眼巴巴地望著宋寧，乖乖等待自己的那一份。

宋寧含笑揉了揉他倆的小腦袋，從包袱裡拿出兩本小冊子。

冊子上畫的是栩栩如生的小人和長毛的大耳怪，兄弟兩個捧著書咯咯笑作一團，連晚上睡覺都捨不得撒手。

翌日一早，宋寧辭別家人準備回白水村。

宋賢將閨女拉到一旁悄悄問道：「三娘啊，妳這次進府城花了不少銀子吧？身上錢還夠不夠啊？」

說著就見他從懷裡摸出一個小荷包塞進宋寧手裡。「這個妳拿著，爹悄悄為妳攢的，喜歡吃什麼、穿什麼自己買去。」

宋寧眼眶發熱，將銀子退給他。「爹，我家的醬菜買賣如今能賺錢，況且家裡的雞鴨也下蛋了，比從前寬裕了不少。」

心疼女兒的宋賢還想說些什麼，就被自家老婆子一把推開。「糟老頭子哪來那麼多廢話？我還有正事要同閨女說，你一邊去。」

宋賢忍不住嘟囔了兩句，但還是走開了。

葛鳳拉著宋寧的手道：「上回那個馮老頭到處說妳懷了身孕，娘已經罵過他了。不過，乖女兒啊，妳不要嫌娘囉嗦，等這次女婿回來了，你們抓緊時機懷上一個孩子才是要緊的事。」

宋寧羞赧地歪頭靠在葛鳳肩上。「娘，您不是說我還小嗎？不急著要孩子。」

葛鳳寵溺地點了點她的額。「傻丫頭，多少女子在妳這個年紀都當上娘了。從前娘是覺得妳在杜家也待不長久，沒有孩子更好，如今啊，不一樣了。」

宋寧不解道：「杜家還是那個杜家，相公也還是那個相公，哪裡就不一樣了？」

葛鳳搖搖頭。「一是妳這丫頭既然死心塌地跟著人家了，早點抱上孩子不是應該的嗎？二嘛……妳相公跟從前不一樣了，往後還不知道要遭多少人惦記呢。男人嘛，對為自己生過孩子的女人總是不一樣的。」

宋寧有些好笑地問道：「您是想讓我用孩子來拴住相公的心？」

葛鳳不置可否，也跟著笑道：「妳就跟娘說說，妳喜歡杜家那小子嗎？願意看別的女人接近他嗎？」

不知怎的，宋寧一下子就想到了那位端莊嫻靜的陳姑娘，想到她看向杜蘅的眼神，想到杜蘅若是也送她琉璃手串、牽她看戲、為她穿鞋……她心裡就跟吃了酸葡萄似的。

她不願意啊！

院試當天，考生們依然是天未亮就出門排隊入考場，經過嚴格的搜檢入場、廩生認保、拜聖人像等程序，最後入座。

院試由皇帝欽點的學政主持，學政大多出自翰林院，監考人員也較之府試多了一倍。

杜蘅的位子就在學政眼皮子底下，考試期間，巡考官也是頻繁走動到考生身旁巡視，有時候一站就是一、兩刻鐘。

這種行為給大多數考生造成了不小的干擾，有的考生一聽到巡考官的腳步聲就緊張得手腳冒汗，看著試卷上密密麻麻的考題，腦中一片空白。

入六月以來天氣本就炎熱，考場內人人心浮氣躁，有的考生偷偷脫了鞋襪，更有甚者解了衣袍圖一時涼快。

一開始還有人提醒他們注意讀書人的形象，可隨著日頭越升越高，考試的時間越來越長，學政和巡考官們也受不了了，索性脫了官帽、鬆了衣襟，手裡拿著扇子不停地搖。

杜蘅擦了擦額上的汗，摸出一顆圓圓的糖塊放入口中，唇齒間隨即有股涼意蔓延開來，頓覺神清氣爽，心底的躁熱也被壓下去幾分。

這是出門前宋寧在家親手做的薄荷糖，她做的時候他就守在邊上替她燒火，她的手很巧，總能做出一些稀奇古怪的東西。

他素來不喜甜，卻沒有辦法拒絕她的好意，未曾料到這小小的糖塊竟有如此妙用。

幾場考下來，幾家歡喜幾家愁。

考場門前一頭是抱頭痛哭的白髮童生，另一頭是神采奕奕、志得意滿的青年人。

「聽說那位秋老爺已經考了十多次，這次再考不上，只怕是要抱憾終生了。」

「十多次？大半輩子都搭進去了，可憐啊。師兄，你考得如何？」

「馬馬虎虎，但求不辜負恩師與家人的期望。」

江澄依舊是三人中最早出考場的，考棚內又悶又熱，還充斥著各種味道，他覺得自己再多待一刻，就要被人抬著出來了。

四喜在一旁賣力地為他打著扇，之後杜蘅跟柳七依序從考場離開，不過柳七是被人扶出來的。

柳七的臉色著實不太好，江澄、杜蘅攙著他在大榕樹下坐了一會兒，才見他緩過神來要水喝。

江澄皺著眉看他仰頭喝完一大壺水，忍不住好奇道：「怎麼這麼渴？」

柳七撓撓頭，赧然道：「說來實在有些不走運，我那位子正對著日頭，被曬了一下午，在考棚內我又不敢多喝水，方才考完的時候起猛了，就有些頭暈。」

杜蘅扶他緩緩站起來。「要不要找個大夫瞧一瞧？」

柳七搖頭。「我沒事了，只是熱得慌，咱們回客棧吧。」

這幾日暑熱難耐，一家子都起得格外早。

孟蘭一早起來在院子裡餵雞；杜樂娘趕了鴨子去河灘上跑；宋寧挎著籃子去地裡摘了些豆角、茄子，又趁涼快去高粱地和稻田邊上轉悠了一圈。

今年雨水少、光照充足，她家地裡的高粱長勢很好，還不到七月就掛上了沈甸甸的棕紅色穗子。

稻田的情況也很不錯，站在田埂上一眼望過去盡是黃澄澄的一片，不出意外的話，今年村裡定有個好收成。

誰知一陣大風颳過來，方才還晴朗的天空立刻陰沈下來，樹上枝葉嘩嘩作響，宋寧抬頭看了天邊滾滾而來的黑雲一眼，挎著籃子疾步往河灘的方向跑過去。「樂娘，要下雨了，快回去吧！」

杜樂娘回頭朝她揮了揮手，急忙趕著鴨子往回走。

姑嫂兩個前腳剛進門，豆大的雨點就落了下來，兩人匆匆將雞鴨都趕回籠子裡，又幫著孟蘭一塊兒將晾在外頭的乾菜收回屋。

下雨天出不了門，婦人們拿出針線笸坐在屋簷底下一邊縫縫補補，一邊說著閒話。

左鄰右舍的孩子都湊在一起玩，起先還只是蹲在地上玩石子，後來不知是誰帶頭脫了鞋襪，赤著腳往雨裡跑，最後就變成一群孩子嘻嘻哈哈地在外面踩水坑。

曹霜一轉頭瞧見兒子鐵蛋不見了，急匆匆地跑出去找，卻不想撞見小崽子正喜孜孜地跟著幾個大孩子在外頭踩水，渾身上下澆得跟落湯雞似的。

這可把曹霜氣了個倒仰，罵罵咧咧地將趴在地上不肯走的兒子拎小雞崽似的帶了回去。

婦人們聽到動靜，紛紛出去揪了自家孩子回去換洗，一時之間左鄰右舍雞飛狗跳，婦人們的罵聲和孩童的啼哭聲混作一團。

到了中午，雨越下越大，孟蘭、杜樂娘跟宋寧正在屋裡吃飯，忽然聽見一陣急促的拍門聲傳來。

雨聲嘈雜，孟蘭以為是自己聽錯了，可依稀聽見有人在外面叫喚。

孟蘭放下碗筷，詫異道：「這大中午的，又下這麼大的雨，還有誰這時候會上門來？」

「娘，我出去看看。」

宋寧匆匆起身出去開門，就看見杜蘅頭戴斗笠、身披蓑衣，一身濕答答地站在門外。

「相公?! 你怎麼這時候回來了？」

杜蘅朝她笑了笑，解下斗笠，一邊攬著她往裡走，一邊道：「晚上我再同妳慢慢說。」

孟蘭、杜樂娘看見杜蘅冒著大雨回來都嚇了一跳，連忙催他去換衣裳。

上次杜蘅在屋裡洗澡時房中掛了帳子，宋寧覺得很方便，事後取下來稍加剪裁，穿上珠子、扣眼，就變成真正的簾子。

此時杜蘅就立在簾子後，他脫下一身滴著水的衣裳，用巾子胡亂擦去身上的水珠，一回過頭，就見她站在簾子另一側。

「這套衣服是娘新做的，前日出太陽我才洗了拿出去曬過，你試試看合不合身。」

杜蘅盯著她小心翼翼伸進來的素白小手，微微揚唇接過衣裳匆匆套好，又聽見她的聲音從簾子後傳來——

「相公，你換好衣裳出去喝碗熱湯，我去燒水，等會兒你吃完飯再好好泡個澡祛祛寒氣。」

「不必了。」杜蘅掀開簾子走了出來，望著她道：「我還有事要找羅叔說，飯回來再吃。」

宋寧怔怔地點頭送他出去，杜蘅剛走到門口，忽然轉身將她攬進懷裡，下巴抵在她頭上輕輕摩挲了一下，嗓音低沈、帶著幾分繾綣道：「等我回來。」

她的身體溫暖乾燥，他的身軀卻有些涼還帶著幾分潮氣，宋寧輕輕靠在他懷裡，連呼吸都亂了。

好在杜蘅很快便鬆開了她，宋寧悄悄鬆了一口氣，捂著微微發燙的臉頰，怔怔地望著他出門前同母親、妹妹說了些什麼，然後又戴上斗笠、披著蓑衣匆匆出去了。

第三十二章 雨夜尋人

宋寧出去幫孟蘭一起收拾好碗筷，在鍋裡留了飯菜給杜蘅，灶下用炭火煨著。

孟蘭忍不住嘆道：「這孩子也真是的，有什麼要緊的事非要趕著這時候回來？好了，三娘，妳去歇歇吧，難得下雨天涼快。」

宋寧也道：「好，娘，雨天光線暗，您也別做針線了。」

孟蘭點點頭，看女兒擺弄了一會兒魯班鎖，最終仍是閒不住，又搬出紡車來幹活。

左右無事，宋寧想起杜蘅擱在角落裡漏著水的行李，翻出來一看，果然發現那些帶去的衣裳全都濕透了，回頭還得重新洗過。至於書箱的書，饒是有他小心翼翼地護著，卻也在所難免地受了潮。

宋寧在屋子裡生了火盆，坐在窗戶邊上一邊吹著涼風、望著屋簷下被雨滴砸出來的水坑出神，一邊替他翻烤那些受了潮的書和紙張。

灶膛裡的火燃了又熄，鍋裡的飯熱了又涼。

孟蘭一整個下午都坐在屋簷下紡線，時不時望一眼白濛濛的雨幕，憂心忡忡地等著兒子回來。

杜蘅天黑後才從外頭回來，這一回他渾身上下濕得更徹底了，整個人彷彿從水裡撈出來似的，走到哪裡就留下一個小水灘。

孟蘭又是好笑、又是心酸道：「什麼事這麼急？怎麼就弄成這樣了？」

杜蘅匆匆換完衣裳從屋裡出來，長話短說地解釋道：「娘，下午我跟羅叔一塊兒去了一趟上游，上游的水將往年刻在石柱上的線都給淹沒了。這雨明日再不停，就要提防發洪水了。」

孟蘭皺眉道：「唉唷，上回發大水將地裡的莊稼全都泡壞了，鬧了好久的饑荒。眼看著就要秋收了，這可如何是好？」

杜樂娘正在幫宋寧盛飯，聞言也端著碗憂慮地望向哥哥。

杜蘅抬手揉了揉眉心，聲音帶著深深的倦意。「也不必太擔心，我和羅叔已經通知了附近幾個村的人留意河水的情況，咱們到時候見機行事。」

宋寧端了熱騰騰的飯菜上桌，安慰了孟蘭幾句。「娘，這回咱們提前防著，必要的時候可以把糧食轉移到山上去，應該不至於鬧饑荒。」

杜樂娘有些擔心家裡那些雞鴨，想著回頭再多做幾個筐子，若是洪水淹過來了，就挑著牠們一塊兒上山去。

孟蘭點了點頭，攥著手指道：「也對……好了，先吃飯吧，大夥兒提心吊膽了一下午，也該餓了。」

一家子各懷心事地圍坐在一起吃飯。

杜蘅在外頭頂著大雨奔走了一日，從早上起就滴水未進，在外頭也顧不上，此時對著一桌飄著香味的飯菜，已忍不住飢餓，剛想動筷子，就見宋寧遞過來一碗冒著熱氣的菜葉豆腐羹。

「相公，先喝口湯暖暖身子，裡頭加了薑絲，喝下去能祛除身上的寒氣。」

杜蘅點點頭，從善如流地喝下熱湯。

晚飯過後，孟蘭見兒子十分疲累，沒再多說什麼，而是早早打發他們回屋休息。

宋寧坐在燈下算著這段時間家裡的花銷、進項，杜蘅將身子泡在一大桶熱水中，隔著一道簾子同她說話。

算完帳收起紙筆，宋寧望著杜蘅投在簾子上的影子，問道：「相公，你是怎麼看出咱們這裡可能會發大水的？」

他們這地方夏天下暴雨是常有的事，只不過大多數時候下個一、兩日也就停止了，該收割的照舊收割、該播種的繼續播種，基本上沒人會把這樣一場雨放在心上。

杜蘅笑了笑，耐心同她解釋道：「《九江地方志》上有記載，咱們附近這幾個村的河流均發源於綏江。此次從蘭臺郡乘船回來時，我聽江上的船翁們說起綏江上游的幾個村子都遭了水災，便猜測咱們下游也可能受牽連。」

宋寧支著下巴喃喃道：「所以你才會冒著大雨天從外面趕回來……」

簾子裡頭傳來嘩啦嘩啦的水聲，杜蘅從水裡站起來了，整個身形被清清楚楚地勾勒在簾子上，宋寧紅著臉收回目光，趕緊背過身去。

「我先睡了，燈給你留著。」說罷，她翻身上床，俐落地將自己裹進薄被裡，對著牆壁裝睡。

不多時就聽見杜蘅從裡面出來了，只是他並未急著歇息，而是在燈下略坐了一會兒。杜蘅留意到了已經歸置好的行李，手指撫過那一頁頁已經烘乾的書稿，眼中是藏不住的笑意，等到身上水氣都乾了，他也熄燈上床了。

到了次日清晨，雨還是沒有停下來的意思，一家子剛吃完早飯就看見羅里正冒著大雨過來了。

羅里正抹著額上的水珠，滿面愁容道：「大郎，早上下河村的人過來找我，說水已經漲過橋墩上的第二條線了，再這樣下去，上游的水庫就關不住這麼多水了，到時候咱們下面幾個村子都會跟著遭殃。你昨日說的那些法子，我看還是早些實行的好。」

「好，我這就跟您一塊兒去找村民們說明情況。」杜蘅取下牆頭的斗笠、蓑衣，同家裡人打過招呼，就一刻不敢耽誤地跟著羅里正出去了。

他們先去了各家族老家中，將上游漲水、村子可能受災的事說了一遍，杜蘅又向他們解釋了自己的提議。

這些族老們清楚洪災帶來的嚴重後果，想到此時還泡在水裡的莊稼，都表示支持羅里正和杜蘅的建議。

眾人一商定，便緊鑼密鼓地分頭召集自家族人，同他們說明情況，號召青壯勞動力出來幫忙。

白水村共有六十八戶人家，有的人家住得比較偏遠，羅里正和杜蘅就親自上門通知他們做好防洪抗災的準備。

經過一上午的奔走，到了下午已經集齊了八十七名人員，大夥兒披著蓑衣、戴著斗笠，聚在臨時搭建的雨棚內商談工作分配一事。

羅里正的大兒子羅大勇拿著小冊子清點到場的人，木匠家的小兒子二栓子突然指著劉慧娘的爹劉貴嬉笑道：「你們看，連貴叔這樣拄著枴杖的都來了，該不會是看翁大娘手藝好，想蹭公家一頓飯吧？」

眾人笑成一團，劉貴氣得咬牙掄起枴杖朝二栓子小腿上招呼了一下。「你這個狗嘴裡吐不出象牙的壞小子！我就算拄著枴杖，走起路來照樣比你快！」

二栓子閃身躲到羅里正身後，朝他吐著舌頭。「走得快有什麼用？回頭您在小河邊上摔一跤，丟了枴杖，爬不起來的時候不知道多丟人呢！」

劉貴氣得牙癢癢，拄著枴杖一瘸一拐地追著二栓子打，惹得眾人大笑。

羅大勇清點完人數後，將小冊子遞給自己的爹。

匆匆看過名冊，羅里正踩著凳子，敲響鑼叫大夥兒安靜下來，道：「好了，各家的人都來得差不多了。只是王二呢？他家怎麼一個人也沒來？」

二栓子回道：「羅叔，王二叔家的老太太怕發大水把她兒子給沖走，死活不讓他出門。」

眾人又笑了起來，王二家那些人是什麼德行，大家心知肚明，沒有實實在在的好處可請不動他們。拿老太太出來頂鍋？虧他們兩口子想得出來！

羅里正板著臉輕咳了兩聲，又問道：「那這個錢五是怎麼回事？」

這回不等二栓子搶話，羅大勇忍不住提醒道：「爹，錢五平素就是個懶骨頭，他家地裡的荒草深得都看不見路了也沒見他動過一下，公家的事您就別指望他了。」

羅里正點點頭，環視了一圈後，目光落在了在場唯一一個婦人身上，他轉身同杜蘅商量了幾句，便開始分配工作。

眼下要做的主要有三件事。

一是挖通溝渠，讓地裡的水能排出去，以防大雨過後出現內澇的問題，影響收成。

二是排查村子裡的危房，村裡有不少長年遭受鼠啃蟲蛀的老房子，再經一場大雨，這些老房子很有可能會坍塌。為了避免不必要的傷亡，需要及時將住在危房裡的人遷去安全的臨時住所。

三要修補坍塌的路面，清理路面的淤泥和枯樹枝。

杜蘅按照村民們的年齡、身體狀況以及專長，分配給每個人具體的任務。挖溝渠、修路面都是重活，儘量交給青壯年去做；排查危房、疏散村民的責任重大，需要里正親自帶著泥瓦匠和其他專業的人處理。

當杜蘅主動說要去挖溝渠時，羅里正第一個站出來反對。

「大郎，你是讀書人，又是這麼多年來咱們村出的第一個童生，以你的資質將來考個秀才、舉人，甚至中進士都有可能。你們這樣的讀書人連官府都要免除你們的賦稅徭役，如何能幹這樣的活？」

羅大勇也站出來道：「是呀，大郎，你就聽我爹的。老李家那個柱子不過是讀了幾年書、識得幾個字，家裡人就跟供菩薩似的養著他。像你這般為咱們村裡爭光的，就是什麼都不做也沒人敢說什麼。」

杜蘅搖頭道：「大勇哥、羅叔，我知道你們是一片好意。只是我自幼生在這裡、長在這裡，大家對我們母子也多有照拂，若是我此時置身事外，只會良心不安。再者，挖溝渠事關重大，我若不跟去，還真有些放心不下。」

羅里正思索再三，終究點了頭，又對兒子叮囑道：「大勇，你也去，遇上什麼事好相互照拂。」

聞言，羅大勇立刻應下，又望著站在人群後面的婦人道：「爹，那陳家嬸子怎麼也來了？」

羅里正嘆道：「她家裡男人害病了，幹不了重活，約莫是想掙下幾頓口糧拿回去分給家裡人。你們先動身吧，我這就去勸她回去。」

為了提高防災意願，羅里正承諾，凡是過來出力的人，都包中午、晚上兩頓飯。

婦人們那邊由羅里正的娘翁老太太帶頭，大家燒菜的燒菜、蒸饅頭的蒸饅頭，忙得不可開交。

里正家的屋子寬敞，翁老太太和兒媳婦們在屋簷下砌了幾個臨時的灶臺，找村民們借了幾口大鍋來炒菜。

雖然里正說這幾頓飯算公家的，但這件事對大夥兒都有利，鄉親們也主動拿出自家囤的小菜、米糧來幫忙。

宋寧帶了自己做的兩罈醬菜和鹹鴨蛋，劉慧娘也好不容易說動曹霜拿出家裡的豬油添給公家。

外頭下著瓢潑大雨，小媳婦們湊在屋簷下一邊手腳俐落地幹著活，一邊聽婆子們閒話家常。

「這雨還真是下得沒完沒了，妳們說咱們地裡的莊稼還能收成嗎？」

「杜家大郎都說了，只要咱們及時挖通溝渠把地裡的水排出去，就能……怎麼說來著……及時止損。妳說是吧？三娘。」

婦人們齊刷刷地望向坐在屋簷下剝蒜的宋寧，宋寧有些羞赧地朝大家笑了笑。「嗯，您說得對，相公說只要咱們提早預防，就能把損失降到最小。」

木匠媳婦楚萍忍不住打趣道：「三娘啊，妳家相公是個讀書人，不比咱們村裡那些皮糙肉厚的粗漢子，外頭風雨這麼大，妳捨得他去？」

婦人們都忍不住輕笑出聲，等著聽宋寧如何回答。

宋寧臉色漲紅，強作鎮定道：「楚嬸您說笑了，相公他雖然是讀書人，但家裡農活也沒少做，大家都去得，他也去得。」

婦人們還要拿小夫妻兩個開玩笑，翁老太太就放下鍋鏟走過來幫宋寧解圍。「去去去，妳們這些老不羞的，有那工夫還不如擔心自家男人在外頭怎麼樣了。」

說罷便拉著宋寧去灶上幫忙。「妳那些嬸子都是嘴上沒個把門的，別跟她們混在一起。」

宋寧點頭謝過她的好意，此時翁老太太的大兒媳婦過來問道：「娘，灶上的碗碟不夠用了，咱們上哪家去借？」

翁老太太點點頭。「好，叫上妳弟妹，我同妳們一塊兒走一趟。」

宋寧朝窗外看了一眼，說道：「婆婆，外頭雨太大了，還是我跟嬸子們去吧。」

翁老太太解下身上圍裙塞到她手裡。「還是我去吧。三娘，妳手藝好，幫我掌勺炒幾個菜。」

宋寧見一大鍋青菜粥已經熬好了，蒸籠裡蒸著白花花的大饅頭，豬頭肉、炸小魚乾、拌豆角、擂茄子則是整整齊齊地擺在案板上。

她挽起袖子就地取材做了一道酸筍炒肉，又攤了幾張雞蛋蔥油餅，再將從家裡帶過來的滷豆乾、鹹鴨蛋擺盤添在一旁。

下雨天黑得早，外出幹活的男人們陸陸續續回來了，大夥兒頂著風雨忙了一下午，全是又累又餓，眼巴巴地等著開飯。

羅里正見人已經回來得差不多，就告訴翁老太太準備放飯了。

宋寧幫翁老太太為大家添飯、添菜，等忙到了一個段落，才發現天都黑透了還不見杜蘅回來。

她穿過人群找到忙得腳不沾地的羅里正問道：「羅叔，您瞧見我家相公了嗎？」

羅里正一拍腦門，一把扯過兒子問道：「你不是跟大郎一塊兒去的嗎？他人呢？」

這時候羅大勇才像是想起了什麼，他四處張望了一下，果然沒看見杜蘅，撓撓頭道：「方才大郎讓我們先走一步，我看天都黑了，大夥兒也累了，就帶著人先回來了……」

羅里正的暴脾氣上來了，忍不住一巴掌呼在兒子頭上。「不是叫你們相互照應嗎？你倒好，自己回來了，倒把人給老子弄丟了！」

宋寧忙勸道：「好了，羅叔。大勇哥，你們回來之前相公在什麼地方？我這就出去尋他。」

「在……十字坡，當時大郎正埋頭像是在找什麼東西。」羅大勇自責道：「三娘，我同妳一塊兒出去找。」

羅里正也要同去，三人便一路冒著雨出去尋人。

四周黑漆漆的，大雨嘩啦嘩啦地落下，耳邊聽不見別的聲響。

羅里正父子打著火把走在前面，宋寧打著傘、提著燈籠跟在後面。

到了十字坡，也就是羅大勇最後看到杜蘅的地方，卻不見他的人影，三人都有些惴惴不安。

只見羅大勇一臉焦急道：「都怪我，大郎要是出了什麼事，我……」

羅里正沒好氣地瞪了他一眼。「少跟老子在這裡胡說八道，大郎他吉人天相，不會有事的。找！這麼大個人還能在村裡丟了不成?!」

宋寧強行按捺住心中湧現的不安。「羅叔說得對，我家相公不會有事的。」

她接過羅里正手中的火把往四周照了照。「從這裡回村有三條小路，咱們分頭去找，說不定相公已經回去了。」

三個人商定好過了半個時辰在村裡的大榕樹下碰頭，羅里正又為宋寧挑了一條回村最近的路，便分頭行動了。

宋寧提著燈籠沿著黑漆漆的小路往回走，冰涼的雨水打濕了她的衣衫跟鞋襪，不過此時她顧不上這些了，只想快點看到那個熟悉的身影。

她一邊走一邊打著燈籠查看周圍有沒有杜蘅的蹤跡，一個不留神，被路邊的藤條絆了一下，腳下一空，手裡的燈籠骨碌碌地滾了出去，整個人跌進田埂下的泥坑裡。

宋寧強撐著從泥坑裡爬起來，頓時委屈極了，淚水在眼眶裡打轉，心想等她找到杜蘅，一定要好好向他發發牢騷。

「杜蘅！你到底在哪裡？」

她無助地朝著不見人影的田野喚了一聲，可她的聲音很快便被雨聲吞沒了。

第三十三章　齊心防洪

當杜蘅那熟悉的面孔真的出現在眼前時，宋寧一度懷疑是自己產生了幻覺。

原來杜蘅沿著小路往回走時，在大雨中模模糊糊地聽見宋寧的聲音，饒是理智告訴他此時她不該出現在這裡，可他還是找了回來，然後就看見落在地上的燈籠和雨傘，她人渾身是泥坐在地上。

他從田埂上跳下去扶她站起來，解下身上的斗笠和蓑衣為她穿戴上，沈著臉道：「妳怎麼到這裡來了？」

宋寧見他給自己擺臉色，忽然不高興起來，推開他一瘸一拐地自顧自往前走。「我怎麼會在這裡？當我腦子被門夾了，才會黑燈瞎火地餓著肚子、冒著雨出來找人。」

杜蘅拽住她的胳膊，柔聲道：「是我錯了。妳摔到腿了嗎？我幫妳看看。」

宋寧咬牙狠狠朝他的肩頭捶去。「你到底上哪裡去了？天黑了也不知道回去，不知道我們會擔心嗎？」

杜蘅默默受著她的埋怨，替她擦去臉上的泥點子。「雨太大了，這裡不是說話的地方，我先揹妳回去。」

見宋寧不肯走，他耐著性子問道：「怎麼了？」

宋寧不說話，只是一臉怨懟地盯著自己的腳尖，方才她跌下來的時候不知道把鞋子摔到哪裡去了。

杜蘅彎著腰在草叢裡摸索了一陣，將兩隻鞋子找了回來。

宋寧穿了鞋就要自己走，杜蘅二話不說將人打橫抱了起來，宋寧擔心他抱著自己不好走路，只能退而求其次答應讓他揹自己回去。

就這樣，杜蘅揹著她，她撐著傘往回走。

他的肩膀寬闊、腳步沈穩，手臂堅實而有力，讓人覺得很安心。

她才驚覺此刻揹著她冒雨前行的人，已不再是那個聽她三言兩語便紅了臉的青澀少年。

不過，他還是那樣內斂、含蓄，從來不輕易開口，只是靜靜地用行動證明自己。

到了村口，宋寧心中那股無名火已經消了大半，甚至還有些愧疚，想到跟羅里正父子說好要在大榕樹底下碰頭，她輕輕用手推了推他的肩膀。「放我下來。」

杜蘅停下腳步，側頭看向她，笑道：「馬上就到了。」

宋寧本就趴在他肩上，此時他再側過頭，兩張臉一下子挨得極近，兩個人都不約而同地紅了臉。

「我同羅叔說好在前面碰頭，這樣教人看見不好。」

杜蘅點點頭，小心翼翼將宋寧放下來，扶著她去跟羅里正父子碰頭。

羅里正看到他們一塊兒回來了，一顆懸著的心才落回肚子裡。「沒事就好。走吧，我讓人幫你們留了飯，吃完飯再回去。」

杜蘅十分抱歉地說道：「羅叔，我想先送三娘回去換身衣裳。」

羅里正點點頭。「也好，那我讓你大勇哥幫你們把吃的送過去。」

一旁的羅大勇一口答應下來，可宋寧和杜蘅都不願意再添麻煩，謝絕了他們的好意。

目送著羅里正父子離去，杜蘅看了看宋寧，蹲下身道：「上來吧。」

這次宋寧沒再同他鬧彆扭，乖乖地讓他揹了回去。

孟蘭在灶上留了熱水等他們返家，杜蘅將屋子留給宋寧泡澡，等宋寧收拾妥當了，才見他端著兩碗麵進屋。

宋寧神情複雜地看著賣相不怎麼好的兩碗麵，詫異道：「這是你做的嗎？」

杜蘅輕輕「嗯」了一聲。

宋寧安慰自己也許只是賣相不好，然而事實證明這兩碗麵實在是表裡如一，麵條有點糊、鹽多油少，讓人難以下嚥。

抱著不浪費糧食和不傷人自尊的原則，她悶著頭吃了小半碗，最後真的吃不下去了，放下筷子道：「我吃飽了。」

杜蘅頷首，將她碗中剩下的麵倒進自己碗裡，埋頭吃起來。

宋寧目瞪口呆地望著他一點一點將碗裡的麵全都吃完，忍不住問道：「你吃飽了嗎？」

杜蘅朝她笑了笑。「妳先休息，我去洗碗。」

宋寧點點頭，待他一出去，還是忍不住偷偷跟過去瞧了瞧，果然就看見他端著水瓢大口大口地灌水。

她不禁輕笑出聲，裝作什麼都不知道回了屋。

等到杜蘅從灶房回來，就看見她裹著被子躺在床上，身子朝著裡側，肩膀一抖一抖的，不知在做些什麼。

宋寧聽見他進來，立刻就不動了，努力憋住笑。

等到杜蘅熄了燈躺上床，就聽她開口問道：「溝渠都挖好了嗎？」

他輕輕「嗯」了聲。「明日還要去善後。」

「大勇哥說你今日冒著雨在找什麼東西？」她問。

他摸了摸胸口的位置，如實答道：「找荷包。」

宋寧翻了個身，疑惑地望向他。「裝錢的荷包？」

杜蘅搖搖頭，從胸口摸出一個扁扁的小荷包。

那個荷包是用做衣裳的邊角料縫的，上面繡著兩隻醜醜的蝴蝶，針腳實在稱不上細膩。

宋寧手指摸到蝴蝶的那一瞬間突然就笑了。「這不是我給你裝薄荷糖用的嗎？」

荷包是她縫著玩的，上面的蝴蝶也是無聊時跟婆婆學著繡的，沒想到他如此珍視。

她忽然有點內疚，喃喃道：「今日我不該對你發脾氣。」

杜蘅搖了搖頭，突然坐起身要去點燈，宋寧拉住他問：「你要做什麼？」

「讓我看看妳腿上的傷。」

「不用，只是扭到了腳踝，方才我已經搽過藥了。」

杜蘅將信將疑地看了她的腳踝一眼，直到鼻尖嗅到一股淡淡的藥酒氣味，確認她不是在搪塞自己後，才放下心來重新躺好。

「往後不要做這種傻事了。」

「嗯？」

「一個荷包而已，掉了就掉了，我再重新幫你做一個便是。」

「好。」

「還有，你做的麵……算了吧，下次想吃什麼還是我做。」

「我會跟娘好好學一學。」

宋寧心想，倒也不必。

到了翌日早上，雨還在下，眾人在村口草棚會合，羅里正正在分配工作，忽然就看見兩個村民氣喘吁吁地朝這邊跑了過來。

「里正……不好了，黃石灘的人把咱們昨天挖的溝渠堵起來了！」

羅里正聽得差點吐出一口老血，急問道：「什麼時候的事情？來了多少人？」

「就今兒個早上的事，約莫七、八個人。」

「什麼？他們黃石灘的人竟敢跑到咱們的地界上找事？是欺負我們白水村沒人了嗎？」

「走，鄉親們，咱們去會會他們！」

村民們群情激憤，紛紛扛起鋤頭要找黃石灘那群人討個說法。

羅里正按了按突突直跳的眉心，安撫道：「給我站住！大夥兒都少安毋躁，我先帶幾個人去了解到底是什麼情況再行動也不遲。」

說罷叫來兒子大勇。「你在這裡給我看好他們，誰都不准輕舉妄動，回頭要是惹出什麼事來，我唯你是問！」

羅大勇連忙應下，羅里正找杜蘅來商量對策，又從村民中挑了幾個年輕力壯的跟著去。

黃石灘的人見他們來也不驚慌，埋頭一鐵鍬接著一鐵鍬往溝渠裡填土。

羅里正認出為首的那人叫做王興，是黃石灘老王家最新一代的族長。王家在黃石灘是個大族，族裡人一向齊心，唯族長馬首是瞻。

看著村民們冒雨挖出來的溝渠被人一點一點填平，羅里正按捺住胸中翻湧的怒氣，盡可能平心靜氣地同他們溝通。「王老弟到我們白水村來也不知會我這個里正一聲，還擅自動我們村挖出來的溝渠，不知是什麼原因？」

王興停下動作，一腳踩在鐵鍬上，抬頭看向他，冷笑道：「羅大哥，你們白水村修這條溝渠的時候，可有想過這雨水順著溝渠排到我們黃石灘會怎麼樣？」

羅里正沈下臉來，厲聲道：「自古以來水往低處流，這是誰也阻擋不了的事情，上游的上河村、下河村幾個村子的水難道就不會從我們白水村的河裡經過嗎？你要是真為你們村裡人著想，就應該聽我們的勸告，早些帶著人挖通溝渠，讓地裡的積水早些排出去。」

王興笑了笑，指著腳底下的土地道：「你們動別的地方我們管不著，可這塊地是荒地，既不屬於你們白水村，也不屬於我們黃石灘，你們挖你們的，我們埋我們的，大夥兒誰也管不著誰。」

羅里正見王興是塊切不動、煮不熟、嚼不爛的滾刀肉，氣得牙癢癢，偏偏他說的又是事實，自己沒辦法反駁。

就在兩方對峙、誰也不讓誰之際，杜蘅帶著人從下游回來了。

他上前一步同羅里正說明情況，然後對黃石灘的人道：「諸位叔伯長輩，方才晚輩已經去你們村裡了解沿岸的受災情況，能否聽我說完再決定要不要繼續填？」

聞言，黃石灘的人紛紛猶豫著望向自己村的領頭人，王興擺了擺手，示意他們暫且停下。

杜蘅恭恭敬敬朝他們拱手作揖道：「根據往年的受災情況來看，咱們白水村和你們黃石灘都處於河流的下游位置，通常是受災最嚴重的地方。」

眾人紛紛點頭，又聽他道：「就拿六年前那場大洪水來說，當時我們這幾個村都遭受了嚴重的內澇，導致地裡顆粒無收，洪災後物價暴漲，百姓們靠著吃野菜、嚼樹根度日，更有人賣兒賣女才得以勉強度過荒年。」

村民們憶起往昔的艱難，都不禁眼眶發酸。

杜蘅繼續道：「這就是為何今年我們村裡會號召大夥兒一起開挖溝渠，趁早將地裡的積水排出去。」

聽了這番話，王興問道：「你們白水村通溝渠保住了地裡的糧食，那我們黃石灘沿岸的地都被上游排下來的水給淹沒，村民們顆粒無收，到時又該找誰說理去？」

羅里正聽得直皺眉，又見杜蘅耐心解釋道：「黃石灘地勢低窪，的確容易受災，但自古以來治理洪水講究的是『堵不如疏』。」

他抹了臉上的雨水一把，指著上游的方向說：「若是上游從一開始堵住水流不讓雨水趁早排出去，到時候水滿則溢，所有的積水一股腦兒地衝向下游，下游只會遭受更嚴重的災情，不光是田地，就連房屋、人命都將受到威脅。」

這一席話讓黃石灘的人沈默不言，半晌才有一位白髮蒼蒼的老者問道：「那按照你的意思，我們這些住在下游的左右都要受災，就沒什麼法子解決了是吧？」

杜蘅看向老者道：「這位老伯，據晚輩所知，近幾年來朝廷十分看重災後治理，有明文規定，受了災的村莊可以向所屬的縣府上報災情，朝廷會派人下來實地勘察，整理真實的受災情況，給予糧食補貼或適當減免稅收以彌補損失。」

那老者懷疑地對杜蘅說道：「小後生，你說的可是真的？自古以來多的是魚肉百姓的貪官，朝廷真的會管我們這些小老百姓的死活嗎？」

杜蘅望向黑沈沈的天際，凝視著那穿透雲層的微弱亮光，目光堅定地點了點頭。「百姓生死關乎天下興亡，水能載舟，亦能覆舟。民生多艱，晚輩相信朝廷一定不會置之不理。」

「好，好一個『水能載舟，亦能覆舟』，閣下可是白水村的杜相公？」

眾人聞言紛紛回過頭去，就看見五、六個穿著緇衣皂袍的官差牽著馬從雨幕中走來。杜蘅與為首的官差見了禮，那人叫鄭昊，在盈川縣縣衙就職。

鄭昊上前一步說明情況。「盈川縣縣衙之前收到杜相公的手書，杜相公向縣令大人說明了綏江上游受災的情況，提醒官府早做安排。此番縣令大人特派我等前來查看綏江下游村莊，督促村民們早些做好防洪抗災的準備。」

黃石灘的村民們相互對視一眼，有人鼓起勇氣問道：「這位官爺，朝廷真的會管我們這些貧苦老百姓嗎？」

鄭昊點了點頭，十分肯定道：「請大家放心，杜相公所言皆是實情。朝廷已經著手核實大家的受災情況，酌情減免賦稅、發放救濟糧食。」

王興不禁面露羞慚，帶著人同羅里正請罪。「羅大哥，是小弟心胸狹隘了。您放心，我王興定會帶著大夥兒把你們村挖出來的溝渠恢復原樣。」

羅里正表示可以理解他們的處境，兩個村的人終於冰釋前嫌，又分享了一些防洪的對策。

鄭昊聽完白水村採取的措施後，不禁大大讚賞，準備將他們的想法推廣到其他地方。

羅里正笑道：「實不相瞞，這些都是我們村杜家大郎想出來的法子。」

鄭昊想到黃縣令對杜蘅的讚賞，心中對他越發敬重。

大雨還在下，羅里正繼續帶著村民們完成各處的善後事宜。

官差們還要沿著河岸巡視上下幾個村子的受災情況，羅里正盛情邀請他們晌午到村子裡用飯。

鄭昊想到手下弟兄這幾日風裡來雨裡去，一日三餐全湊合著吃，便欣然接受了他的好意。

兩個村子的矛盾得以順利解決，羅里正十分欣喜，派了兒子回去通知家裡中午幫大夥兒加菜。

翁老太太一聽官府的人要來家裡吃飯，特地讓兒媳婦們殺了幾隻老母雞添菜。

宋寧一到里正家，就被翁老太太笑呵呵地拉去了灶房。「三娘啊，昨兒個妳那幾道菜大夥兒吃了沒有不誇的。今日家裡有貴客來，我老婆子再厚著臉皮請妳炒幾個菜，對了，我讓妳幾個嬸子幫妳打下手。」

聞言，宋寧笑著拉過劉慧娘說：「婆婆，不用了，我有慧娘幫忙，您和嬸子們去忙。」

麼。

劉慧娘手腳俐落，平素又幫杜家做醬菜，如今不需要宋寧開口，她便能猜出來對方要什麼。

兩個人配合起來相當有默契，一個洗、一個切，一個蒸、一個煮，再加上幾個嬸子做的家常菜，到了中午就將幾張八仙桌堆得滿滿當當，看著就令人眼饞。

翁老太太一看桌上擺著白斬雞、紅燒肉、鯽魚豆腐湯，外加幾道新鮮素菜，再配上幾盤爽口的涼菜，雖比不上酒樓裡的山珍海味，卻也很得體，想了想，她又拿出家中珍藏的幾罈燒酒來待客。

村民們見村裡來了官差，都有些拘束，紛紛相讓著不肯上桌。

見狀，鄭昊不免感到愧疚，自己和弟兄們捧了碗筷到外頭屋簷下站著吃。

羅里正忙勸道：「這如何使得？幾位是客人，還是快些上桌吃吧。」

鄭昊卻是一臉嚴肅道：「我等貿然前來已是多有打擾，怎敢再給村民們添麻煩？」

羅里正張了張嘴巴還想再勸，奈何鄭昊本就生得魁梧，一張臉不笑的時候顯得不怒自威，連牢裡的囚犯見了都要怵他幾分。

鄭昊的手下凌虎趕緊滿臉堆著笑，站出來打圓場。「您就別跟我們客氣了，別看我們模樣嚇人，其實我們風餐露宿慣了，今日託您的福有口熱飯吃已是感激不盡。」

言罷，他望了板著一張臉的鄭昊一眼，扯了扯羅里正的袖子壓低聲音道：「我們頭兒就是這樣，從不占百姓們便宜，他決定的事情就是天王老子來了也改不了，您別放在心上。」

羅里正訕訕一笑，拍著後腦勺道：「鄭官爺還真是高風亮節，令人佩服。只是他……真的沒動怒嗎？」

凌虎哈哈大笑道：「我們頭兒天生就這樣，人長得凶，要不怎麼都這把年紀了連個媳婦也沒撈著？」

「凌虎！」

鄭昊陰沈的目光一投來，凌虎就笑嘻嘻地走開了，羅里正則在心裡打了個哆嗦，默默閉緊了嘴巴。

第三十四章 心心相印

村裡來了幾個牽著高頭大馬的官差，劉慧娘和婦人們一塊兒躲在半掩的門後偷偷打量著他們。

只見那些人端著碗立在屋簷下狼吞虎嚥地往嘴裡扒飯，跟大夥兒想像中的官差截然不同。

「妳們瞧，那邊那個高個子的官爺生得像不像一個人？」

「像誰？」

「那胳膊、那眉眼、那身板……活像提大刀的門神！」

婦人們哈哈大笑，忽然間有人叫了一聲「不好，他們過來了」，大家頓時像是受了驚的鳥雀，紛紛找地方躲起來。

鄭昊走上前，垂著眼道：「這位大姊，能否幫我和弟兄們再盛一碗飯？」

「我……您在叫我嗎？」劉慧娘瞪大了眼睛，難以置信地指著自己的鼻尖。大……大姊?!

鄭昊點點頭，蒲扇似的大手遞上兩只空了的碗。

劉慧娘深吸了一口氣，伸手哆哆嗦嗦地接過碗。回頭一看，方才圍在身邊的幾個小媳婦早就跑得沒了影，只得紅著臉跑回灶房幫他們添飯。

鄭昊一臉茫然地撓撓頭。「她怎麼了？」

凌虎嘻嘻哈哈地道：「頭兒，您這張臉不笑的時候還真有些嚇人，瞧，都把人家姑娘嚇跑了。」

鄭昊黑著臉拍開他的手，此時其他人碗裡也空了，全湊上前等著添飯。

劉慧娘剛拿著盛好飯的碗出去，一下子又被幾個官差圍了起來，頓時又羞又窘，臉紅得都快滴血了，恨不得找個地洞鑽進去。

鄭昊見狀，朝身後的弟兄擺了擺手道：「都排好隊，一個一個來。」言罷，又和善地向劉慧娘道了聲「有勞」。

劉慧娘紅著臉說了句「不敢」，把兩碗飯交給鄭昊之後，便匆匆轉身離開。

「慧娘，怎麼就妳一個人在這裡？嬸子們呢？」

劉慧娘一抬頭，見宋寧抱著一堆乾柴從後院進來，如釋重負地鬆了口氣，埋怨道：「還說呢，嬸子們見到官差都躲開了，他們還在外頭等著添飯……好三娘，妳幫幫忙，方才那官爺同我說話，我的心都快跳到嗓子眼了。」

宋寧看了門外幾個男人一眼，笑道：「怕什麼？人家又沒有三頭六臂，也不會吃了妳。」

見劉慧娘咬牙瞪了她一眼，宋寧笑道：「好了，不開玩笑了。這些官爺飯量大，咱們索性把飯桶抬出去，讓他們自己盛，要吃多少就盛多少，也省得妳我來來回回地跑。」

劉慧娘點點頭，兩個人一起抬著飯桶往外走。

鄭昊看見了，三步併作兩步上前，只用一手便將沈甸甸的飯桶輕輕鬆鬆地拎了起來。

劉慧娘目瞪口呆地扯了扯宋寧的袖子，同她小聲耳語道：「瞧見了嗎？這人一條胳膊比門柱還粗。」

宋寧好笑地搖了搖頭。「妳當人家幾碗飯白吃的？」

「多謝！」鄭昊一臉平靜地朝她們致謝，從腰間荷包裡取出幾塊碎銀遞過去。「這是飯錢，煩勞兩位再尋些乾草來餵那幾匹牲口。」

劉慧娘下意識地搖頭，宋寧也道：「幾位是里正請來的客人，這錢我們萬萬不能要。」

鄭昊蹙眉，一張臉看起來更凶了。「怎麼？姑娘莫不是嫌少？」

劉慧娘都快急哭了，宋寧卻是笑道：「您要是真覺得過意不去，可以幫孃子們把牆角下的柴劈了。」

鄭昊微微一愣，卻聽凌虎長長「咦」了一聲道：「這位姑娘好生眼熟，咱們是不是在什麼地方見過？」

宋寧笑了笑沒說話，鄭昊回頭瞪了他一眼。「吃完了嗎？吃完就去把牆角下的柴劈了。」

凌虎抱著碗後退兩步，忙往嘴裡扒了兩口飯。「頭兒，這小娘子做的豆角燜飯我還能再吃兩碗。弟兄們好不容易吃上口熱飯，就讓大夥兒敞開了肚皮吃一頓，回頭咱們一定將柴都劈完才走。」

宋寧見他們只顧著埋頭扒飯，趕緊端出醬菜和鹹鴨蛋分他們吃。

凌虎挾了一筷子醃酸筍放進嘴裡，莫名感覺味道有點熟悉，他笑嘻嘻地湊上前盯著宋寧道：「想起來了，姑娘可不就是之前在鎮上賣醬菜的小娘子嗎？」

見宋寧一臉茫然，凌虎指著自己道：「我和我們頭兒在白婆婆的餛飩攤子上遇見妳們，當時還有一位大嬸和一個十二、三歲的小丫頭。我們頭兒可是二話不說就買了一大半醬菜，妳忘了嗎？」

宋寧恍然大悟，那是她們頭一回做買賣，一開始生意不怎麼好，說起來這些官爺還是她們的貴人。「還真是！只因當時官爺們個個都帶著明晃晃的大刀，我們這些小老百姓哪敢盯著你們瞧，沒能認出你們，還請見諒。」

凌虎笑著拍了拍腰間的大刀說：「尋常人見了這東西難免有些害怕，不過我們有規矩，出公差的時候刀不離身，姑娘當它是根燒火棍就成。」

說完又嚐了一口鹹鴨蛋，問道：「姑娘這手藝真是好，只可惜後來幾次出公差都沒見著妳們幾個，這鹹鴨蛋也是妳做的吧？」

宋寧點點頭，解釋道：「如今我們家的東西都是做好了送到鎮上的九鄉居賣。」

凌虎頷首，回頭瞥了鄭昊一眼，低聲道：「姑娘再揀些好的送過來，我們頭兒前幾日才得了縣令大人的賞，有錢！」

宋寧笑道：「成，等我這頭忙完就讓人幫您送過去。」

劉慧娘不動聲色地聽著兩人的密謀，心道這小哥的膽子可真大，面對那樣一個羅剎似的頂頭上司，還敢盤算他兜裡的銀子。

這麼一想，她又覺得或許那官爺不像表面看上去那樣凶神惡煞，不然底下人怎敢如此謀算他？

劉慧娘扯了扯宋寧的袖子道：「灶上的飯都快涼了，妳先去吃吧。他們要多少，我回去告訴孟嬸，待會兒幫他們送過來。」

宋寧朝她眨眨眼睛。「這些官爺性子豪爽，咱們也不能小家子氣，剩下的全給他們吧。」

說話間，杜蘅和羅里正父子倆從外面拉著一牛車的乾草回來了。

宋寧迎上去招呼他們吃飯，羅里正推了杜蘅進屋，自己則和兒子留下來餵馬。

只是鄭昊哪裡肯再給他們添麻煩，自己帶著幾個弟兄把活都搶了過來。

吃完飯、餵飽馬，官差們又冒著雨策馬離開了，臨行前不僅劈了柴，還留下幾兩銀子。

羅里正起先不敢收，可看著鄭昊那張不苟言笑的臉，不敢收也得收。

宋寧摸著腰間鼓起來的小荷包，笑著歡迎他們下次再來。

雨還在下，村裡有三家人的老房子出現了坍塌的情況，好在及時將人轉移出來，沒有人受傷。

該做的都已經做了，這日大夥兒散工得早，杜蘅回家泡了個熱水澡，洗去這幾日在雨裡泡出來的泥腥氣。等他洗完澡從裡頭出來，就看見宋寧坐在燈下，手裡十分難得地拿著針線。

杜蘅走過去看了一眼，笑道：「不是不愛做這些嗎？」

宋寧放下針線將手背到身後，有些心虛道：「閒得無聊，隨便做做。」

杜蘅點點頭，撥了撥燈芯，將油燈挪到她面前，自己默默翻出一卷書來看。

宋寧心不在焉地坐在一旁，一會兒動兩針，一會兒抬頭盯著他的背影看，見他不時揉一下肩膀，終於開口道：「要不你過來趴下，我幫你按按。」

杜蘅沒有拒絕，整個身子趴在床上，將後背留給她。

宋寧斜斜地坐在床沿上，挽起袖子先替他揉了一會兒肩，見他似乎沒什麼反應，手指就順著脖子和背部相連處摸到大椎穴的位置，微微用力按壓了一下。

杜蘅輕輕抬了抬脖頸，額上冒出一絲冷汗，就聽她問道：「疼嗎？」

他搖搖頭，與其說是疼，不如說是麻。那樣一雙柔軟溫暖的手不輕不重地按在身上，對他而言無疑是一種考驗。

杜蘅喉結滾動，有些忍不住了，翻個身往裡挪了挪，扣住宋寧的手腕拉著她一同躺下。

當摸到那串冰冰涼涼的珠子時，杜蘅垂眸淺笑，摩挲著珠子道：「喜歡嗎？」

宋寧被他的笑晃了眼，臉頰紅通通地垂頭道：「喜歡。」

杜蘅默默凝望她，像是在等另一個答案。

宋寧實在支撐不住了，抓起薄被將自己的頭蓋住。

杜蘅十分有耐心地將她從被子裡剝出來，捉住她捂在眼睛上的小手，問道：「能不能再說一遍？」

宋寧紅著臉凝視著他好看的眉眼，眨了眨眼，在他的眸中看見了如火般的熱烈，也瞧見了自己的倒影。

一顆心如小鹿亂撞，宋寧伸手勾住杜蘅的脖子，在他的側臉上印上一個淺淺的吻，貼在他耳邊一字一句道：「你聽好了，喜歡，喜歡珠子，也喜歡你！」

杜蘅沒再給她機會逃避，雙臂如鐵鉗一般將人箍進自己懷裡，一時之間分不清是夢是真。

在那些甜蜜晦澀、難以啟齒的夢裡，她就是這般言笑晏晏，纏著他說出「喜歡」兩個字。

他抱著她，像是曾經在夢中上演過的那般，然而懷中人馨香、柔軟、溫暖，比夢中更教人沈迷。

宋寧不知自己的話在杜蘅心中激起了怎樣的驚濤駭浪，靜靜地把臉貼在他的胸口，感受著他同樣不能自已的心跳。

這場雨一連下了五日，雨過天晴，村民們都忙著採收地裡的糧食。宋寧去看河溝邊上的高粱，所幸高粱根系發達，稈子長而堅硬，經受住了這場大雨的考驗。

六月底，打穀場上曬滿了金黃色的稻穀，孩子們揹著小竹簍赤腳跑在田間地頭，一路拾取農人遺失的稻穗。

從稻穀到米粒要經歷收割、脫粒、晾曬、揚塵和脫殼這幾個過程，大多數都要藉由人力完成，為了節省勞動力，先民們也發明了一些工具。

譬如脫粒需要稻床，揚塵要用到簸箕或風鼓車，至於脫殼，這個地方用的通常是石碾子或石臼。

村裡有一座碾坊，靠牲口拉動石碾子來完成舂米的過程，到了這種時候碾坊的石碾子和牲口總是要從早忙到晚，才能滿足大夥兒的需求。

宋寧去碾坊裡看過以後，想到曾經在書上看過有關水碓的記載。

這個時代沒有電力，但白水村水資源豐富，可以利用水力帶動石碾子舂米，這樣不僅能省下不少人力，也能提高舂米的效率。

關於水碓，宋寧的記憶不太確切，嘗試著畫了好幾次圖紙，卻都不太對。

杜蘅晚上回來見她坐在燈下咬著筆桿愁眉不展的模樣，詢問過情況後向她提議不妨去鎮上的書肆翻閱資料。

只可惜鎮上的書肆大多賣的是兒童啟蒙和科舉的書籍，兩個人花了大半日，走遍鎮上十來家書肆，也不曾找到相關記載。

就在宋寧幾乎要放棄的時候，他們在一家書肆門外遇到了凌雲書院的陳夫子。

杜蘅領著宋寧上前見禮，陳夫子聽完他們的來意，不禁稱讚道：「想不到一介小婦人有這樣的見識，甚好、甚好。」

他看了宋寧一眼，捋了捋鬍鬚哈哈大笑道：「也是巧了，老夫家中恰好有關於製作水碓的藏書，不過此書得來不易，只此一本。子瀾啊，借閱給你，老夫放心，只是千萬要妥善保管，看完後定要完完整整地歸還給老夫。」

杜蘅點頭應下，向陳夫子表達了感激之情。

陳夫子帶他們去書院取藏本，與其說這是書，不如說是一頁一頁裝訂而成的手稿。

宋寧見上頭有多處蟲蛀的痕跡，便提議道：「您要是不介意的話，我可以試著幫您修補。」

聞言，陳夫子看了看杜蘅。他只見過宋寧兩次，對她的印象不好不壞，但他相信杜蘅，最終他一臉肉痛地答應下來，臨走前又千叮嚀萬囑咐，要他們一定得保存好。

兩個人從書院出來，杜蘅將裝書的匣子交到宋寧手裡，無奈道：「夫子他老人家一向愛書如命，難免慎重了些，妳別放在心上。」

宋寧點點頭表示理解，若不是看在杜蘅的面子上，這樣珍貴的藏書她連看都看不了一眼。

返家之後，宋寧根據陳夫子給的書稿設計出水輪，結合自己的記憶，加上橫軸、撥板，最後再添上碓桿、碓頭和石臼。

宋寧畫好圖紙，拿去找村裡的老木匠魯師傅商量具體的製作細節和可行性，魯師傅看過她的圖紙後，激動得飯也顧不上吃，就帶著她一塊兒去找里正。

魯師傅指著圖上的水碓道：「這個要是建成了，不知會給村裡帶來多大的好處，可是大功一件！我尋思這不是個小工程，由你來帶頭，大夥兒有錢的出錢、有力的出力，咱們一塊兒將它做出來。」

羅里正看著宋寧畫出來的圖紙，點頭道：「三娘啊，這法子是妳想出來的，圖紙也是妳畫的，妳要是同意，我這就去找人一起將這東西製出來。」

宋寧做水碓的初衷就是為了提高舂米的效率、節約物力，她自然願意。況且建水碓需要利用水流這項公共資源，且耗時、耗錢、耗力，憑她一人做不出來，里正願意號召大夥兒一同完成，再好不過。

水碓建成那日，白水村的河邊聚滿了附近幾個村子趕過來看熱鬧的村民。

羅里正把一斗稻穀交到宋寧手上，由她親自展示水碓的使用方法。

隨著流水沖刷水輪，帶動橫軸轉動，橫軸上的撥板撥動碓桿，再帶動碓頭不斷捶打石臼中的稻穀，就能成功使稻穀脫殼。

利用水力，水碓可以日夜不停地運作，除了能舂米還能搗藥、加工香料等，使用時只需要有人在一旁看著，及時更換稻穀即可。

村民們見了，全迫不及待地等著上場親手試一試。

就在大夥兒七嘴八舌地討論時，忽然聽見一陣鑼鼓聲傳入耳中，眾人皆是面面相覷。

「是我老頭子聽錯了嗎？昨兒個也沒聽說村裡哪一家要辦喜事。」

「許是從咱們村路過的吧。」

「欸，你們看，是報喜的官差，朝咱們這邊來了！」

大家你一言、我一語的，羅里正看清來人後，拍了拍腦門。「唉唷，瞧我，一忙起來就把這件大喜事忘了！」

他擠進人群，拉著站在宋寧身旁的杜蘅不由分說地往外走。「大郎，快快快，官差都到眼皮子底下了。」

杜蘅微微一怔，回頭朝宋寧看了一眼。

宋寧心領神會地點點頭，突然想到什麼，解下腰間的荷包塞進他手裡。「別忘了給喜錢！」

杜蘅還來不及多說什麼，就被羅里正拉出了人群。

宋寧遠遠地望著，就見羅里正上前同領頭的官差說了些什麼。

鑼鼓聲停了，官差從馬上下來，將一份大紅喜報恭敬地遞到杜蘅手中。

村民們紛紛踮著腳尖朝那頭張望，羅里正回頭看向一張張熟悉的面孔，笑得見牙不見眼。

「咱們村出了秀才公，大郎考上了！今兒個晚上擺酒席，大夥兒都來！」

一聽到這個消息，婦人們簇擁著孟蘭母女跟宋寧往前走。

「恭喜恭喜！大郎他娘啊，妳這苦日子總算是熬出頭了！」

「三娘啊，還是妳有福氣，年紀輕輕的就成了秀才娘子嘍。」

「水碓才剛剛建成，這喜報又下來了，今天可真是個黃道吉日！」

第三十五章 年幼毛賊

宋寧立在人群中，聽著鄉親們此起彼伏的道賀聲，隔著人群遠遠地望向被大夥兒簇擁著的少年，見他也在看自己，心裡就似浸了蜜一般甜滋滋的。

孟蘭一直覺得這個消息有些不真實，抓著女兒的胳膊，問道：「妳哥哥真考中了？娘不是在作夢吧？」

杜樂娘開心地點點頭。「娘，哥哥真考中了，還是廩生呢，往後就可以領朝廷的米糧了。」

所謂一人得道，雞犬升天，杜家出了這麼一位年輕的秀才公，可謂是前途無量，白水村也跟著沾了光。

婦人們聚在一起殺雞宰羊，說說笑笑置辦著晚上的酒席；男人們坐在院子裡抽著旱菸，暢談心中的理想；孩子們成了脫韁的野馬，三五成群地湊在一處打鬧嬉戲。

人人臉上都洋溢著笑容，就像是自家有了喜事一般，黃石灘的王興也帶人送了二十斤豬肉、二十斤鯉魚、二十斤新米與二十斤蔬菜瓜果上門恭賀。

王興道：「若不是當日杜相公一席話將我這個糊裡糊塗的老頭子喚醒，還不知今年村裡要遭多大的災。杜相公如今中了秀才，往後再中舉人，也一定能做個為國為民的好官。」

眾人紛紛點頭附和，拉著杜蘅入席。

又過了兩日，縣上來了人嘉獎羅里正、杜蘅和白水村村民在這次暴雨中的表現，同時也褒獎宋寧設計水碓的事。

宋寧得到朝廷發下來的一百兩銀子，縣上還派木匠到白水村參觀學習，準備將水碓推廣到各地鄉鎮。

不久之後，這件事便在盈川縣傳開了，一時之間十里八鄉的人都在議論白水村地靈人傑，關於宋寧的傳言大有要蓋過杜蘅的趨勢。

最高興的莫過於朱宏，他趁熱打鐵，連夜差人趕製了一塊顯眼的金字招牌，將「白水村宋三娘」的名號打了出去。

結果還真有不少客人慕名而來，只為一睹宋三娘的真容，人是沒見到，醬菜、鹹鴨蛋跟蛋黃醬倒是賣出去不少。

朱宏看著白花花的銀子進袋，笑得合不攏嘴，連看幾條街上的競爭對手都順眼了不少。

宋寧荷包鼓起來了，人也跟著更加忙碌。家裡既要翻曬糧食，又要餵養雞鴨，還不時得招待一些從外地來找杜蘅討教學問的人。

恰巧朱宏派人到府城將南洋來的辣椒取回來了，宋寧必須趕在這個風頭上推出新品，好在有劉慧娘幫忙，她總算能騰出時間花心思琢磨新口味的醬菜。

其間宋賢夫妻帶著一家老小上門向杜家道喜，這還是兩家結親之後，葛鳳頭一回上親家的門。

村裡人聽說葛鳳過去看不上杜家，對杜家姑爺也是橫挑鼻子豎挑眼，都等著看葛鳳在孟蘭面前抬不起頭。

然而當他們瞧見葛鳳和孟蘭其樂融融地從地裡摘菜回來，一同出現在村口，還笑盈盈地跟鄉親們打招呼時，心知沒熱鬧看了，全提著竹籃、牽著娃各自回家去了。

葛鳳見閨女忙得腳不沾地的，大手一揮，打發兒子、兒媳婦齊上陣，只花了半日工夫就幫宋寧將一畝的高粱收割完了。

姚靜的肚子如今已經顯懷，她雖做不了重活，但也幫忙小姑子一塊兒收拾菜蔬、餵雞餵鴨。

晚上一家人用完飯，坐在院子裡吃著瓜果乘涼，宋寧跟娘家人講起種高粱的好處，將自己選出來的種子分了一半給他們帶回去。

「等來年開了春，咱們家河灘邊上那幾塊地也能種高粱，回頭等我琢磨出釀酒的方子再告訴你們。」

「欸，好。」葛鳳應道。

宋賢、葛鳳都很高興，這一趟過來親眼瞧見杜家日子舒服起來，女兒跟女婿小倆口的感情也好得像是蜜裡調油，他們還有什麼放心不下的？

這日宋寧和婆婆從鎮上回來，路過村口的大榕樹下，就遇見一群婦人圍在一起說閒話。

「唉唷，要說啊，這翁老婆子還真是有福氣，如今兩個兒子都發達了，光是吃穿跟用品就拉了整整一輛車，再看那通身的穿戴，一看就跟咱們這些鄉下人不一樣！」

「再有錢也一樣，聽說翁老婆子快不行了，想著要落葉歸根，才回咱們這地方來的。」

「就是，也不看看他們當年對宋家大房做了些什麼事，要我呀，根本沒臉回來！」

婦人們妳一言、我一語，不知是誰見到孟蘭婆媳過來了，趕忙輕咳了兩聲，大家紛紛住了口，一臉同情地看向孟蘭。

孟蘭緊握著竹籃，手指有些發顫，她神情淡淡地跟眾人打過招呼，帶著宋寧逕自回去了。

接下來一切倒是平靜，過了幾天清閒日子。

這日天都快黑了，孟蘭收完衣裳，見兒子、兒媳婦都從地裡回來了，忍不住擔憂道：「大郎，你去瞧瞧，樂娘那孩子方才說出去趕鴨子，怎麼過了半天還不見人回來？」

杜蘅點頭，正要出去找人，就看見妹妹趕著一群鴨子急匆匆地回來了。

「娘，咱們家的鴨子少了一隻，您幫我把牠們趕回籠子裡，我再出去找一找。」

孟蘭一把拽住了她的胳膊。「外邊天黑了，妳要上哪裡去找？萬一踩到蛇怎麼辦？」

只見杜樂娘滿臉焦急道：「我去路邊、河溝裡再找找，牠們尋常不會亂跑，可能是不小心掉進什麼地方了。」

杜蘅拍了拍她的肩道：「妳先把這些鴨子趕回籠子，我出去找。還記不記得咱們家丟的那隻鴨子長什麼樣？」

杜樂娘想了想，指著一隻通身麻灰色的鴨子道：「跟這隻長得差不多，就脖子上多了一圈白毛。」

宋寧聞言從屋裡拿了火把出來，對杜蘅說：「你不認得，我跟你一塊兒去吧。」

杜蘅點點頭，兩人打著火把出去沿著河灘尋了一圈，但還是沒找到。

孟蘭將籠子裡的鴨子來來回回數了幾遍，還真少了一隻，忍不住擔憂道：「我聽你們方嬸說這幾日村裡好幾家都丟了雞鴨，莫不是山上下來的畜牲做亂的？」

往年就有黃鼠狼、野豬等山獸跑到地裡覓食，乘機將雞鴨叼走的情況。

杜樂娘一整個晚上都悶悶地不說話，飯也只是敷衍地吃了幾口，此時聽見娘親這麼說，一顆心更是堵得慌。

宋寧知道那些雞鴨是她親自餵養大的，她心裡不好受，便安慰道：「明日我再陪妳仔細去找找，或許是掉進什麼樹洞、草叢裡了也不一定。」

杜蘅也說道：「若是被黃鼠狼叼走，大概會留下痕跡，明日我再出去看看有沒有什麼蛛絲馬跡。」

翌日一早，宋寧和杜樂娘一塊兒出門將鴨子趕去河灘上。發生了昨日的事，杜樂娘決定寸步不離地守著這群鴨子。

宋寧沿著周圍的田野轉悠了一圈，依然沒有任何發現，回到河灘邊上時卻發現小姑子追著兩個半大孩子迎面跑過來了。

「嫂嫂！抓住他們，他們就是偷鴨子的賊！」

宋寧一聽，舉起鐮刀往路中間一站，擺出一副大姊頭的架勢攔住兩人的去路。

那兩個小子對視一眼，硬著頭皮朝宋寧身上撞過去，只是連她一片衣角都沒碰著，就被人從後面揪住了衣領。

杜樂娘一把將兩人掀翻在地，抓著他們的胳膊道：「跑？看你們還往哪裡跑?!」

她爹去得早，哥哥不在家時，若有人欺負她，她都是以牙還牙，有什麼仇當場就報。論打架，她杜樂娘還真沒怕過誰呢！

宋寧好整以暇地打量著這兩個小賊，覺得他們看著眼生。

年紀稍小的那個約莫十一、二歲，生得虎頭虎腦，一身錦衣羅袍，滿臉的不服氣；大的那個跟小姑子差不多大，樣子有些羸弱，看著倒是老實不少。

大的垂著頭不吭聲，小的則是盯著杜樂娘凶巴巴地道：「放手！再不放手，小爺回頭讓我爹娘把妳買回去當丫鬟，讓妳天天吃餿水、睡豬窩！」

杜樂娘被他氣笑了，鬆開大的胳膊，反手揪住小的耳朵。「是嗎？毛都沒長齊的臭小子！姑奶奶倒要看看是你爹娘先來，還是我先揍得你滿地找牙！」

說著便揮動著拳頭作勢要修理他一番。

這番舉動嚇得小的連聲哀號道：「杜景，救我！臭丫頭打人了，杜景快救我！」

大的本就膽小，此時見杜樂娘如此凶悍，再看向宋寧手裡的鐮刀，哪裡敢動，只得哆哆嗦嗦道：「求求妳們放過我們吧，我們再也不敢了！」

宋寧揮了揮手裡的鐮刀，看向大的說道：「他叫你杜景，你們姓杜？是哪一家的孩子？」

杜景還沒來得及回答，就聽見弟弟杜炎搶先道：「你們村裡的杜秀才就是我們大哥，哼，怕了吧？」

聞言，杜樂娘瞪大了眼睛，一手掐住他臉頰上的肉，質問道：「什麼？你再說一遍！」

杜炎疼得哇哇大叫，嘴裡含含糊糊地道：「我爹說了，村裡的杜秀才就是我們大哥！」

宋寧挑眉看向那個叫做杜景的孩子，見他也點了點頭，才知道這兩個孩子是翁老太太的親孫子，杜蘅的堂弟。

她淡笑道：「呵，那還真是冤家路窄！樂娘，走，找他們爹娘算帳去！」

姑嫂倆抓著兩兄弟往二房、三房家去，在村口遇見王二家的盧珍和木匠媳婦楚萍兩個在大榕樹下扠著腰罵罵咧咧，羅里正家的翁老太太和其他幾個婦人則在一旁好言相勸。

先是楚萍罵道：「不是妳家大壯還能是誰？這孩子平時就不學好，上回偷了我家的蛋，要不是妳家老婆子上門說好話，我非揍他一頓不可！」

盧珍往地上啐了一口回罵道：「楚萍，妳少在這裡含血噴人！我家大壯昨兒個鬧肚子，一天都沒出過門，怎麼就是他做的了?!」

楚萍皮笑肉不笑地盯著她，反問道：「哼，誰知道呢？出沒出過門的還不是妳一張嘴巴說了算。那妳說說，除了他，還有誰幹得出這種偷雞摸狗的醜事？」

翁老太太上前將人拉開，勸道：「妳們兩個都少說兩句，村裡出了這種事，大夥兒都不好受，妳們倒好，還沒搞清楚就先掐起來了，這像什麼話？」

楚萍和盧珍是鄰居，兩人要好的時候恨不得同穿一條褲子，可一鬧起來就撕破臉皮，什麼也不顧了，總之都不是好相處的人。

宋寧本來不想插手這種狗咬狗一嘴毛的閒事，奈何翁老太太見她們帶著兩個臉生的孩子過來了，就問道：「三娘，妳家來親戚了？」

她笑了笑，還未開口，就聽杜樂娘擺手澄清道：「別誤會，這兩個才不是我家的親戚，他們是偷鴨子的小賊，我們要找他們爹娘算帳去。」

杜景聞言羞愧地垂下頭，杜炎不服氣地瞪了她一眼，說道：「妳說誰是賊？是妳家鴨子太蠢才會落進小爺的圈套，不就是隻醜不拉幾的蠢鴨子嗎？小爺家裡有的是錢，要買多少有多少。」

聽了這話，杜樂娘冷笑一聲，一巴掌拍在他腦門上。「既然要買多少有多少，還出來偷別人家的？我都替你臊得慌！」

楚萍和盧珍一聽也不吵了，衝上前打量起兄弟兩個，盧珍問道：「樂娘啊，妳說妳家的鴨子是這兩個小子偷的？」

杜樂娘雙手抱臂，撇嘴道：「您要想知道，自己問他好了。」

盧珍是王大壯的娘，王大壯跟她有仇，她才懶得搭理盧珍。

楚萍聽了，拽住兄弟兩個的胳膊問道：「你們是哪家的壞小子？我家那隻蘆花雞是不是你們偷的？」

杜景被拽得胳膊生疼，淚珠在眼眶裡打轉著，死死咬著唇不吭聲。

一旁的杜炎卻是扭頭對楚萍又踢又咬。「放開我！妳敢動我一根手指頭，我就讓我爹娘抓妳去蹲大牢！」

「唷，小崽子還嘴硬！」

楚萍氣得臉色漲紅，眼看就要一巴掌搧下去，好在翁老太太及時出手將兩個孩子拉開。

「好了，他們才多大的人，有什麼事找他們爹娘說去。」

言罷她回頭看向宋寧道：「三娘，這兩個孩子到底是哪家的？」

宋寧看了哭得抽抽噎噎的兩個小鬼一眼，道：「他們是杜家二房、三房的孩子。」

大夥兒聞言恍然大悟，仔細盤問過後才知道，原來這兩個孩子自幼在城裡長大，見到村裡的雞鴨就起了玩心，趁人不注意就設下陷阱抓去了。

杜炎膽大、頑劣，是主謀；杜景膽小、怯懦，頂多算個從犯。

一行人帶著他倆上門去找杜家二房、三房討說法。

說起杜老爺子的繼室翁老太太，跟里正家的翁老太太原來是本家。只是一個自私貪婪、一個與人為善，年輕的時候誰都看不上誰，後來杜家的翁老太太跟著兩個兒子搬去縣城，彼此就再也沒了交集。

這是宋寧頭一次進去杜老爺子留下的瓦房，據說當年為了蓋這幾間房子，她那素未謀面的公公杜雲同老爺子花了大半年的時間，從幾里外的趙家溝將這一磚一瓦揹回來，為的就是省下幾個錢供家裡兩個年幼的孩子讀書。

誰知杜川跟杜榮都不是讀書的料子，杜雲的父親病故、分家後，大房一家就被逼著搬去杜家老屋，再也沒有踏足過此處。

婦人們氣勢洶洶地上門，叫出翁老太太兩個兒媳婦段蓮和卓秀娘，將兩個孩子在村子裡的惡行原原本本地說了一遍。

「我說老二家跟老三家的，你們才回來幾天，這兩個孩子就在村裡鬧得雞飛狗跳的，再不管管，接下來可是要上房揭瓦了？」

「是呀，我家好好的一隻蘆花雞，養了五、六年了，天天下蛋，這兩日不見了，急得我家老婆子夜裡連覺都不睡，在屋裡長吁短嘆的。」

「不管怎麼樣，總該給大夥兒一個說法不是？」

婦人們妳一言、我一語，宋寧插不了嘴，只能站在她們身後，默默打量起杜蘅小時候住過的地方。

院子裡有一口井、兩棵桂花樹，青瓦白牆，窗戶朝陽開著，室內敞亮，比自家住的泥瓦房子著實寬敞不少。

然而就算房子再好，這麼長一段時間沒人居住，也生出了幾許頹敗之氣——牆上爬滿藤蔓、石階上長滿青苔，井水已乾，桂花樹也枯萎了，連後院的荒草也沒來得及打理……

杜樂娘心情複雜地走到一棵桂花樹下，伸手摸了摸樹幹上的刻痕，眼圈一點一點紅了起來。

小丫頭一向性子倔強，從未在人前流過淚，宋寧有些詫異地看向她。

只見杜樂娘搖搖頭，喃喃道：「這是我三歲那年爹刻下的。」

當年這棵樹枝繁葉茂，以她的個頭想伸手摘下一朵花都做不到。那時的父親還未被病痛纏身，一雙胳膊堅實有力，總能輕輕鬆鬆將她抱起。

如今樹已枯萎，當年抱她看花的人也不在了。

宋寧不知該說些什麼，只輕輕摟了摟小姑子的肩膀，卻聽婦人們突然把話頭轉到她們兩人身上——

「三娘、樂娘，妳們來說說是在什麼地方看到這兩個小子偷鴨子的，妳家嬸嬸們不信啊！」

第三十六章　相看兩厭

杜樂娘拿出在河灘邊上撿到的彈弓、米粒、魚鉤和麻袋，說道：「早上我把鴨子趕去河灘上放，就看到他們兩個過來設了陷阱，準備抓鴨子。當時我正坐在樹蔭下，他們沒發現，等我追上去，他們就丟下東西跑了。」

楚萍扠著腰道：「唷，東西這麼齊全呢，一看就知道不是頭一次了。」

段蓮看了眼被杜樂娘放在地上的彈弓，將活像受氣包的兒子扯到自己身後，一臉無辜地看向卓秀娘道：「唷，弟妹，前幾日我看見妳家三郎拿這東西打樹上的鳥雀，當時我還勸他來著，他也不聽，這下闖禍了吧？我家二郎膽子小，絕對幹不出這種事的。」

卓秀娘聽她想撇清關係，讓自己的兒子一個人揹黑鍋，當即黑了臉道：「我說二嫂，我家三郎才多大呀？左右不過是一時貪玩罷了。妳家二郎是兄長，弟弟貪玩，做兄長的不該規勸規勸嗎？」

段蓮撇了撇嘴角，在心裡暗罵：妳兒子那囂張霸道的性子別人不知道，妳這當娘的還能不清楚？你們當爹娘的都管不住，我兒子就能勸得住了？

不過她敢怒不敢言，他們兩口子在城裡做買賣還要借老三岳家的勢，他們都得看老三一家的臉色。

翁老太太及時站出來打圓場。「好了，叫這兩個孩子說說，那些抓來的雞鴨都關在什麼地方了。」

卓秀娘不輕不重地瞪了兒子一眼，杜炎卻是噘著小嘴不吭聲。

段蓮恨鐵不成鋼地推了自家兒子一把，杜景只得委屈地說道：「在……在後院的柴房裡。」

聞言，段蓮咬牙往杜景的額上戳了兩下，前去打開後院柴房的門，果然見裡頭關著五、六隻雞鴨。

婦人們認回了自家雞鴨，罵罵咧咧地走了。

宋寧姑嫂兩個抱著鴨子前腳從院子裡出去，後腳就聽見段蓮在身後冷嘲熱諷道：「旁的人也就罷了，偏這兩個丫頭也是白眼狼，手肘往外彎！到底是鄉下丫頭，眼皮子淺！」

罵完以後，段蓮就轉身往裡面走，誰知卻被人拿石頭砸到了腳邊。「誰？哪個小兔崽子往老娘院子裡扔石頭?!」

段蓮舉著掃帚氣勢洶洶地從裡面衝出來，可門外連半個人影也沒有了。

翌日傍晚，宋寧跟婆婆正在自家院子裡做豆瓣醬，突然聽見小姑子同人在門外說話。

「我都說了，你們別再跟著我了！」

「妳就收我們當小弟吧！以後妳走到哪裡我們就到哪裡，妳讓我們往東，我們絕不敢往西！」

「嗯！」

「誰要收你們當小弟了？一天到晚不務正業，就知道在村子裡惹禍，誰稀罕幫你們收拾爛攤子了？再不走，我要放狗咬人了！」

孟蘭開門出去，看了看女兒，再看向跟在女兒身後、蓬頭垢面的兩個男孩，一臉錯愕道：「樂娘，他們是……」

「我之後再跟您說。」杜樂娘回頭氣沖沖地瞪了跟在身後的跟屁蟲一眼，拉著孟蘭進去，「砰」地將院門關上了。

孟蘭一頭霧水。「這……」

杜樂娘毫不留情地喊道：「別管他們！」

兄弟兩個踮著腳尖在門外朝裡面張望了一會兒，奈何什麼也看不見。

杜景看著緊閉的院門，有些垂頭喪氣道：「要不咱們先回去吧，改日再來。」

誰知杜炎不肯走，在外面不斷拍著門。「拜託，妳放我們進去，我們保證不給妳添亂！」

宋寧已經猜到門外是誰了，忍不住覺得有些好笑。

孟蘭聽得直皺眉，問道：「樂娘，到底是怎麼回事？」

一旁的杜樂娘被吵得煩了，開門出去攆人。「滾，滾，滾！」

杜景扯了扯杜炎的胳膊，杜炎就嬉皮笑臉地湊上去。「二堂姊，今兒個妳真厲害，打得那個王大壯都不敢還手，能不能也教教我？」

不管他說什麼，杜樂娘都不想再跟他們囉嗦，拿起掃帚直接趕人。

「樂娘，妳在做什麼？」

熟悉的聲音傳來，杜樂娘抬頭一看，忙收了掃帚，臉上的怒氣一掃而空，帶著一絲窘迫道：「哥哥，你回來了。快進去吧，娘和嫂嫂等你大半天了。」

杜蘅看了眼縮在牆角的兩兄弟，問道：「他們是誰？」

只見杜樂娘撇了撇嘴角，一五一十地道：「二房、三房的兩兄弟。」

杜蘅垂眸，清清冷冷的目光落在陌生的兩張臉上。

被他一看，杜景心虛地垂下了頭，有一種課業沒完成被夫子發現的罪惡感；杜炎也緊張地嚥了嚥口水，彷彿做了壞事被人當場抓包。

杜蘅一句話都沒說，就把兄弟兩個嚇跑了。

孟蘭板著臉看向閨女，問道：「到底怎麼回事？妳又跟王二家那孩子打架了？」

杜樂娘吐了吐舌頭。「這次真不是我先動手的，那個王大壯抓了一條小青蛇嚇唬他們，他們被嚇得哇哇大叫，拽著我不鬆手。我嫌他們煩，索性將王大壯一塊兒趕走了。」

孟蘭伸手點了點她的額，一臉無奈道：「妳呀，都多大的姑娘了還跟人打架。」

杜樂娘閃身躲進宋寧身後，宋寧笑了笑，看向杜蘅道：「相公，今日你去書院時夫子說了什麼？」

聽宋寧問話，杜蘅從懷中取出一封信遞給她。「夫子寫了推薦信，讓我和逸軒、七郎一塊兒去府學讀書。」

此話一出，杜樂娘緊張地看向孟蘭，孟蘭也有些始料未及，愣怔了半晌才喃喃道：「這可是好事，準備什麼時候動身？」

杜蘅看了宋寧一眼，再看向孟蘭道：「還沒決定。」

孟蘭點頭。「畢竟要出遠門，是該好好同他們兩個商量。」

隔天早上孟蘭起來餵雞，順便打掃院子裡的枯枝落葉，恰好聽見曹霜和楚萍在外面閒聊。

「聽說杜家那個翁老婆子快不行了，就這兩天的事了。」

「還真是善有善報、惡有惡報，這老婆子從前是爭強好勝的人，到頭來還不是塵歸塵、土歸土，什麼也撈不著。當初他們是怎麼待隔壁這娘兒仨的，好房子跟好田地都被那兩兄弟占了，嘖嘖，真是造孽啊。」

曹霜還想再說幾句，一回頭撞見孟蘭開門出來，便訕笑道：「唷，嫂子出來了。」

孟蘭一臉平靜地朝她們點點頭。「妳們聊，我去忙了。」

中午一家子吃完飯，孟蘭坐在屋簷下有些心不在焉地納鞋底，耳邊突然傳來一陣急促的敲門聲。

「大嫂在家嗎？」

孟蘭微微一怔，針尖險些扎到手指，杜樂娘匆匆跑去開門，見到來人是段蓮，她身後還跟著一個十五、六歲的姑娘，那姑娘生得十分秀麗，眉眼間依稀可以看出與杜家老二杜川有幾分相似，正是杜景的親姊姊，段蓮的親閨女杜雨英。

段蓮見了杜樂娘，接過女兒手裡的小布包，臉上帶著幾分笑問道：「樂娘啊，妳娘在家嗎？我有要緊的事找她商量。」

杜樂娘不耐煩地朝她看了一眼。「這不是大嬸嬸嗎？找我娘什麼事？」

中午日頭正毒，曬得人有些暈眩，段蓮抽出一方皺巴巴的帕子擦了擦額上的汗，訕訕道：「大人的事，小孩子問這麼多做什麼？」

杜樂娘默默翻了個白眼，聽見母親的聲音響起。「樂娘，讓她們進來吧。」

段蓮母女兩個跟著杜樂娘進了門，宋寧還是頭一回見到杜家這位大姑娘。

杜雨英垂著頭安安靜靜地跟在段蓮身後，一雙眼睛並未像她娘那樣亂瞟，只恭敬地同人打過招呼，便安分地坐在角落不言語。

段蓮就完全不一樣了，她用挑剔的目光環顧了一下院子裡的桌椅、板凳、竹竿上晾著的乾菜和牆角堆著的柴草，抖開帕子掩了掩口鼻，拿出幾分城裡人的做派，慢悠悠地開口道：「大嫂啊，這房子還是孩子他爺爺當年留下的吧，著實有些老，早該修修了。」

孟蘭平靜地看了她一眼。「大弟妹大中午的頂著日頭跑過來，該不會只是為了跟我敘舊吧？」

段蓮乾笑了兩聲，打開手上那個小布包，帶著幾分得意道：「這是昨兒個雨英她爹從城裡帶回來的，程記的芙蓉糕。妳別看這麼一小包，要半兩銀子呢，快叫樂娘拿去分給大夥兒吃吧，這地方可買不著！」

杜樂娘不以為然地「呿」了一聲。「誰稀罕？」

孟蘭回頭看了她一眼，杜樂娘不想再看到段蓮那張嘴臉，索性鑽進灶房裡幫宋寧做鹹鴨蛋，可她擔心她娘受人哄騙，又將耳朵貼在門板上聽她們說話。

看了看一臉得意的段蓮，孟蘭淡笑道：「妳的好意我們心領了，只是這麼精貴的東西你們還是自己留著吃吧。有什麼事妳就直說，晚些時候我家還有別的事。」

段蓮見對方不領情，緊緊攥著手裡的帕子，內心惱怒這一家子山豬吃不慣細糠，可一想到自己有事相求，只得覥著臉道：「是這樣的，妳大概也聽說我婆婆快不行了。有個風水先生來村裡看了地，再合上我婆婆的生辰八字這麼一算……」

說到這裡，段蓮停下來吸了一口氣，擦了擦額上的汗，又道：「算出來，若是要旺三代，咱們家小山坡上那裡地勢高，靠山傍水，再適合不過了……就是妳家如今用來種豆子的那塊地。」

孟蘭好笑地看向她道：「原來是那塊地啊。當初我家相公過世後，妳婆婆將山下的良田都占去了，如今留給我們母子的不過是幾畝薄田。怎麼？連這點東西你們也看上了，二房、三房是不想給我們母子留活路了嗎？」

段蓮臉上有些掛不住了。「我說大嫂啊，也別把話說得這麼難聽。再怎麼說，一筆寫不出兩個杜字，這旺三代的事情，也不獨獨旺我們二房、三房不是？」

她小心地瞅著孟蘭的臉色，眼珠子一轉，又道：「如今村裡人都道妳家大郎有出息了，往後是個當官的料子，你們也不是離了那幾畝薄田就過不下去了，這祖墳位置好啊，對妳家大郎的仕途也有幫助不是？」

杜樂娘隔著門板，怒氣沖沖地罵了一句「不要臉」。

宋寧搖了搖頭，她還是頭一回見到臉皮這麼厚的人。「放心吧，娘沒那麼好騙的。」

如今的孟蘭早已不是當年那個任人拿捏、忍氣吞聲的年輕小寡婦了，二房、三房的人想要空手套白狼、從他們這裡再占到一星半點兒的便宜，那是不可能的。

孟蘭盯著自說自話的段蓮，寒聲道：「我家那塊地是荒地，用來種些豆子剛剛好，村裡多的是靠山傍水的寶地，你們再找人幫妳婆婆尋別的去處吧。」

段蓮再也受不了了。「我說大嫂，我知道妳還在為當年的事置氣，只是咱們做娘的不能為了一時鬥氣就不顧兒女的前程吧？」

孟蘭抿唇淡笑道：「兒孫自有兒孫福，我家大郎的前途怎麼樣就不勞你們費心了。」

段蓮見她如此油鹽不進，冷哼一聲，甩著帕子拉起杜雨英就氣呼呼地走了。

杜樂娘快步跟出去，將那包芙蓉糕塞回段蓮懷裡。「別忘了這個，要半兩銀子呢！」

「一家子不識好歹！老娘就不信了，這麼大個村子還找不到一塊像樣的地！」段蓮氣得牙癢癢，罵罵咧咧地回去了。

晚上杜蘅從外頭回來，宋寧同他說起白天這樁事。「你不知道，咱們娘現在厲害了，氣得那個段蓮都沒話說了。」

杜蘅見她笑得眉眼彎彎，也忍不住揚了揚唇角，只是如今他的心裡還裝著另外一件事。

宋寧見他似乎心事重重的樣子，問道：「相公，你覺得呢？若是回頭他們出錢買咱們家的地，要不要賣給他們？」

杜蘅放下書看向她道：「家裡的事，妳和娘拿主意就行。」

宋寧點點頭，下床穿上鞋繞到他身側，伸手撫平他緊蹙的眉頭。「怎麼了？有什麼事？」

杜蘅搖了搖頭，拉著她的手，讓她在自己膝上坐下，藉著柔和的燭光，靜靜凝視著她的眉眼，眼神裡帶著化不開的柔情與眷戀。

燈下看美人，美人杏眸水潤、朱唇輕啟、雙頰染霞，烏黑的秀髮鬆鬆地綰在腦後，幾縷青絲順著紅潤的臉頰垂落到胸前，撥動人的心弦。

宋寧被看得心慌，嗔怪地瞪了他一眼，胳膊搭上他的脖頸，將臉湊上去輕輕地貼在他的唇上吻了一下。
杜蘅微微一怔，還沒反應過來，就感覺到一團暖呼呼、軟綿綿的東西貼了上來，來不及細細品味，就如蜻蜓點水般一觸即分。
這是他們的初吻，剛吻完，宋寧就害羞了，將臉埋進他的肩頭不去看他。
杜蘅的羞意比她有過之而無不及，心底好似有一把火燒到耳尖，他艱難地吞嚥了一下，手指僵硬地輕輕撫了撫她的背。
兩個人相互依偎著沒說話，自從上回表明心意之後，他們的關係好不容易有了進展。如今這顆種子已經埋進土裡，只要他們悉心栽培，自然會迎來生根發芽、開花結果的那一日。
她不急，他也有足夠的耐心等她真正接受自己作為丈夫的一天。
宋寧舒舒服服地趴在杜蘅肩上，直到生出幾分睏意，才聽他緩緩開口道：「七郎決定留在縣學裡讀書，逸軒還未決定，只是江伯父十分希望他能上府城求學。」
聞言，宋寧點點頭，多少能理解。
柳七能勉強考上秀才已屬不易，在縣學裡讀書，一則離家近，他能隔三差五地回家照看年邁的爹娘；二則府城物價高，他沒有廩生的身分，衣食住行都需要一大筆開銷。
對於江澄而言，家裡有銀子，去哪裡都能過得舒適，家人當然希望他能去條件更好的府城求學。

宋寧想了想，打著哈欠問道：「相公，你是不是擔心去了府城就沒辦法照顧家裡？」

杜蘅不置可否，手指輕輕摩挲著她垂落的髮絲。

宋寧抬眸，雙手搭在他肩上。「娘和樂娘雖然不說，但我看得出她們都捨不得你一個人孤身去那麼遠的地方。不過，自古以來父母愛子則為之計深遠……」

杜蘅眸色微動，一雙黑沈沈的眼睛望向她道：「那妳呢？」

宋寧忍不住伸手戳了戳他緊蹙的眉頭，露出一個殷切的笑說道：「你有才華、有抱負，應該去更好的地方。」

說完，她又把臉貼近他溫熱的胸膛，手指輕輕在他胸口畫了一個圈。「只願君心似我心，定不負相思意。」

杜蘅無奈地勾了勾嘴角。她總是能輕易動搖他的心志，偏偏回回都教他無力招架。

縱然有千般不捨，府學還是要去的，只是杜蘅給府學那邊的夫子去了信，打算等到家中諸事都安排妥當再啟程。

又過了兩日，孟蘭婆媳正在院子裡曬高粱，二房、三房的人突然登門拜訪，不過這次來的不是段蓮，而是杜川、杜榮兩兄弟。

杜蘅剛好從外面挑水回來，與這兩個叔叔碰了個正著。

孟蘭跟他們無話可說，杜川、杜榮則暗自打量起杜蘅——他們對這個姪子的印象還停留在將近十年前。

當初那團小小的身影跪在他的亡父靈前，身形單薄、脊背挺直、眼神倔強，默默跟著母親朝前來送葬的親友還禮，始終沒有在人前落過一滴眼淚。

只是一眨眼的工夫，那個孤苦伶仃的孩子如今已經成長為一個不容忽視的少年。

一時之間，兩人皆是心緒複雜。

第三十七章　分道揚鑣

杜蘅清清冷冷的目光落到兩位叔叔身上，杜川不自覺地縮了縮脖子，回頭朝弟弟杜榮遞了個眼色。

只見杜榮清了清嗓子，面露窘迫道：「大郎啊，你們大概也已經聽說我娘快不行了。」

杜蘅點了點頭，開門見山道：「你們是為她的事情而來？」

杜榮輕嘆一聲，摸了摸下巴上稀疏的幾縷鬍鬚道：「也不全是，昨夜我娘說了一夜的胡話，今日大夫來瞧過了，說她老人家熬不過今晚。

「方才你大嬸嬸伺候著餵藥，老人家抓著她的胳膊不肯撒手，嘴裡一直念叨著你和大嫂。大夫說我娘吊著一口氣不肯嚥下去，或許就是因為這樁心事未了。」

言及此處，杜榮抬手擦了一把額上的冷汗，見杜蘅始終不為所動，他擠出兩滴淚來，面容悲戚道：「算小叔叔求你，你們能不能看在我父親的面上，了卻我娘最後一樁心事？」

杜川面色漲紅，喃喃附和道：「大叔叔也求你。」

卻聞杜蘅冷笑了兩聲，眼神裡露出一絲與年紀並不相符的涼薄。「我家與你們之間唯一一點骨血牽絆，早在十年前就被你們親手斬斷了。如今我們母子跟你們無話可說，兩位請回吧。」

杜川兄弟聞言皆是微微一怔，見杜蘅心意已決，心涼了大半截，正要無功而返，卻聽孟蘭突然開口道：「要去也可以，但我有一個條件。」

「什麼？她要咱們去老大墳前磕頭認錯?!」

杜川兄弟回去後同家裡人說起孟蘭提出的要求，段蓮第一個跳出來反對。「咱們娘再怎麼說也是爹明媒正娶進門的，名分上是她的婆婆，臨終要見他們母子一面，還要咱們低三下四地求他們，你們說說這是個什麼理？」

她的丈夫杜川在屋裡踱來踱去，不耐煩道：「那妳說怎麼辦？不答應他們的要求，他們就不肯來，他們不來，娘就遲遲不肯嚥氣，回頭村裡人還不知道怎麼說咱們呢！」

段蓮咬著牙道：「哼，從前村裡人都說孟蘭最老實，你們看看，這就是老實人想出來折磨咱們的法子，我看她這是存心跟咱們過不去！不答應就不答應，她也犯不著這麼埋汰咱們不是？」

杜川沒好氣地瞪了她一眼，看向沈默不語的老三兩口子道：「小弟，你也表個態。」

只見杜榮訕笑兩聲，撣了撣身上的灰塵道：「還能怎麼著？那人再怎麼說也是咱們大哥，到他墳前磕個頭也不是什麼大不了的事。」

段蓮一聽又按捺不住了。「小弟，你們可別忘了，要是去磕了頭，那就真的是當眾承認當年娘跟咱們有錯，這麼多年來全都是咱們對不起他們。」

杜榮輕嘆一聲道：「我說二嫂，正所謂識時務者為俊傑，妳難道看不出杜家大郎起來了？往後他可遠不止掙個秀才這麼簡單，到時候只怕是咱們想巴結還不一定巴結得上呢。」

段蓮還想再說什麼，卻聽見一直坐在旁邊染指甲的卓秀娘突然開口道：「都道是莫欺少年窮，反正人是你們得罪的，要認錯也是你們去，跟我可沒關係。」

言罷又見她抽出一方帕子擦了擦指甲上的丹蔻，漫不經心道：「這鄉下地方我是待夠了，再不回去呀，我家三郎都快黑成一塊炭了，跟個鄉下野孩子似的。」

這天夜裡，天氣悶熱得出奇，翁老太太梗著脖子胡言亂語折騰了一宿，一會兒要躺、一會兒要坐、一會兒又抱怨身上有蟲子爬，要兩個兒媳婦幫她抓出來。

折騰到了下半夜，翁老太太終於消停下來，一家子才剛合上眼睛，打了會兒盹，又聽見翁老太太睡夢中一聲驚叫。

杜川兄弟被嚇得一個激靈，跑過去一瞧，只見翁老太太一雙手在空中胡亂揮舞，瞪著眼睛大叫道：「別抓我！別抓我！是……是老頭子來了，是老頭子來了！」

兩兄弟對視了一眼，都覺得有些毛骨悚然，又聽翁老太太口裡喃喃喚著他們兒時的乳名。

杜川呆愣愣地上前，被自家娘親死灰一樣的臉色嚇得說不出話來。

一旁的杜榮抬袖擦了擦眼角，上前握住翁老太太的手哽咽道：「娘，兒子們都在這裡，您老人家可還有什麼話要對我們兩兄弟交代的？」
翁老太太費力地睜開眼睛，死死地盯著他們兩個。「去叫你們大嫂和那孩子過來！不算清楚這筆債，老頭子不肯放過我！」
正是夜深露重的時候，窗外黑壓壓的一片，忽然間一陣疾風從窗戶縫裡吹進來，吹滅了屋子裡唯一一盞油燈。
剎那間四周陷入死一般的寂靜，窗外一道閃電劃過夜空，耳邊響起轟隆隆的雷聲。
卓秀娘被嚇得驚叫一聲，緊緊抓住杜榮的胳膊，忍不住埋怨道：「這破屋子我是一日也待不下去了！等天一亮，我就要帶著三郎回縣城去！」
杜榮拿她沒辦法，一邊好言相勸，一邊摸黑去找火摺子點燈。
段蓮跟著嚥了嚥口水，環顧周圍，只覺得渾身汗毛倒豎，顫聲道：「當家的，實在不行，你還是請他們母子過來一趟吧。」
杜川瞪了她一眼，惱怒道：「這大半夜的上哪裡去請人？等天亮了再說！」
幾人只好守著油燈又熬了一、兩個時辰，等到雞叫了兩遍，外頭雨停了、天也亮了，杜川兄弟才急匆匆地出門尋杜蘅母子。
孟蘭站在院門口餵雞，見他們兩個一大早過來，心裡多少有底，只裝作沒看見這兩人一般，自顧自地忙前忙後。

杜川訕訕地笑了笑，杜榮則是道：「大嫂，我們是真的悔不當初，我娘撐不住了，麻煩妳和大郎跟我們走一趟吧，大哥那邊就按妳說的辦。」

孟蘭沒再多說什麼，跟杜蘅一道過去看奄奄一息的翁老太太。

大熱天，眾人身上都穿著薄薄的一層夏衣，只有翁老太太身上裹著兩層厚厚的棉被。屋子裡沒有開窗，藥味、潮氣……各式各樣的氣味混在一起，著實有些難聞。

孟蘭輕輕撫了撫胸口，強壓住心中的不適，在杜蘅的攙扶下走上前，看著臉色灰白的翁老太太，喚了一聲「老太太」。

翁老太太手指微微動了動，艱難地撐開眼皮，在認出孟蘭時整個身子哆嗦起來，顫巍巍地朝一旁的兩個兒子伸出了胳膊。

杜川、杜榮兩兄弟連忙上前去扶她起來，杜榮紅著眼眶，顫聲道：「娘，大嫂帶大郎過來看您了，您可還有什麼心事未了？」

翁老太太靠在小兒子身上，渾濁的目光從孟蘭看到杜蘅，再從杜蘅看到孟蘭，身子仍不停哆嗦，喉嚨裡發出隱隱的喘氣聲，卻是一句話也說不出來。

杜川焦急道：「娘，您到底想說什麼？大嫂和大郎就在這裡，您快點說呀！」

段蓮也搓著手道：「唉，娘想說什麼卻說不出來，這可怎麼辦？」

孟蘭冷眼看著這一家子上演母子情深的場面，眼前浮現丈夫臨終前的寂寥情景，嘆息一聲道：「餵點水試試。」

段蓮微微一怔，忙倒了水一勺一勺地餵給婆婆。

翁老太太嘴歪眼斜，餵進去的水又灑出來一大半，但是好歹能開口了。

她盯著孟蘭，上氣不接下氣地道：「我老婆子這輩子做了許多……錯事，可我從不……從不後悔。唯一……唯一後悔……後悔的……就是把你們趕出去。」

孟蘭轉過頭抹淚，誰知翁老太太掙扎著起來一把拽住了她的衣角。「我……我要去……要去找老頭子……贖罪了，不要……不要恨他們。」

她鬆開孟蘭，眼睛在屋裡找了一圈，最後落到杜景、杜炎兩個孫子身上，喃喃道：「房子……還給你們，別恨……他們……」說完便嚥了氣。

杜榮怔怔道：「娘……娘！娘！」

霎時間一屋子老小哭聲震天，孟蘭緩緩站直身子，為他們騰出地方。

杜蘅回頭看了這屋內的眾人一眼，扶著孟蘭緩緩走了出去。

母子兩個走出這熟悉卻又陌生的地方，杜蘅看著孟蘭蒼白的臉色，皺眉道：「娘，您沒事吧？」

孟蘭微微搖頭，望向已經長大成人的兒子道：「娘沒事，昨晚打雷睡不著，回去歇歇就好了。大郎啊，你知道她臨終前為何非要見我們母子一面嗎？」

杜蘅點了點頭，說道：「兒子大約能猜到幾分。」

孟蘭揚了揚唇角，露出一絲苦笑道：「那你還恨他們嗎？怨他們在咱們最難的時候落井下石？」

杜蘅點頭又搖頭。「從前恨過、怨過，如今不恨也不怨了。」

孟蘭欣慰地點了點頭。「人總不能帶著怨恨過一輩子，那樣的路太苦了。往後怎麼樣，全由你自己拿主意。」

杜蘅頷首。「娘，兒子知道了。」

翁老太太臨終前非要見他們一面，除了心中有些許悔意，何嘗不是帶著幾分私心，希望杜蘅若是有朝一日出人頭地，能不計前嫌地幫扶自己的兒孫。

然而杜蘅並不認為能靠一己之力左右任何人的人生，事在人為，腳下的路要靠自己一步一個腳印走出來。

他是如此，杜景、杜炎也將會這樣。

杜家的翁老太太去了，最終還是決定葬在杜家大房的那塊坡地上。

村裡人私底下紛紛猜測杜家大房和二房、三房的人是什麼時候和解的。

「大郎娘兒倆還真是寬宏大量，想當初翁老婆子和二房、三房的都是怎麼對他們孤兒寡母！」

「這個我知道，人家老爺子屍骨未寒，他們不但吵到分家，將大房一家逼去住舊屋，等杜家老大過世，還拿荒地去換大房那邊的良田，明明他們分到的地全都有好有壞……這要換了旁人，就是記恨一輩子也不為過。」

「據說翁老婆子臨終前將老爺子留下的這幾間瓦房還給大房，也算是真心悔過了吧。」

「這麼說來，那翁老婆子糊塗一輩子，怎麼臨走前突然就想明白了？」

「他們不是都搬去城裡了嗎？房子空著也是空著，許是看人家大郎出息了，才上趕著巴結？」

「你們知道個什麼？當初去城裡，翁老婆子為了湊錢，幾乎將老爺子留下的好田地都賣光了，如今就只剩那幾間房子還像個樣。」

「是啊，再說了，那房子本就是杜家老大跟老爺子一磚一瓦建起來的，教他們母子幾個白占著這麼多年，早該還給人家了！」

村民們正你一言、我一語，興致勃勃地說著閒話，忽然聽見耳邊傳來一陣敲敲打打的鑼鼓聲。

眾人紛紛回頭，見是杜家二房、三房送葬的隊伍過來了，頓時不勝唏噓，隨即散去。

等翁老太太過了頭七，杜家二房、三房的人就準備啟程回縣城去。

對於翁老太太最後把房子給了大房這件事，段蓮有不少怨言。「也不知道娘是怎麼想的？咱們辛辛苦苦伺候她一場，到頭來竟然把房子交給那一家子。」

卓秀娘抽出帕子擦了擦嘴角，不以為然道：「不就是幾間又破又舊的鄉下房子嗎？給了就給了，反正啊，我是一輩子都不想再回來了。二嫂，難道妳還打算往後回來養老不成？」

段蓮撇了撇嘴角，其實她也嫌棄這房子晦氣，只是有些不甘心就這麼便宜了大房而已。

杜川煩躁地拍了拍後腦勺。「好了，這已經是板上釘釘的事情，沒什麼好說的。小弟，你說說，咱們誰過去幫他們送房契和鑰匙比較合適？」

聽到杜川這話，杜榮皺著眉，一時難以決斷，此時耳邊傳來兩個孩子在院子裡打鬧的聲音，突然眼睛一亮，撫掌笑道：「不如讓二郎跟三郎去。大郎那孩子同你我多少有隔閡，可這兩個孩子再怎麼說也是跟他血脈相連的堂弟，是該找機會多走動走動。」

杜川聞言也點頭道：「你說得對，我這就讓兩個孩子過去一趟。」

杜榮想了想，又笑道：「你家二郎還好，我家那小子性子太跳脫了，我怕他們路上貪玩誤事，讓雨英那孩子也跟著去一趟吧。」

杜雨英姊弟三人走到杜蘅家門外時，杜炎忽然捂著肚子道：「大堂姊，我想去方便方便。」

想到杜蘅那張嚴厲的面孔，杜景便有樣學樣地說：「我……我也是。」

「那好吧，快去快回，別跑遠了。」

杜雨英拿他們沒辦法，只好由著他們去了，誰知等了半晌還不見兩個小的回來，正要去尋人，就看見院門打開了。

宋寧走了出來，她本是要去尋劉慧娘的，見杜雨英挎著籃子拘束地站在門外，詫異道：

「有事嗎？」
杜雨英垂著頭，想到村裡人口中她爹娘、奶奶曾經對大房一家子做的那些事，只覺羞愧難當，連聲音都不自覺地低了幾分。「我……我爹讓我幫伯母和堂兄送東西。」
宋寧點點頭，領著她進去。
孟蘭正坐在屋簷下納鞋底，見杜雨英過來似乎也不意外，只是不冷不熱地招呼她坐。
杜雨英捏著帕子，手心裡全是汗，悄悄看向四周，見杜蘅似乎不在家裡，才稍稍鬆了一口氣，鼓起勇氣從籃子裡拿出一個用布包著的東西道：「伯母，這是我爹和叔叔讓我送過來的鑰匙和房契。」
孟蘭微微一怔，接過她手中的東西，看著房契和鑰匙出了一會兒神，才緩緩開口道：「你們要走了嗎？」
杜雨英點點頭。「明日一早就走。」
孟蘭抬頭看了她一眼，想起記憶中那個五、六歲的小丫頭，又見她規規矩矩很本分，跟她的母親段蓮截然不同，心中對她有幾分好感，便也客氣道：「好孩子，難為妳了。」
杜雨英搖搖頭，攥著帕子艱難地開口道：「伯母，從前是我爹娘糊塗，我代他們給你們賠個不是。我家裡還有事，就先回去了。」
說完匆匆對著孟蘭躬身一拜，便垂著頭逃也似的離開了。
宋寧望著那道匆匆遠去的纖弱背影，忍不住感嘆道：「這個姑娘跟她爹娘還真是不同。」

孟蘭嘆了口氣，也道：「這孩子從小就好。」

宋寧點點頭，正要出門時，看見小姑子拎著一只破破爛爛的竹筐進來了。

「娘，方才有誰來過了嗎？」杜樂娘問道。

孟蘭看了看她手裡的東西，道：「妳雨英堂姊過來送鑰匙和房契。這竹筐哪裡來的？」

杜樂娘回道：「方才回來就看見有人放在門口了，裡頭都是一些餵鴨子的田螺和小蟲子，不知是誰落下的。」

宋寧含笑指了指牆頭，兩顆毛茸茸的腦袋「咻」地縮了回去。

杜樂娘扔下竹筐追出去，扠腰罵道：「杜景、杜炎，下回再讓我發現你們爬我家的牆，我就放蛇咬你們了！」

兄弟兩個被嚇得一哆嗦，腳下一滑從牆上摔了下來，捂著屁股爬起來，忙不迭地告饒。

「二堂姊，明兒個一早我們就走了，下回再找妳做師父。」杜炎笑嘻嘻地覥著臉道。

杜景忙不迭地點頭說：「對對對，妳別生氣，我們只是想送妳臨別禮物……」

聽到他們這麼說，杜樂娘沒好氣地瞪了灰頭土臉的兩兄弟一眼，一個「滾」字剛到嘴邊又嚥了下去，可依舊板著臉道：「你們走吧，下回別讓我再抓住。」

翌日天剛亮，杜家二房、三房的人就離開了。

白水村的小山坡上多了一座新墳，一切重歸於平靜。

第三十八章　秘密信函

宋寧找鐵匠訂製的大蒸鍋終於做好了，她跟杜蘅一塊兒去了一趟柳家莊，託柳七找了一位釀了三十多年酒的老師傅買了酒麴，順便取取經。

待一切準備就緒，宋寧挑了個風和日麗的日子，開始釀第一批高粱酒。

先準備好高粱，用開水浸泡一日再清洗乾淨，放進蒸鍋裡燜蒸，經過兩次蒸的手續，等高粱蒸開了花後，撈出來晾涼。

之後加入蒸煮過的稻殼，再撒上一層酒麴攪拌均勻，最後在上面蓋一層稻殼保溫。放置兩日後，將其封入準備好的大缸裡，靜待發酵。

等到杜蘅幫宋寧一起將大缸封好時，杜樂娘忍不住問道：「這就好了嗎？」

宋寧含笑搖了搖頭。「按照老師傅的經驗，需要一個月左右才能發酵完成，再來要放入蒸鍋裡蒸餾、冷凝，最後經過老師傅鑑定才能看出有沒有釀成，若是不成，就得從頭再來。」

杜樂娘聞言長長吁出一口氣。「要這麼長的時間啊？看來釀酒真不容易。」

宋寧十分贊同地點頭，根據老師傅的經驗，幾乎要三斤高粱才能釀出一斤酒，這樣做出來的酒才會香氣濃郁、色澤清亮、滋味醇厚。

過程看似簡單，可是實際上對原料比例、用量以及用具的清潔程度都有嚴格的要求，若是稍有差池，所有的努力都可能付諸東流。

過了白露，轉眼到了八月底，天氣開始轉涼。

家家戶戶陸陸續續將稻穀、豆子選出下次要播的種，其餘的都收入穀倉，再將地裡採摘後的穀椿、瓜苗都清理乾淨，翻好地，準備新一輪播種。

夕陽西沈，經過一日的辛勤勞作，農夫們扛著鋤頭從田間地頭歸來；村口大榕樹下聚在一處做針線、說閒話的婦人們散了場；在外頭嬉戲打鬧的孩童們被各家親娘喚回家，雞鴨也全被趕回巢了。

原本熱熱鬧鬧的小村莊，轉瞬只剩下幾聲蟲鳴與風吹樹葉的沙沙聲。

日光餘暉漸漸散去，白水村被祥和平靜的氣氛包圍，誰知官道上忽然傳來一陣噠噠的馬蹄聲，打破了這分寧靜。

一道黑影跨著高大的一匹駿馬順著官道前來，踏馬進入白水村。

來者不是別人，正是盈川縣縣衙的官差鄭昊。

鄭昊從馬背上翻身下來，牽著馬走到村裡的小河邊上。他一人一馬在外奔波了許久，走的又多是鄉間小道，早已是人困馬乏。

此時四下靜悄悄的，鄭昊鬆了韁繩任那紅鬃馬去飲水，自己則躬身從河裡捧了水洗去臉上的塵土。

粗粗洗了一遍，鄭昊仍覺得身上黏膩，他朝四周看了一眼——夜色初上、空蕩蕩的一片，唯有自己的坐騎紅鬃馬埋頭在河邊啃食青草，索性解了衣袍，邁步跨入水中暢快洗了起來。

誰知洗到一半，耳邊卻傳來馬的嘶鳴聲和女子的驚叫聲，緊接著是撲通一聲，像是有人落入水中了。

「救命……救命！」

鄭昊轉頭去看岸上，紅鬃馬已不見了蹤跡，他三步併作兩步衝上岸匆匆披上一件外裳，循著聲音傳來的方向找過去。

沒多久就看見紅鬃馬立在岸邊，河裡浪花激盪，有道身影在水中奮力掙扎。

他不假思索地跳入河中，用強壯的手臂圈住那溺水之人，將她攔腰托出水面。

誰知那姑娘疑似受了驚嚇，被人撈出來後就像抓住一根救命稻草般，一雙手死死抱著他的胳膊不肯鬆開。

她貼得太緊，幾乎是將整個身子攀在他的胳膊上，鄭昊忍不住輕輕咳了咳，面紅耳赤地看向她濕漉漉的髮頂，出言提醒道：「姑娘，已經沒事了。」

劉慧娘聞言回過神來，怔怔地鬆開鄭昊的胳膊，一雙腳踩到河底，才發現河水不過才沒過她的胸口，霎時間臊得滿臉通紅，匆匆道了一聲謝。

她頭一抬，撞見鄭昊那張不苟言笑的羅剎臉，忍不住打了個哆嗦。「官……官爺。」

鄭昊見她認得自己，有些窘迫地撓了撓頭，問道：「天都黑了，姑娘怎麼獨自一個人在河邊？」

本是尋常的一句詢問，劉慧娘卻生出了一種被人審問的錯覺，一顆心撲通撲通跳個不停。「我……民女白日在此洗衣裳，丟了一件……一件東西，這才出來尋。」

鄭昊點了點頭，看向身後悠然啃著草的紅鬃馬道：「方才可是這馬使姑娘受了驚嚇？」

劉慧娘先是點點頭，又搖頭道：「不怪官爺的馬，只怪民女膽子太小，自己不小心踩到石上青苔才失足落水，還要多謝官爺相救才是。」

鄭昊愧疚地拍了拍馬兒的脖子，才剛低聲喝斥了句「沒長眼的東西」，河岸就忽然起了風，耳邊傳來她的兩聲噴嚏。

他不禁皺了皺眉，這才察覺彼此的衣裳都在水裡泡過了。如今早晚天氣涼，連他體格這般強壯都覺得有幾分冷意，何況對方是個柔柔弱弱的姑娘。

劉慧娘見他板著一張臉，又打了個哆嗦，道：「官爺，要是沒什麼事，民女就先行一步了。」

鄭昊臉色沈了沈，兩道眉擰作一團道：「姑娘要是就這樣回去，被人撞見恐怕不妥，不如鄭某去撿些乾柴生火堆，等妳衣裳烤乾了再回去。」

劉慧娘垂頭看向身上濕答答的衣裳，後知後覺地面上一紅，雙手抱臂擋住自己一身狼狽，找了個角落蹲下來整理儀容。

沒多久，就見鄭昊抱著一大捆柴草回來，在河灘上生了火堆，又搬來兩塊平整的大石頭，回頭看向她道：「姑娘過來烤一烤吧。」

劉慧娘怔怔地點頭，矮身坐在一塊被他打掃得乾乾淨淨的石頭上。

她看了看身旁另外一塊石頭，原以為是他給自己準備的，卻見他雙手抱臂，背對著自己站在火堆另一側，在離她一丈開外的地方默默凝視著河面，彷彿是一尊雕像。

劉慧娘幾次想開口讓他也坐下來烤一烤，卻被他威嚴的氣勢震懾得無法開口，猶豫間，忽然聽他率先道：「姑娘方才在河邊找什麼東西？需不需要鄭某幫忙？」

她微微一怔，吞吞吐吐道：「喔，沒什麼，只是……只是一方帕子，已經找到了，多謝官爺費心。」

說完便飛快垂下頭，面紅耳赤地揪著自己的衣角，生怕被對方看出自己在撒謊。

她一個姑娘家，哪好意思言明自己丟的是一件貼身的裡衣。說來也是她不小心，白天來河邊洗衣的時候將裡衣遺落在這裡，才不得不等天黑無人時再來尋。

好在鄭昊只是點點頭，沒再繼續追問下去。

待在火堆旁，身上的寒意很快便被祛散，衣裳輕薄，這樣被火一烤，再經風一吹，很快就乾了七、八分。

劉慧娘再次背過身去整理好衣裳、頭髮，確定並無什麼不妥，就站起身來同他道別。

「多謝官爺照拂，時辰不早，民女該回去了。」

鄭昊頷首，目送她走了幾步，忽然一拍腦門，問道：「對了，姑娘可知道村裡的杜相公家住何處？」

此時天已經黑透了，他一個外地人要是再找不到人問路，還真不知道什麼時候才能找到杜蘅家。

劉慧娘腳步頓住，回頭掩面輕笑道：「官爺原來是要去杜大哥家，正巧我們兩家是鄰居，我帶您去吧。」

鄭昊點點頭，牽了馬跟在劉慧娘身後，始終與她保持著五、六步的距離。

兩個人一前一後走到一處竹林外，裡頭忽然鑽出兩道黑影來，那兩個孩子嬉笑著你追我趕，全然沒注意到迎面走過來的人。

劉慧娘被嚇了一跳，腳下一個趔趄，險些跌倒。

鄭昊疾步上前扶了她一把，緊接著又見一個婦人舉著掃帚從竹林裡衝了出來。

「王大壯！你給老娘站住，天黑了還在外頭瘋跑，不怕踩到蛇嗎？唉唷，誰啊?!」

盧珍被突然出現在眼前的兩個人嚇了一大跳，撫著怦怦直跳的胸口道：「原來是慧娘呀，妳瞧見我家那小崽子了嗎？」

劉慧娘指了指身後的方向。「他往那邊去了。」

盧珍拔腿就要追上去，卻見劉慧娘身後還站著一個身材高大的黑衣男人，她的眼神探究地在他們身上轉了一下，因那人的長相比畫像上的門神還凶，她便不敢多看，捂著嘴朝劉慧娘笑了笑，就一臉曖昧地離開了。

劉慧娘被她看得兩頰發燙，抬眸看了鄭昊一眼，又匆匆別開了臉，伸手指了指竹林外點燈的幾間房子道：「官爺，前頭的那排房子，從左往右數第二間就是杜大哥家。我……我先走了。」

「慢著。」鄭昊開口道。

劉慧娘心裡打著鼓，慢慢轉過身去，又聽他語氣鄭重道：「今日鄭某的馬使姑娘受驚落水，若是日後此事讓姑娘遇到什麼麻煩，鄭某願一力承擔。」

聞言，劉慧娘微微一怔，看他一臉嚴肅，便鼓起勇氣問道：「官爺的意思是願意對民女負責？」

鄭昊沈默地點點頭，好似下了天大的決心。自古以來男女授受不親，今日他因救人而冒犯了她，自然也該對她負責。

劉慧娘不禁輕笑出聲。「倘若今日官爺救了我便要對我負責，那日後官爺再遇見落水的女子，豈不是都要負責？」

鄭昊撓了撓頭，一時不知道該怎麼回答，再回過神來時就見她已經走遠了，只留下一道纖細的背影。

他懊惱地拍了拍腦門，牽著馬遠遠地跟過去。

等鄭昊抵達杜蘅家時，他們一家子正準備吃晚飯，見他過來，孟蘭婆媳忙添了碗筷，還多炒了兩道菜，將家裡新做的高粱酒開封拿出來待客。

鄭昊為自己臨時打擾感到抱歉，然而他在外頭跑了一日，著實又累又餓，加上杜家的飯菜實在可口，他便未客氣，一口氣將宋寧拿出來的一小罈高粱酒都飲盡了，可想到自己此次前來有要緊事同杜蘅說，就不再貪杯。

宋寧跟婆婆、小姑子進灶房清洗碗盤跟筷子，留他們在堂屋裡說話。

鄭昊從懷中摸出一封書信遞給杜蘅。「縣令大人囑託我定要將這封信親手送到杜相公手上，信看過後便銷毀，省得引來不必要的麻煩。」

說完又打開手邊一個包袱。「這裡頭是縣令大人珍藏的幾部書，大人聽聞杜相公要去府城求學，就一併贈送給您了。」

杜蘅鄭重地接過信，再次謝過鄭昊和黃縣令，就帶他去「新房子」那邊安頓。從杜川跟杜榮那邊收回房子後，他們並未搬過去，主要是現在的地方已經住得很習慣了，那個地方暫時保留在回憶裡比較好。

晚上看完信，杜蘅蹙著眉，神色凝重地在屋子裡走了兩圈，最後去灶房將信投入火中，回屋就見宋寧坐在燈下拿著炭筆寫寫畫畫的。「在畫什麼？」

宋寧仰頭朝他笑了笑。「咱們家的高粱酒釀好了，既然老師傅和鄭官爺都覺得不錯，我就想訂製一款酒瓶，教人一眼看了就能認出咱們家的酒。」

酒香也怕巷子深，想要賣出個好價錢，其實不光是包裝，甚至連名字都得花不少心思。

杜蘅拿起她的畫仔細看了看，讚許道：「原來妳畫得這樣好，這也是同上河村裡的老夫子學的嗎？」

宋寧心虛地「嗯」了一聲。在前世，她的父母是國內頂級的藝術老師，她從小耳濡目染，多少也會一些。

杜蘅沒再多問，主動同她說起今日之事。「縣令大人要升遷去其他地方了，臨行前送了我幾部書，妳若是感興趣也可以看看。」

宋寧點點頭，伸了個懶腰，打著哈欠道：「今日有些乏了，還是改日再看吧。」

翌日一早鄭昊便要啟程回去交差，臨行前向宋寧打聽了酒的來歷。

「鄭某在外奔波多年，喝過的酒不計其數，只是大多摻了水，滋味寡淡，難得昨日那酒味道正宗，不知相公夫人是從哪一家買的，鄭某想去再買幾罈。」

宋寧笑道：「不瞞您說，這酒是我們家自己釀的，鄭官爺若是喜歡，我再送您幾罈便是。」

鄭昊大喜，收了宋寧的幾罈酒，留下幾錠碎銀子，便牽著馬走了。

聽著門外的腳步聲走遠，劉慧娘才提著一籃梨子從家裡出來，望了那人遠去的背影一眼，默默回了屋。

九月，杜蘅按照約定的時間，準備和江澄一同啟程前去府學，順便帶母親去府城看病。
孟蘭本不願給兒子和同窗添麻煩，只是隨著天氣變涼，她的舊疾復發，徹夜難眠，杜樂娘十分擔心，便偷偷將娘親的病情告訴了兄長。
杜蘅與宋寧一合計，決定無論如何都要帶娘親去府城就醫。
正好朱宏買下的那間書肆已經修葺一新，他早就邀請過宋寧去鋪子裡轉轉，給自己出出主意了。
只是若是他們都去了府城，那麼家裡只剩下杜樂娘，實在令人不放心，經過一家人商量，最終決定大夥兒都去。
如今秋收完畢，地裡的活可以歇一歇，家裡的雞鴨則暫時託給方錦和劉慧娘照看。
這是孟蘭母女兩個第一回出遠門，孟蘭還好，杜樂娘卻是看到什麼都覺得新奇。
「哥哥，前面那條河叫什麼名字？」
「那是綏江，過了綏江就出縣城了。」
「娘，您快看，那邊有雜耍賣藝的人！」
「好了，快放下簾子，當心被風吹迷了眼睛。」
杜蘅車上有母親、妻子和妹妹，江澄車上也帶了非要前來送行的父母，自然比從前行得慢一些。

好在一路上大家說說笑笑，倒也沖淡了趕路帶來的疲累，一行人風塵僕僕地趕到府城時，已是四日後了。

眾人就近找了一家客棧投宿，翌日江哲要帶著妻兒去拜訪故友，杜蘅他們則陪娘親去回春堂看診。

花大夫看過孟蘭的病情後，蹙眉道：「夫人年紀不算大，卻積勞已久，這腰肌勞損的毛病若是不趁早治療，年紀越大恐會越發嚴重。」

杜蘅聞言，十分內疚道：「請問大夫可有根治的法子？」

花大夫摸了摸鬍鬚道：「老夫自當盡力為夫人治療。」

按照花大夫的法子，孟蘭需要接受七日的針灸推拿，而後再配合膏藥治療。

杜蘅當然希望娘親能在府城好好接受治療，孟蘭嘴上雖然答應下來，內心卻忍不住擔憂，一則害怕自己的病情會耽擱兒子的學業，二則煩惱離家太久會給鄰居添麻煩。

宋寧見她一副憂心忡忡的模樣，開解道：「娘，如今什麼事情都不如您的身子重要。有我和樂娘陪著您，相公可以先去書院報到；再說家裡，回頭我備一份謝禮，好好感謝方嬸和慧娘就成了。」

孟蘭見孩子們都很堅持，便不再多說什麼。

一家人回了客棧，正在吃飯，店小二就敲門進來道：「夫人，外頭有人找您。」

「哈哈哈，三娘，我來遲了！」
宋寧起身相迎，訪客不是別人，正是朱宏。
朱宏比他們早了幾日出發，此次前來正是要邀請宋寧和杜家人去自己的新鋪子作客。
饒是宋寧提前見過朱宏的書契，也未曾料到他盤下來的這間書肆規模這麼大。
這間鋪子臨街開著六扇寬敞的大門，樓上還有十來個房間，經過一番修葺，已經完全看不出從前書肆的影子。
杜樂娘興沖沖地拉著孟蘭上樓，推開二樓的窗戶，望向不遠處的一道粉牆，驚喜道：
「娘，您瞧，朱掌櫃說那邊就是哥哥要去的府學！」
孟蘭含笑點了點頭，看著書院門前那些意氣風發的年輕後生，心中對兒子的未來也充滿了期待。
朱宏興致勃勃地帶著宋寧一家子樓上、樓下轉悠了一圈，之後請他們到雅間裡歇息，自己則跟宋寧到另一個房間裡談公事。

第三十九章　告別故鄉

宋寧嚐了一口茶，不禁讚道：「您這間鋪子的確夠氣派，不知您打算用來做什麼？」

朱宏捋著鬍鬚笑了笑。「三娘不妨猜一猜。」

看了一圈雅間裡的陳設，宋寧笑道：「是要開一家酒樓？」

朱宏撫掌大笑道：「沒錯，我正有這個打算。三娘，妳說說在這條街上開一家酒樓怎麼樣？」

宋寧想了想，推窗望了沿街的商鋪一眼，直言道：「那就要看朱掌櫃想開一間什麼樣的酒樓了。」

朱宏聽出她話裡有話，忙問道：「喔？三娘可是看出了什麼門道，不妨直言。」

宋寧含笑指著街上的幾家食肆，說道：「朱掌櫃您看，光是這一條街上吃飯的地方就不少了，像對面那樣的小鋪面便有五、六家。府城雖不乏富家子弟，但書院的學生們大多是從周圍的鄉鎮過來的。」

聞言，朱宏點點頭，皺眉道：「那些家境貧寒的學子自然是捨不得花父母的血汗錢去高檔酒樓揮霍，咱們這家酒樓未必要學那些一道菜動輒要幾十兩銀子的高檔酒樓。不過自降身價難免會損失另一批顧客，實在是令人難以抉擇，莫非……三娘妳有法子？」

宋寧思索了一下，根據自己在前世見過的餐廳經營成功案例，提議道：「您不妨試著將樓上跟樓下分作兩個區域，採用兩種經營模式、兩套菜譜。」

朱宏一聽，來了興趣。「願聞其詳。」

宋寧重新回到桌前坐下，用手指蘸了茶水，在桌上畫出兩層樓，先是指著一樓的大堂道：「樓下這一層可以用來招待書院的學生們，主要賣一些經濟實惠、做起來方便的菜餚；樓上的雅間可以用來招待更為講究的客人，這類顧客往往對環境的要求高，對菜品的需求是要精緻、貴氣又體面，價格高一些無妨；還有您樓下儲藏間那批以前書肆留下來的書，就算拿出去賣也是低價賤賣，不如留下放在店中，供學生們免費借閱，豈不是更好？」

宋寧一口氣將想法全都說出來，說完為自己倒了一杯茶。

朱宏聽得連連點頭，又聽她道：「當然，這都是我個人的粗淺之見，您不妨再向開酒樓的同行討教。總之，要做就做一家有特色、有情懷，又有錢賺的酒樓。」

宋寧說完後看向朱宏，卻聽他輕嘆一聲道：「三娘，不瞞妳說，對於開酒樓，我只是個門外漢，再加上九鄉居是我家的祖業，交給其他人看顧我實在是放心不下……思來想去，只有一個法子能夠兩頭兼顧。」

言罷，他放下茶杯，目光灼灼地看向宋寧道：「那就是將這邊的酒樓託付給一個值得信賴之人。三娘，沒有人比妳更合適了。」

他的提議讓宋寧有些猝不及防。「您就不怕我年紀輕沒經驗，在府城也是人生地不熟，到時候辜負了您的期待嗎？」
「三娘妳雖然年紀小，但見識一點也不比那些老掌櫃差。至於人生地不熟……這個妳不必擔心，我已託中人幫我聘請有經驗的掌櫃和管事，到時候出頭的事由他們出面去做，妳只需要替我在背後把關、出謀劃策便好。」
「若是我和相公都來了府城，獨留婆婆和小姑子在村裡，我們會很擔心的。」
「既是如此，不如將她們一道接來府城。喔，住的地方不用擔心，我那間宅子正好空著，到時候你們搬進去住便是。」
無論宋寧提出什麼樣的擔憂，朱宏都已幫她想好了對策，宋寧不禁懷疑道：「您是不是從買下這間鋪子那刻起便打起了我的主意？」
朱宏轉了轉手上的珠子，臉上露出一個深不可測的笑。「我哪有那樣的高瞻遠矚？這不是一切都剛剛好嘛……碰巧杜相公要去府學唸書，三娘妳的想法也與我不謀而合。哈哈哈，這大概就是天意吧。」
宋寧輕輕「唔」了一聲，臉上卻寫著「我不信」三個大字。
對於宋寧的疑慮，朱宏表示十分理解，主動提出讓她回去好好和家人商量一番再決定。
然而，當宋寧同家人說起朱宏的提議時，卻沒想到獲得一致贊成。
杜蘅原本就覺得府城離家太遠，家裡有什麼事他實在不能及時知曉，況且他也不願同家人分離。「回春堂的花大夫說娘的病需要定期複診，若是妳們也能留在府城，一家人就能相互照應。」

杜樂娘有些底氣不足地問道：「朱掌櫃家的宅子能養雞鴨嗎？」

宋寧笑道：「二進的宅子，咱們家人少，應該是可以的。」

杜樂娘一顆心落回肚子裡，只要能讓她把家裡的雞鴨帶過來，她就願意留下來。

孟蘭雖然捨不下家裡那些田地與房屋，也怕自己在府城不適應，但她更放不下幾個孩子，左思右想才下定決心道：「娘都聽你們的，你們在哪裡，家就在哪裡。」

翌日一早，宋寧便去找朱宏提出了自己的條件。「承蒙您信得過，願我也能不負所託，只是有三件事我需要提前同您說清楚。」

朱宏見宋寧同意了，暗暗鬆了一口氣，笑道：「但說無妨。」

宋寧鄭重道：「第一件，咱們先以一年為期，一年後若是我不能使您的酒樓成為這條街上最好的酒樓，我願意主動請辭。」

朱宏點了點頭。「好，既然三娘妳都這麼說了，那就這麼做，我對妳還是有信心的。」

宋寧接著道：「第二件，您家的宅子我們不能白住，原先您承諾每個月給我十兩銀子的工錢，如今便扣除五兩當作付給您的租金。」

朱宏想了想後回道：「只要妳不覺得吃虧，這點也依妳。」

宋寧笑了笑，跟朱宏一樣，她這人從不做賠本的買賣。「至於這第三件嘛，我想請您允許我在門口闢出一個小攤子，用來做自己的買賣，當然我每個月也會付給您五兩銀子的租金。」

對朱宏來說，只要能讓酒樓大受歡迎，有錢大家一起賺倒也無可厚非。「好，這三個條件我都答應了。三娘，我看今日是黃道吉日，稍後我便讓小九子帶你們搬進宅子裡。」

朱宏買下的那處宅子在楊柳巷，離書院也就三條街的距離。

小九子帶宋寧一家過去宅子，沿著巷子裡的正門走進去，繞過一道刻有蓮花紋的影壁來到前院，朝外一側是一排倒座房，據說從前是給僕役們住的地方。從前院過二門進入正院，正對著門的是正房，正房兩側有東、西兩間耳房，再往外是東、西廂房。

對於宋寧一家而言，這間宅子實在是太寬敞了。

小九子興致勃勃地向宋寧介紹著院子裡的陳設。「三娘姊姊，這口大缸是從前的主人用來養蓮花的，您若是覺得礙事，我幫您挪到牆角去；還有這幾棵盆景也是從前主人家剩下的，您要是不喜歡，也可以換掉。」

宋寧笑道：「好了，小九子，你也別忙活了，回去告訴朱掌櫃，我們對宅子很滿意。今日我們還要收拾行李，便不留你用飯了，回頭再好好謝謝你。」

小九子點點頭，笑道：「欸，那你們慢慢收拾，有什麼需要的隨時告訴我。」

杜蘅送小九子出門，孟蘭環顧四周，有些不安地拉起宋寧的手道：「三娘啊，咱們幾個住這麼大的宅子，未免太浪費了些。欠朱掌櫃這麼大的人情，也不知何時才還得上？」

宋寧安慰她道：「娘，您說得對，這麼一間大宅子，所在地段又好，一個月只花五兩銀子租的確是咱們占了便宜。不過您放心，往後我會用心經營酒樓，儘早把欠朱掌櫃的人情都還回去。」

孟蘭點點頭，從前兒媳婦這麼說，她還會擔心，如今她卻毫不懷疑兒媳婦能達成目標。

接下來的時日，朱宏那頭忙著找中人聘請其他需要的人手，宋寧這頭也忙著處理家中的房產、田地。

白水村的人聽說孟蘭一家子要搬去府城了，欣羨之餘，更多的是為他們感到高興，都說杜家大郎出息了，自己去府城求學不說，連家人也沾了光。

跟杜家走得近的方錦和劉慧娘卻知道事實並非如此，杜家能有如今的好日子，少不了孟蘭三個女人的功勞。

宋寧和婆婆孟蘭商量過後，決定將家裡的房子託付給方錦，九鄉居的買賣則正式交到劉慧娘手上，至於那幾畝田產就託羅里正看顧，能租出去的便租出去。

等杜家的事情處理完，宋寧抽空回了一趟娘家，將事情的來龍去脈告訴爹娘與兄嫂，大家聽了以後都感到很意外。

宋賢擔心閨女被騙，坐在屋簷下一口一口吸著旱菸。「三娘啊，那個朱宏靠得住嗎？府城那個地方十兩銀子包吃住一個月，這樣的好事……爹連想都不敢想。」

葛鳳沒好氣地瞪了他一眼。「閨女不都說了，這朱宏是九鄉居的老相識了，你個糟老頭子怎麼就不能盼著咱們閨女好一點？再說了，你看咱們三娘像是那麼容易上當受騙的人嗎？」

宋賢撓撓頭，喃喃道：「我這不是擔心嘛。」

聽著爹娘你一言、我一語，宋寧的眼眶突然發酸了。她去府城最捨不得的便是自己的家人，如今見他們如此，更是難受。

宋小滿、宋小福兄弟兩個聽說小姑姑要去很遠的地方了，一晚上都不吵不鬧，只悶悶地縮在宋寧身邊不說話。

吳雪張了張嘴，本想讓兒子別纏著他們小姑姑了，但想到小姑子下次回來還不知是什麼時候，情緒也跟著有點低落。

姚靜則是坐在角落裡一個勁兒地唉聲嘆氣，嚇得宋安以為她又哪裡不舒服了。

對於這個情況，姚靜百感交集。從前小姑子自私任性，一回娘家就作威作福，她們巴不得她走得遠遠的才好。如今小姑子像是從頭到腳換了一個人，待她們也體貼入微，她們全捨不得她出遠門。

宋寧感覺到了家中異樣的氛圍，看了看姚靜的肚子，強顏歡笑道：「娘、大嫂、二嫂，等到二嫂足月了，我會抽空回來看你們的。」

姚靜摸了摸肚子，伸手抓住宋寧的胳膊道：「小妹，妳可千萬要記得回來呀，我和肚子裡的孩子都等著妳。」
吳雪也道：「是呀，小妹，得了空多回來看看我們，咱們自己家地裡的新鮮瓜果就是比城裡的好。」
葛鳳見一個個都垂頭喪氣的，有些看不下去了。「我說，三娘是去府城過好日子的，又不是不回來了。你們都擺出這副樣子做什麼？該幹麼就幹麼去！」
她將老頭子和兩個兒子都趕了出去，吳雪見狀也叫上兩個小的，扶著姚靜出去了。屋裡只剩下母女兩個，葛鳳忍不住抹起眼淚來了。「我家閨女如今出息了，娘這是高興，高興……」
宋寧苦笑著從懷裡摸出一個荷包塞進葛鳳手裡。「娘，您和爹養我這麼大，這麼多年一直是你們貼補我這個做閨女的。如今女兒要出遠門了，這五十兩銀子您留著家裡用也好，自己花也成。」
葛鳳哪裡肯收，紅著眼眶道：「妳去了府城，衣食住行樣樣都要花錢，該買的就買，不能教那些城裡人看不起。再說了，娘在鄉下哪用得著這麼多銀子？」
宋寧勸道：「我去了府城每月能領到工錢，況且相公如今成了廩生，可以領到朝廷的銀糧，我們如今不差銀子了，這錢您留著，以備不時之需。」
葛鳳點點頭。「也是，如今我家閨女和女婿都出息了，這銀子娘先幫妳收著，回頭用得著的時候再還妳。」

宋寧幾人走的那日，劉慧娘一早起來將她們送到村口，不多時羅里正、翁老太太來了，方錦和曹霜等人也到場相送。

「三娘啊，記得帶妳娘和樂娘常回來看看。」

「這些橘子是早上才從我家樹上摘的，妳們要是不嫌棄，帶著路上吃。」

「家裡的事都有妳羅叔看著，安心去吧。」

「往後大郎有好消息，別忘了捎封信回來報喜。」

眾人紛紛同她們三人道別，孟蘭看著一張張熟悉的面孔和即將告別的故土，眼眶一熱，再次鄭重地謝過鄉親們。

劉慧娘雖然捨不得宋寧，但也真心盼望他們把日子越過越好。「放心走吧，到了府城別忘了寫信報平安。」

她這幾個月跟在宋寧身邊，不僅學做生意，也學會認字，如今只要不是太複雜的字，她都能看得懂。

宋寧朝她笑了笑。「別擔心，妳若在村裡遇到什麼事，也別忘了捎信告訴我。」

轉眼便到了九月底，宋寧一家已經正式在府城安頓下來了。

杜蘅每日從家裡去府學唸書，順帶照顧家裡；孟蘭在後院整出一塊地用來種瓜果蔬菜，順帶養著從家裡帶過來的雞鴨；杜樂娘每日除了幫著娘親料理家務外，還常常跑出去看巷子裡的老師傅打銀器。

酒樓開業在即，宋寧那邊也是忙得腳不沾地。

朱宏為酒樓取的名字就叫「朱記大酒樓」，宋寧覺得這個名字平易近人，還容易記，挺好的。

在酒樓正式營業之前，朱宏將聘請來的鍾掌櫃和唐、于兩位管事介紹給宋寧認識。「三娘啊，我不在的時候，妳有什麼事情可以直接同鍾掌櫃和唐管事、于管事商量，他們三位從前都在酒樓裡幹過，經驗豐富。」

言罷，又對三人道：「別看三娘年紀小，時間一長你們就知道了，什麼都瞞不過她的眼。諸位往後遇事多同三娘商討，你們見了她，就當見了我一般。」

宋寧點點頭，含笑同鍾掌櫃與兩位管事打過招呼，說一些客氣話。「我年紀輕，日後若是有什麼思慮不周的地方，還請幾位不吝賜教。」

三人嘴上客客氣氣地應下，暗地裡卻默不作聲地打量著宋寧。

眼前的小姑娘看起來不過十六、七歲，全身上下的穿戴也頗為樸素，且待人十分和氣，就算生得再伶俐，怎麼看也不過是個乳臭未乾的小丫頭，要讓他們這些經驗老到的人一下子心服口服，是絕對不可能的。

他們在靜靜地打量著宋寧，宋寧也在悄悄地觀察他們。

來。

朱宏作東招待眾人吃了一頓飯，酒足飯飽後，幾人都放鬆不少，開始東拉西扯地閒聊起來。

宋寧默默坐在一旁微笑著聽他們說話，一頓飯的工夫就將三人的脾性、經歷了解個七七八八。

鍾掌櫃待人和善，處事圓滑老到，逢人便帶三分笑，說話也會留幾分餘地，很擅長跟人打交道，的確是做掌櫃的料子。

唐管事做過幾年帳房先生，處理起帳務不成問題，為人低調、不苟言笑，但也是個直腸子，有什麼就說什麼。

于管事在大宅子裡擔任管家，手底下管過二、三十來號人，說話客客氣氣的，從未跟人紅過臉，看起來很精明。

宋寧同他們三位商定，在正式營業之前，為了對後廚的人了解得多一些，想讓每個廚子都做一道自己最拿手的菜請大夥兒試菜，最終再根據他們的能力和特長分配合適的崗位。

第四十章　廚藝比試

試菜前，宋寧到後廚轉了一圈，裡頭兩個婦人正坐在一處清洗菜蔬，三、四個雜役則往裡頭搬東西。

他們見宋寧通身穿戴與大夥兒差不多，便只當她是個普通的小廚娘，自顧自地忙著手裡的活計。

「欸，大妹子，妳是新來的吧？來，快過來坐。」

宋寧回頭見說話的是個三十出頭的廚娘，也朝她笑了笑，走過去挽起袖子幫忙幹活。

兩個婦人中年長的那個姓顧，大家都叫她顧嫂；年輕的那個約莫十七、八歲，別人都叫她蕙娘。

她們見宋寧年紀輕輕幹起活來卻很俐落，待人又和氣，不一會兒便拿她當自己人了。

宋寧看了看她們身後成堆的碗碟跟菜蔬，忍不住問道：「顧嫂、蕙娘，這麼多東西，怎麼就妳們兩個人在這裡忙？」

她要是沒記錯的話，分配給廚房的共有十四個人，五個廚子配上五個幫廚，再加上四個雜役，這些活應該大家一塊兒做。

岑蕙娘朝外頭掃了一眼，努了努嘴道：「還不是那個洪大廚，一早便帶著兩個幫廚出門挑食材去了，人家說鍋鏟要自己帶來的才稱手，食材也要自己挑的才新鮮。」
「那其他人呢？」宋寧不解道。
岑蕙娘撇了撇嘴角說：「其他人見他們這樣，也不知道到哪裡躲懶去了。」
宋寧疑惑道：「可我聽說食材都是由于管事帶人出去統一採買再分發下去的，為何偏他有這個特權？」
岑蕙娘朝她招了招手，正要說什麼，忽然聽見顧嫂重重咳了兩聲，兩人回頭一看，就見一個大腹便便的中年男人帶著兩個跟班從外頭回來了。
中年男人名叫洪光，正是岑蕙娘口中的洪大廚。
門外搬東西的雜役們見他從外頭回來，紛紛放下手中活計，有人笑盈盈地湊上前問道：「洪大廚回來了，又從外頭買了什麼好東西回來？」
洪光一臉遺憾地朝眾人擺了擺手道：「去晚了，沒什麼好東西了，就這兩尾魚看著還湊合。今天掌櫃要試菜，大夥兒不得拿出看家本領來嗎？」
眾人皆是點頭附和，還有人恭維道：「就您這廚藝，隨便拿出一道菜也能教人心服口服。」
洪光呵呵笑道：「這說的是哪裡的話，掌櫃都說了，今兒個不看資歷，大家各憑本事，只是這食材要是不新鮮，著實影響發揮。」
岑蕙娘聞言忍不住默默翻了個白眼。「就他講究！」

宋寧心領神會，不禁掩口笑了笑。

顧嫂又咳了兩聲，拿手肘碰了她一下。「少說兩句，得罪了他對妳也沒什麼好處。」說話間，洪大廚帶著兩個跟班進來了。「唷，顧嫂，忙著呢？」

顧嫂朝他笑了笑，繼續埋頭幹活。

洪光不鹹不淡地掃了岑蕙娘和宋寧一眼，裝腔作勢地對身後兩個跟班道：「小七、小八，你們去幫我打兩桶水回來，回頭做菜要用。對了，一定要西街的泉水才行，明白了嗎？」

兩個跟班忙點頭應下，連忙提著木桶出去了。

洪光走到她們身旁，對顧嫂道：「不好意思啊，顧嫂，妳也瞧見了，我這邊的人都出去了。我還要備菜，實在忙不過來，借妳身邊兩個丫頭幫我收拾爐灶，沒意見吧？」

岑蕙娘冷哼一聲，別過臉去朝宋寧眨了眨眼，示意別理他。

顧嫂站起身來，在圍裙上擦了擦手道：「您瞧見了，我們這裡活兒都堆成山了，也走不開，要不您去外頭叫個人進來幫忙？」

洪光臉上的笑一僵，抄著手道：「要是我沒記錯的話，按照尋常酒樓裡的規矩，當主廚的才有資格使喚廚房裡的人，其他人有一個幫廚就頂了天了。」

言罷又打量了一下顧嫂，皮笑肉不笑地道：「差點忘了，顧嫂妳也是從大酒樓裡出來的，雖然只是個二等廚娘，但已經比那些不入流的小廚子強多了。莫非妳也想爭一爭這主廚之位？」

顧嫂笑了笑，手指攥著衣角沒有說話。

岑蕙娘咬了咬牙，故意用力甩了甩手上的水。

洪光被噴了一臉的水珠，往後跳開兩步，怒斥道：「欸，我說妳這丫頭什麼意思?!」

岑蕙娘毫不客氣地瞪了他一眼。「不好意思啊，沒看見。咱們這裡廟小，您還是上別處待著吧。」

洪光氣得臉色漲紅，跳腳道：「好，好個刁鑽的死丫頭，妳們給我等著！」言罷便氣沖沖地摔門出去了。

岑蕙娘對著他的背影輕輕啐了一口。「我呸，不就是背後有人嗎，還真把自己當根蔥了？」

顧嫂好言勸道：「好了，咱們幹咱們的，犯不著跟他計較。」

岑蕙娘拾起抹布繼續幹活，還是忍不住埋怨道：「咱們在這裡汗流浹背地埋頭幹活，誰又能看得見咱們的好處？便宜都被那些會做表面工夫的人占盡了。」

宋寧拉了拉她的胳膊，問道：「蕙娘，方才妳說那個洪大廚背後有人，不知是誰？」

岑蕙娘撇了撇嘴角，在她耳邊說出一個名字。

宋寧頷首，又看向顧嫂道：「那個洪大廚說您從前也在大酒樓裡做過事？」

顧嫂輕嘆一聲，神情落寞道：「都是從前的事了，不提也罷。」

宋寧見她似乎不願重提，便沒再追問，岑蕙娘悄悄朝她使了個眼色，將她拉到一旁。

「顧嫂從前在汪家的琳瓏閣做過事，她的丈夫原先也是琳瓏閣的管事，如今害病了，在家裡養著。她的廚藝不比那些男人差，可惜這世道不許女子出頭，什麼功勞都被男人搶去了。」

宋寧若有所思地點點頭，拍了拍岑蕙娘的肩道：「這些雜活妳們先別忙了，稍後會有人來做。妳們好生準備今晚的比試，需要什麼告訴管事一聲便是。」

岑蕙娘看了看顧嫂，無奈地嘆口氣。

宋寧明白岑蕙娘的顧慮，出門去找了鍾掌櫃說出自己的想法。「既然是要比試，為了做到公平，論理應該讓每個人獲得同等的待遇，希望兩位管事能夠盡力配合他們。」

鍾掌櫃點點頭。後廚那點貓膩他有所耳聞，只是覺得事情可大可小，他犯不著一來就得罪人，便沒多說，如今聽見宋寧提起，也樂得做個順水人情。「知道了，老夫稍後就吩咐兩位管事照您說的做，小東家可還有其他要吩咐的？」

宋寧笑道：「您跟朱掌櫃一樣，叫我三娘就好了。另外，我提議做菜時五位廚子身邊只能帶一個幫廚，等到他們做好了，再由小夥計將菜端出來，凡是進入後廚的人都不參與評選，您覺得怎麼樣？」

鍾掌櫃微笑著道：「您說的這個法子著實公允，老夫相信定會讓大夥兒心服口服的。」

後廚那頭，幾位廚子聽了掌櫃的吩咐，一時之間心情有些複雜。

「欸，你們說，掌櫃這回是要動真格了嗎？這主廚之位不是早就內定了？」

「誰知道呢？就算是動真格的，咱們也未必能贏。」

「總歸是件好事，咱們不妨都拿出看家本領一較高低。」

到了時辰，五位廚子被請進了後廚，按照宋寧制定的規矩，每人身邊都只能帶一個幫廚。

約莫兩刻鐘後，有人叫了傳菜的小夥計端上今晚的第一道菜，緊接著其餘四人的菜也陸陸續續上桌了。

宋寧和鍾掌櫃及唐、于兩位管事坐在一道山水屏風後面，一道一道地品嚐小夥計端上來的菜餚，再按照自己的喜好替每道菜打分數。

鍾掌櫃和兩位管事對宋寧提出的法子雖然聞所未聞，但也沒什麼異議。

第一道菜是鹽水鴨，選取桂花盛開時節的鴨子，經過醃漬、燜煮，烹飪方式看似簡單，然而既要保留鴨肉的原汁原味，又要做到油潤光亮、鹹香味美，其實十分考驗師傅的手藝。

第二道菜是糖醋里脊，選取上等的豬里脊肉，將裹上香料的里脊肉經過前後兩次煎炸，造就皮酥肉嫩的口感，酸甜可口的糖醋汁則使色澤鮮亮，令人看了食指大動。

第三道菜是蟹粉獅子頭，用了肥瘦相間的五花肉、新鮮的蟹肉、山藥泥和蔬菜絲，經過半個時辰的燉煮，口感鬆軟、肥而不膩，很適合貼秋膘的時節吃。

第四道菜是鴛鴦鱖魚，選取中等大小的鱖魚，去刺、劃十字花刀，經過煎炸，輔以竹筍、蘑菇和火腿，再澆上一層提前煨好的雞汁，既有魚和雞的鮮美，又有山珍的清甜。

幾個人拿起筷子品嚐，平心而論這幾道菜都稱得上色、香、味俱全，但第四道菜在刀工、味道上明顯更勝一籌，也更上得了檯面。

鍾掌櫃與兩位管事對視一眼，再看向宋寧，心底已經默默有了決定。

巧的是最後端上來的也是一道以魚為主的菜餚——一道口味清淡的魚丸豆腐羹。

鍾掌櫃看著最後一道菜，捋了捋下巴上的鬍鬚沒說話；于管事不動聲色地皺了皺眉，也按兵不動；倒是唐管事沒忍住，把內心的想法說了出來。

「怎麼又是一道魚？恕我直言，方才那道鴛鴦鱖魚已經是無可挑剔了，這道魚丸豆腐羹看上去寡淡無味，跟前面幾道菜比起來實在是太過普通了。」

鍾掌櫃笑了笑沒開口，于管事卻是擺手笑道：「欸，唐大哥，現在說這話還太早了些。來來來，咱們都嚐過了再說。」

宋寧抬頭看了于管事一眼，見他已經拿了碗碟去盛那羹，只淺淺地嚐一口、細細品味了一下，便放下碗筷不言語了。

「怎麼樣？這道菜一看味道就不怎麼樣，不嚐也罷。」唐管事一臉嫌棄道。

于管事一臉尷尬地朝他笑了笑。

宋寧提議道：「我看這道菜清清爽爽，倒是很解膩，咱們都嚐一嚐吧。」

鍾掌櫃忙說道：「對對對，既然是比試，為了公平起見，嚐一嚐。」

唐管事見宋寧和鍾掌櫃都開口了，便十分敷衍地嚐了一口。誰知這不嚐不要緊，一嚐便眼睛一亮，忍不住又盛了一碗。

宋寧嚐過後不禁稱讚道：「魚丸鮮嫩、豆腐香滑，湯底也是內含乾坤，味道層次豐富又返璞歸真，足以彰顯做菜之人的用心。」

鍾掌櫃也點頭道：「不錯，越是簡單的菜越能考驗一個人的手藝。好了，菜都上齊了，大家按照咱們先前說的，打分數吧。」

四個人打完分數，交給小夥計計算，不多時那小夥計捧著張紙條上前稟報道：「掌櫃，結果出來了。」

鍾掌櫃接過紙條一看，眼底浮現一絲詫異。

于管事伸直脖子想去一探究竟，唐管事逕自走到鍾掌櫃身旁一眼掃過那張紙條，長長地「咦」了一聲道：「是個平局。」

只見于管事攥緊了拳頭，有些急切地問道：「竟然是個平局，不知是哪兩道菜勝出了？」

鍾掌櫃笑道：「是洪大廚的鴛鴦鱖魚和顧嫂的魚丸豆腐羹。」

宋寧輕輕「唔」了一聲，放下茶杯起身道：「既然如此，那就只好再加試一場了。」

四個人一合計，決定明日讓勝出的兩位再比試一輪，至於要比什麼，屆時再抽籤決定。

洪大廚本來以為自己勝券在握，沒想到上面突然傳來消息說要加試一輪，自然十分不服，在後廚當著眾人的面陰陽怪氣一番。「唉唷，這世道可真是反了天了，從今往後呀，這後廚也是婦人的天下了，咱們這些男人都等著看人家的鼻孔行事吧。要我說啊，與其這樣，還不如回家看孩子去！」

眾人皆是一陣哄笑，岑蕙娘想上前同他們理論幾句，卻被顧嫂拉了回來。「他們愛說什麼就讓他們說去吧，咱們只需用行動證明婦人也不比男人差就行了。」

翌日的比試項目由鍾掌櫃抽籤決定，抽到的是「糕點製作」。

流程跟第一場一樣，顧嫂和洪大廚分別帶著自己的幫手進入後廚，需要在一炷香的時間內完成糕點。

過了一陣子，兩位的糕點就都做好了——一道桂花茯苓膏，一道一口酥。

桂花茯苓膏用金黃的桂花點綴在雪白的茯苓膏上，既有桂花的甜香又有茯苓的淡淡藥香，裡面還加入牛乳，使味道變得更加醇厚，不僅口感鬆軟、層次豐富，還讓人唇齒留香。

一口酥除了傳統的酥皮，還加入芝麻、核桃、豆沙做餡料，外形精緻，口感酥鬆油潤、鮮香味美，也無可挑剔。

此次比試雙方依然難分伯仲，正所謂各花入各眼，具體哪一道糕點能贏得比試，全憑四位考官的個人偏好。

大家根據自己的判斷給出了分數，這次的結果是桂花茯苓膏勝出。

結果傳回後廚，岑蕙娘難以置信地拉著顧嫂的胳膊道：「咱們贏了?!」

傳話的小夥計笑道：「沒錯，就是顧嫂的桂花茯苓膏贏了，掌櫃和兩位管事在正廳等著，顧嫂您快去吧。」

顧嫂含笑點點頭，她的內心比岑蕙娘更激動，走起路來都輕飄飄的，像是作夢一般。贏得比賽就意味著能當上主廚了，就算她自認廚藝不比那些男人差，可這些年她也進過不少酒樓，還真沒有一家願意讓一介婦人掌管後廚的。

正當顧嫂心事重重地來到正廳門外時，就撞見了洪光。

洪光也被叫了過來，他皮笑肉不笑地看了顧嫂一眼，掀了門簾，趾高氣揚地抬腳先進去了。

想到鍾掌櫃與兩位管事已經在裡頭等候多時，顧嫂便快步跟了進去。

正廳內，宋寧坐在屏風後面聽他們說話。

鍾掌櫃端起茶杯，目光從洪光和顧嫂兩人身上掠過，笑容可掬道：「兩位大廚都請坐吧。」

顧嫂和洪光都客氣了幾句，在三人下首坐下，又聽鍾掌櫃徐徐開口道：「實不相瞞，兩位廚藝都十分精湛，實在是難分伯仲。然而有比試就有輸贏，兩位對比試的結果可有什麼異議？」

顧嫂抿唇，微微搖了搖頭。

洪光抬頭看向鍾掌櫃，猶豫了片刻，最終還是開口道：「掌櫃和管事們都有了決斷，洪某原不該質疑，只是洪某從十四歲幫人打下手起，至今已經有二十餘年。論做菜的手藝或經驗，洪某自認並不比任何人遜色。況且這麼多年來，洪某還未曾見過一家酒樓請一個婦人當主廚的……」

聽到這裡，于管事忍不住皺眉重重咳了兩聲，洪光聞聲轉頭看了他一眼，見他搖頭才悻悻地閉上嘴巴。

鍾掌櫃微微地笑了笑，看著顧嫂問道：「顧嫂，妳可有什麼想說的？」

顧嫂攥緊了衣角，起身朝鍾掌櫃和兩位管事躬身一拜道：「回掌櫃的話，你們能給我這樣的婦人一個公平競爭的機會，我已是感激不盡。」

言罷，又看向洪光道：「您說得不錯，論起資歷跟經驗，我的確不如您，可咱們做菜的除了手藝，最重要的便是用心，在用心做好菜這件事情上，我自認不輸給任何人。」

洪光咬牙。「妳……」

顧嫂朝他淡淡一笑，一臉平靜道：「但這主廚之位，我不確定自己是否能夠勝任，還請掌櫃和兩位管事再好好考慮。」

鍾掌櫃聞言放下手中茶杯，眼底閃過了一抹讚賞之色，見屏風後的宋寧也點了頭，他便道：「既然如此，這件事容我們商量後再決定。」

宋寧十分能理解顧嫂的做法，雖然這次的機會對她而言十分難得，可樹大招風，如今的確不是出頭的時候。

況且洪大廚雖然作風有問題，但手藝是實打實的好，若是能迷途知返，改掉自己身上的缺點，不失為一個好幫手。

第四十一章　樹大招風

宋寧和鍾掌櫃商量過後，決定暫時讓顧嫂和洪大廚一起掌管後廚，三個月後再根據他們的表現選出主廚。

事情就這麼說定了，樓上的雅間由他們兩個人掌勺，主要推出的是精品菜餚；樓下的大堂大致劃分成四個區域，分別是麵食區、快餐區、小炒區和小吃區，由其他三位廚子負責。

每個區域獨立運行又相互銜接，大夥兒各司其職又互幫互助。

一切準備就緒，開業這日鍾掌櫃特地在門前搭了戲臺，請來府城有名的雜耍班子招攬顧客。

朱記大酒樓門前鑼鼓鏗鏘，表演者披紅掛彩，將手中碗碟轉得如陀螺一般；兩隻威風凜凜的大紅獅子上下翻跳，爭奪一顆彩色繡球，還有踩高蹺、耍酒罈、爬竹竿的。

精彩的節目一個接著一個，引來不少人駐足圍觀，叫好聲不斷。

孟蘭也帶著女兒杜樂娘來給他們捧場，宋寧看著孟蘭身後十來個婦人，拉過她悄悄問道：「娘，她們是……」

只見孟蘭捂嘴笑了笑。「這些日子妳都忙著酒樓裡的事情，所以不認得，她們是咱們楊柳巷的鄰居。左右她們閒來無事，我就請她們過來湊湊熱鬧。」

宋寧十分佩服地點了點頭，領著她們進去喝茶、吃點心。

到了中午，府學裡的學生也出來了，江澄拉著杜蘅和一位新結識的同窗一道過來了。

江澄抖開扇子搖了搖，對宋寧道：「弟妹，這位是我和子瀾的同窗君實，今日聽聞你們開業，我特地帶著他倆出來打打牙祭，把你們店裡最貴的菜都給我們來一份。」

柏述摸了摸自己扁扁的荷包，撓頭道：「煩勞給我一碗素麵就好。」

江澄一臉嫌棄地拍了拍他的肩道：「咱們特地來給弟妹捧場，一碗麵豈不是太小氣了？君實，你今兒個敞開了吃喝，算我的。」

柏述窘迫地朝他們笑了笑，杜蘅則看向宋寧道：「不必麻煩，安排一些尋常菜就好。」

宋寧淡淡一笑，點了點頭，還是帶著他們去了樓上的雅間，又吩咐廚房準備了幾道好菜。「兩位公子都是我家相公的朋友，今日這頓算我作東，你們盡興。」

柏述不好意思地道了聲謝，江澄則是毫不客氣地動起了筷子。

安排好這頭，宋寧又出去看孟蘭那邊有沒有什麼需要的，鄰居婦人們都十分熱絡地表示。

「唉唷，三娘啊，妳別跟我們客氣，去忙吧。」

「就是啊，今天開張，妳一定很忙。」

「沒錯沒錯，我們自己來就好！」

孟蘭笑著朝她點點頭。「去吧，這裡有我。」

到了飯點，街上正是人多的時候，其他酒樓、飯館裡已是座無虛席，他們這邊看熱鬧的人多，進門吃飯的人卻少。

這可愁壞了鍾掌櫃，饒是他親自站在門外笑臉相迎，也沒幾個人進門。「三娘，再過一刻鐘大夥兒都吃飽喝足了，到時候更沒人上咱們家，這可如何是好？」

宋寧點點頭，若不趁著開業將名聲打響，他們往後的生意將舉步維艱。

她思索了片刻之後，做出了決定。「鍾掌櫃，讓小夥計宣傳開業大酬賓的活動，全酒樓的酒菜一律半價。」

鍾掌櫃猶豫著道：「可咱們酒樓用的都是上等的食材，這樣半價賣出去，再加上付給夥計們的酬勞，不僅可能會白幹，還可能連本錢都賠進去……」

宋寧何嘗不明白其中的道理，只是眼下這狀況是捨不得孩子套不著狼，前期的投入是必要的，不然他們所有的努力都可能付諸東流。

「您說得沒錯，所以可以限定每日前五十位到店的客人才能享有這個優惠，活動持續三日。三日後等咱們將招牌打了出去，建立了口碑，相信自然會有客人上門。」

鍾掌櫃點點頭，咬牙道：「成，就按您說的辦。」

那些站在門外觀望的客人聽說酒菜半價，有人懷疑，也有人願意一試，畢竟這樣的好事不是日日都能碰見的。

在鍾掌櫃和夥計們的賣力宣傳下，樓下大堂很快便坐滿了人。客人們陸續點菜用餐，後廚也有條不紊地忙了起來。

杜蘅與兩位同窗吃完飯從樓上下來，見宋寧正在向幾位客人介紹店裡的酒菜，也不打擾她，默默站在原地等了一會兒。

今日她穿著緋色的窄袖短襦配碧色羅裙，一頭青絲整整齊齊束於腦後，髮間別著一紅一白兩支絨花，整個人顯得乾淨俐落又生氣勃勃。

江澄順著杜蘅的目光望過去，忍不住掩面偷笑，一臉曖昧地朝柏述眨眨眼，拉著他先回書院了。

宋寧忙得腳不沾地，無暇顧及其他，直到小夥計出言提醒道：「三娘姊姊，那邊有位客人似乎是在等您。」

照著他指的方向看過去，宋寧才發現站在角落裡的杜蘅，忙上前道：「相公，要回書院了嗎？」

杜蘅帶著微笑朝她點頭，從懷裡摸出一個油紙包遞給她。「程記的酥糖，餓了記得吃一點。」

宋寧接過油紙包，乖巧地點頭，突然拍了拍腦門道：「對了，相公，我有東西要給你。」

說著便拉著杜蘅進入樓下的一間儲藏間。

「相公，這些書是從前書肆留下的，還未來得及整理。你瞧瞧有什麼想看的，可以帶回書院，記得告訴同窗咱們這裡有書提供免費借閱。」

杜蘅點點頭，一目十行地掃過那些書頁，從中挑選出幾本，小心翼翼收好。「這裡陰暗潮濕，這些書放在這裡容易受蟲蛀。不如回頭找木匠打幾個書架，換個地方收藏，我替妳分門別類整理出來，或許有用得著的時候。」

宋寧十分贊同地道：「我正有此意，相公，你真好。」

言罷，趁著四下無人，踮起腳尖朝他俊美的臉印上一個吻。

杜蘅雙頰一紅，伸手揉了揉她的髮頂道：「累了就歇一歇，別逞強。」

朱記開業第一日結束，宋寧與鍾掌櫃叫來兩位管事算帳。

鍾掌櫃翻開帳冊。「今日的進項共一百二十八兩五錢銀子。」

于管事捋了捋鬍鬚道：「每日用在人員酬勞上的開銷是四十七兩八錢。」

唐管事手裡噼哩啪啦撥著算盤，蹙眉道：「採買油、鹽、果蔬、酒肉花費的銀子，一天算下來至少要三十兩；請雜耍班子花了三十六兩，碗碟、燈燭損耗約莫五錢。這樣粗粗算下來，咱們第一日只賺了……十四兩二錢銀子……」

宋寧聽著唐管事嘴裡報出那一串數字，默默捏了一把汗，又見他們有些失落，便強打起精神道：「咱們初來乍到，沒做虧本買賣已經算是不錯了。再說了，雜耍班子的花銷不是日日都有，咱們再堅持兩日，相信生意一定會有起色。」
鍾掌櫃扯了扯嘴角，露出一絲苦笑道：「三娘說得對，萬事起頭難，讓大夥兒都認真做事，不要垂頭喪氣，一切會好轉的。」
到了第二日，一到飯點就有一大批學生湧了過來。
鍾掌櫃還以為自己看花了眼，忙不迭地叫人出來好生招待他們。
「掌櫃，聽說你家有書可以供咱們免費借閱，可是真的？」
宋寧要免費借書給學生們的事提前知會過酒樓的人，鍾掌櫃點點頭，恭敬道：「當然是真的，諸位相公憑藉學院的印章都可以免費借閱，老夫這就讓人帶諸位相公去取書。」
「欸，不必了，我是說，先別著急，大夥兒都還沒用飯呢。聽說你們酒樓開業前三日前五十名客人酒菜半價……只是酒就算了，我們下午還有課呢。」
眾人哈哈大笑，都找了位子點起菜來。
宋寧讓小夥計們打開儲藏間，把裡頭的書都搬出來，準備供學生們借閱。
「弟妹，我們來幫忙了。」
熟悉的聲音傳來，宋寧回頭見是江澄三人來了，忙笑道：「你們來得正是時候。」
她還要忙著其他事情，這些小夥計大多不識字，不知道該怎麼分門別類，他們來得正好。
江澄嘻嘻笑道：「俗話說吃人嘴軟、拿人手短，咱們讀書人都是有恩必報，也不能光吃飯不幹活，你們說是不是啊，君實、子瀾？欸，你倆等等我呀！」
杜蘅和柏述趁著他耍嘴皮子的工夫，已經挽起袖子埋頭整理起來了。
宋寧忍不住掩嘴偷笑，拿了茶水跟點心給他們。
沒多久，上門光顧的客人漸漸多了起來，雖然大多數都是衝著他們提供的半價酒菜來的，但也有不少人是衝著廚子的手藝來的。
于管事指揮小夥計們在後廚與大堂之間聽候差遣，唐管事負責物資調配，鍾掌櫃總攬大局，宋寧則是暗中留意顧客的需求，及時查漏補缺。
一切都井然有序地進行著，越來越多客人湧了進來，樓上、樓下皆是座無虛席，還有人在門外排起隊了。
「聽說這個朱記大酒樓開業酬賓，酒菜半價，沒想到來的人這樣多！」
「前五十位才享有半價，咱們來晚了，沒了。」
「走吧走吧，上哪家吃飯都行，這裡頭連個空位都沒有，要教咱們等到什麼時候？」
小夥計見客人們要離開，忙將情況一五一十地反映給鍾掌櫃。
鍾掌櫃同宋寧一合計，決定在原來的基礎上加大優惠的力度，贈送每位到店的客人一份小菜，又讓小夥計們搬出庫房裡的桌椅、板凳，讓門外排隊的客人們也能舒舒服服地坐著，邊享用小菜邊等候。
另外宋寧還推出外帶的服務，趕時間的顧客可以打包餐點帶走。

這樣一來及時挽回了不少顧客，只是他們這頭忙得暈頭轉向，卻教一條街上的對家看紅了眼。

如意樓的陸掌櫃站在自家門外，盯著對街的朱記皮笑肉不笑地道：「您看看，顧客都上人家那邊去了，咱們兩家就等著喝西北風吧。」

方圓閣的呂掌櫃伸出手比劃了兩下說：「我昨天派人去看過了，這麼大的鱸魚，這麼大的螃蟹……嘖嘖，都半價呢，有便宜不占烏龜王八蛋！呵，過了這兩日再瞧瞧，價格漲回去以後還有多少人願意去。」

陸掌櫃撇了撇嘴角說：「我們如意樓還好，你們方圓閣這麼大的酒樓，養著幾十號人呢，這兩日都沒幾個客人上門，您打算就這麼乾看著？」

呂掌櫃沒好氣地攤手道：「不然呢？這大路朝天，客人們愛上哪家就上哪家去，我還能將人生拉硬拽過來不成？」

陸掌櫃瞇起眼睛，勾了勾嘴角，一臉神秘地朝呂掌櫃招了招手。

呂掌櫃瞥了他一眼，心不甘情不願地湊了上去。

朱記營業第二日，收益比昨日翻了幾倍，鍾掌櫃和兩位管事對這樣的結果很滿意。

宋寧提醒道：「明日是咱們活動最後一日了，按照今日的勢頭，到時可能會有更多顧客上門。做不成一、兩筆生意事小，給人留下好印象才重要。」

鍾掌櫃點點頭。「三娘說得不錯，咱們要做的是長久買賣。我會讓大夥兒都留意，上門是客，絕不能怠慢了任何一位客人。」

宋寧揉了揉僵硬的肩膀，笑道：「這幾日大家都辛苦了，之後咱們給每個人放兩天假，輪流休息。」

唐管事拍著胸脯表示自己那邊沒問題，于管事也表示會督促手底下的人盡力做好。

朱記開業第三日，一切雖然忙碌，卻是有條不紊。

有了杜蘅、江澄與柏逑等人的幫忙，儲藏間的書已經分門別類整理好了。

宋寧在樓上選了一間通風好、光線充足的房間，收拾乾淨後擺上書架，改成了借閱室。

府學的學生憑書院的印章、其他人憑一件抵押物，即可免費借閱書籍七日，七日後如果還想接著看，就需要過來續借。

杜蘅還找人刻了一枚朱記的專屬印章，為他們的圖書打上了標記。

幾日下來，遠近的讀書人都聽說有家朱記大酒樓能免費借書，不禁躍躍欲試。畢竟書在這個時代仍然十分珍貴，尤其是家境貧寒的學子，要省吃儉用攢許久的錢才買得起一本書。

朱記算是以這樣的方式揚了名，引來了更多顧客。

這天到午飯之前一切都很順利，到了正午街上人多的時候，突然有七、八個穿著破衣爛衫、端著破碗的流浪漢出現。

一開始他們只是坐在街角對著路上行人乞討，隨著街上的人越來越多，他們竟然一股腦兒地挪到朱記門前，幾乎將進出的通道全堵住了。

鍾掌櫃見狀，揉了揉突突直跳的眉心，叫來小夥計分給他們一些銅錢，對他們好言相勸。

誰知那些人不但不走，還對著掌櫃嘿嘿一笑，索性身子一歪躺在朱記門前打起了盹。

一個叫進寶的小夥計急道：「掌櫃，他們實在太過分了，要不小的多叫幾個人將他們轟走？」

鍾掌櫃搖搖頭，頭痛道：「先讓我想想。」

就在這時，大堂靠近門邊的兩桌客人開始抱怨了。

「我說掌櫃，這味道也太大了吧，還讓不讓人好好吃飯了？」

「是呀，真是晦氣！」

「你們就不能想個辦法解決嗎?!」

鍾掌櫃只好小心翼翼地賠著不是。「我們這就處理，各位請稍候。」

進寶捏了捏拳頭，一臉焦急道：「掌櫃，他們堵在門口，外頭的客人們進不來，裡頭的客人嫌棄他們又髒又臭。若不趁早將他們攆走，客人們鬧起來該怎麼辦呢？」

鍾掌櫃擦了擦額上的汗，無奈道：「別小看這些乞兒，要是得罪了他們，日後別想安生。」

「掌櫃說得對，不但不能趕人，還得好好將人請進來。」

鍾掌櫃看見宋寧出現，長長地吁了一口氣，忙問道：「三娘，樓上的事情處理好了嗎？」

宋寧點點頭，方才有小夥計不小心打翻了茶水，弄髒了客人的衣裳，她才不得不走開一會兒，沒想到這邊又出了問題。

她思索片刻後道：「掌櫃，請他們去後頭用飯吧。」

鍾掌櫃先是怔了怔，隨即明白了她的意思，轉身對進寶道：「快去吧，按照三娘說的，好好將人請到後院用飯。」

進寶不敢相信自己的耳朵，站在原地發愣。

看他一動也不動，鍾掌櫃催促道：「愣著幹什麼？還不快去！」

進寶不情不願地上前，對著為首的一個乞丐道：「我們掌櫃請你們進去吃飯，走吧。」

那人掀了掀眼皮瞥了他一眼，擺手道：「不去不去，沒有從天上掉餡餅下來的好事，你們該不會打算將我們誆進去然後關門放狗吧？哈哈哈哈……」

其他小乞丐聞言也是哈哈大笑，滿不在乎地繼續抓抓胳膊、撓撓頭。

進寶見他們一副死豬不怕開水燙的模樣，氣得滿臉通紅。「你們這群無賴，我們掌櫃的錢也給了，又好心好意請你們進去吃飯，你們再賴著不走，我們就要報官了！」

然而任憑他怎麼威逼利誘，乞丐們仍然不為所動。

宋寧在一旁看了一會兒，察覺到那群人都是看一個戴灰褐色破布頭巾的中年男人眼色行事，便問道：「鍾掌櫃，您可知那個戴頭巾的人是誰？」

鍾掌櫃瞇起眼睛看了看，十分確定地說道：「那人叫做石大，算是這條街的乞丐頭子。」

宋寧看著那群人，若有所思道：「他們平常也這樣嗎？我是說，堵在酒樓門口行乞。」

鍾掌櫃搖搖頭道：「這群人大多數時候都在附近的巷子口轉悠，很少有這麼針對誰的時候。」

宋寧又問道：「我們開業這幾日可曾得罪過他們？」

鍾掌櫃眉頭緊皺，仔細想了一會兒才說：「這些天咱們跟他們井水不犯河水，應該是不曾得罪過他們。」

宋寧點點頭，喃喃道：「不曾得罪過他們，那就是得罪了其他人。先不說這個了，我去看看。」

第四十二章 反將一軍

只見宋寧走過去，摸出一串銅錢放在石大面前。「這位大哥可是好漢石相公？」

石大看了看那串銅錢，抬頭見這次跟自己說話的是位小娘子，嘻嘻笑道：「怎麼？小娘子也聽過我石大的名號？」

宋寧笑道：「那是自然，這條街上誰沒聽過您的名號。小店後院有一堆木柴，掌櫃吩咐要在下午前搬進柴房去。您也瞧見了，店裡的人都很忙，實在指望不上，不知道幾位能不能搭把手？」

說罷又掂了掂手裡的銅錢。「當然，我不會讓大家白忙活，這串錢是給各位的報酬。後廚還有客人點錯了的紅燒蹄膀和燒雞，各位要是沒吃午飯，也可以進去吃一點。」

石大嚥了嚥口水，猶豫著抓了抓亂蓬蓬的頭髮。

坐在他身後的劉麻子忍不住提醒道：「這小娘子一看就是跟他們一夥的，咱們答應過那頭要把事情辦好，大哥，別去！」

石大點點頭，臉上露出一絲警惕道：「小娘子說話可算數？莫不是在誆我們？」

宋寧將銅錢塞進他手裡。「別的我說了或許不算，不過這件事我還是能作主的。」

石大猶豫了一下，跟身後的劉麻子商量道：「叫小泥鰍、小雀兒先在外面等著，咱們幾個跟她進去看看，要是出了什麼事，就讓兩個小崽子跑回去報信，相信他們也不敢拿咱們怎麼樣。」

劉麻子仍然有些不放心。「可是拿人手短、吃人嘴軟，咱們怎麼跟那頭交代？」

石大一巴掌拍在他的頭上。「你是不是傻呀？那人回回苛扣咱們工錢，這姑娘出手闊綽，咱們收錢辦事，誰出的錢多誰說了算！」

幾個人一合計，決定跟宋寧一塊兒進去看看，結果發現她說的是真的。

後院裡的木柴不算多，他們很快就搬完了，等他們幹完活，宋寧又端來肥得流油的紅燒蹄膀和香噴噴的燒雞給他們吃。

幾個人看得口水直流，他們好多天沒吃上一頓油葷了，這下便顧不得那麼多，將門外兩個小的叫了進來，也不碰宋寧拿給他們的桌椅跟板凳，幾個人往柴草上一坐，大快朵頤起來。

這些乞丐們很快就將一大盤紅燒蹄膀吃完了，剩下那隻燒雞倒是沒碰，而是拿芭蕉葉小心翼翼地包了起來。

石大抓了幾根稻草擦了擦手上的油，笑呵呵地看向宋寧道：「宋姑娘，活幹了，飯也吃了，我們可以走了吧？」

宋寧點點頭，看著他們走出去幾步，突然又叫住了他們。「等等！」

幾個人腳下一頓，劉麻子警覺地看向石大。「老大，她該不會是後悔了吧？」

石大擺了擺手，轉身看向她道：「怎麼？姑娘不讓我們走？」

宋寧搖搖頭，指了指他身後的兩個小乞丐道：「別誤會！我只是看這兩個孩子身上的衣裳舊了，我家相公正好有幾身舊衣裳穿不下，你們要是不嫌棄，明日到柳樹胡同外等我，我幫你們拿過去。」

石大撓撓頭，羞愧地說道：「那我就替小泥鰍、小雀兒謝過姑娘的好意了。」

說著拉了身後的兩個小乞丐向宋寧道謝。

宋寧含笑點點頭，目送著他們走遠，又見那個叫小泥鰍的孩子跑了回來。

「我們老大讓我告訴您，您是個好人，有人想給你們使絆子，姑娘小心一點。」說完就迅速跑遠了。

宋寧望著他們離開的方向出了一會兒神，叫來一個小夥計讓他留意街上幾家酒樓的動向。

很快的，宋寧便將目標鎖定對面的如意樓和方圓閣兩家，原因無他，主要是這兩家這幾日一直明裡暗裡給他們使絆子。

先是搶走了他們訂的豬肉，後又派人到處散布謠言說他們用爛菜葉和發霉的米麵。

這些小動作簡直不要太明顯，誰能忍?!

天黑後，宋寧喬裝打扮成男子，叫上幾個小夥計，一塊兒將剛喝完花酒的陸掌櫃堵了個正著。「唷，這不是如意樓的陸掌櫃嗎？」

宋寧早就暗中向人打聽過，這個陸豐貪杯好色，為人十分狡猾，不過一物降一物，他的妻子是位母老虎，還有個屠戶出身的岳父，正是他的剋星。

陸豐喝得醉醺醺，走起路來東倒西歪，抬頭掃了宋寧和她身後的人一眼，打著酒嗝道：「你……你們是誰呀？」

宋寧捂著鼻子，十分嫌棄地後退了兩步，壓低嗓子道：「您和方圓閣的呂掌櫃狼狽為奸，給朱記使了不少絆子，這事您認也不認？」

陸豐揉了揉腦袋，滿不在乎地擺了擺手道：「朱記？原來你們是朱記的人！呵，是又如何，不是又如何？你們手上沒有證據，能拿我怎麼樣？」

他看向宋寧身後的小夥計們，囂張地說道：「你們要是敢動我一根手指頭，我就去報官，告得你們傾家蕩產！」

宋寧盯著他，皮笑肉不笑地開口道：「誰說我們要打您了？」

說完又看向他身後的宅子，捂嘴笑道：「唉唷，您可真會享福！這宅子裡的姑娘是您偷偷養的外室吧？您猜猜，若是讓尊夫人和您老丈人知道您有這檔事，他們會怎麼對您？」

想起家裡那隻母老虎，陸豐不由自主地打了個哆嗦，酒氣被嚇退了不少，氣焰也跟著弱了幾分。「你們竟敢找人調查我？你……你想怎麼樣？」

宋寧笑著從懷裡摸出一張紙甩到他面前。「也不想怎麼樣，在這上面簽字畫押，保證不再找朱記麻煩，否則……」

陸豐咬牙接過，衡量再三，還是照宋寧說的做了。「你們最好說話算話，否則……我陸某也不是好惹的！」

宋寧抄著手冷哼一聲。「知道、知道，只是常在河邊走，哪有不濕鞋？您再這樣下去，保不齊尊夫人哪天就知道了，這可怪不了我們。」

說著，她又攤開手道：「十兩銀子！」

陸豐沒好氣地瞪大了眼睛說：「你什麼意思？」

宋寧不疾不徐地道：「您請來的那幫朋友在我們酒樓吃吃喝喝，花了我十兩銀子，這您得認。」

就這樣，宋寧帶人拿著從陸豐那邊訛……不不不，得來的十兩銀子，又去找方圓閣的呂掌櫃。

她當著呂掌櫃的面摸出陸豐簽字畫押的紙條。「您瞧瞧，之前您和如意樓的陸掌櫃雇人找朱記麻煩的事他都認了，他說這件事是您出的主意，您看咱們是公了還是私了……」

呂智一臉狐疑地抓起紙條從頭到尾看了一遍，拍著桌子道：「放屁！那群人分明是他找來的，這陸豐真是個卑鄙無恥的小人！」

宋寧面露詫異道：「喔？是嗎？你們公說公有理、婆說婆有理，我都不知道該相信誰了？」

呂智往地上啐了一口，心裡將陸豐的祖宗八代問候了一遍，看向宋寧道：「算我呂某識人不清，上了他的當。你們想怎麼樣？」

宋寧微微一笑，滿臉誠懇道：「呂掌櫃，你我都是生意人，自然怎麼對自己有利就怎麼來。若是我們兩家鬧起來，到時候鷸蚌相爭、漁翁得利，豈不是讓他們如意樓白白撿了便宜？」

呂智瞇了瞇眼，道：「你說得沒錯，若是鬧起來，正合了那個陸豐的意。」

宋寧點點頭笑道：「可不是嘛，做生意以和為貴，這件事咱們就此揭過去吧，往後誰都不要再提，您看怎麼樣？」

呂智打量著宋寧，讚許道：「沒想到你這小夥子年紀輕輕就有這般見識，不錯。若是朱記既往不咎，我們方圓閣願跟你們化敵為友，同分一杯羹。」

宋寧摸了摸黏在嘴角上的小鬍子。「您謬讚了，這都是我們鍾掌櫃的主意。那就說好了，從今往後咱們就是盟友，哈哈哈，預祝咱們合作愉快！」

辦完這兩件事，時辰已經不早了，宋寧打發了小夥計們回去歇息，一派輕鬆地哼著小曲兒往回走。

誰知剛走到一條巷子口，就感覺到有人亦步亦趨地尾隨在後面。

宋寧心裡打了個突，眼下家家戶戶大門緊閉，周圍也是黑漆漆、靜悄悄的一片，別是碰上了壞人才好。

她加快腳步走到一個拐角處，往裡一躲，迅速從地上拾起一塊石頭當作武器。「誰?!」

「是我！」杜蘅及時伸手抓住她的手腕，石頭才沒往他身上砸。

宋寧睜大眼睛，捂著胸口道：「相公？黑燈瞎火的，你怎麼在這裡？」

杜蘅好笑地看著她道：「妳這麼晚都沒回家，娘不放心，讓我出來看看。」

他指了指她的男子裝扮，視線落在她貼在嘴角的小鬍子上。「妳怎麼這副打扮？我方才就是不確定，才一直跟在妳身後想看清楚一點。」

宋寧心虛地拔下嘴角的小鬍子，摟住他的胳膊道：「嘿嘿，也沒什麼，就是我一個姑娘家走夜路不安全，才扮成這個樣子。」

杜蘅將信將疑地看了看她的裝扮，白白淨淨的小臉上沒了古怪的小鬍子，更像是一個俏生生的翩翩少年郎。

他胸口猛的一跳，突然不好意思再看她這副模樣，輕咳了兩聲道：「往後我來接妳回家。」

宋寧乖巧點頭。「嗯嗯，記住了。」

翌日，宋寧派人以鍾掌櫃的名義大張旗鼓地給呂掌櫃送了兩罈自己釀的高粱酒，呂掌櫃也大大方方派人回贈了他們兩筐新鮮螃蟹。

這樣一來，整條街的人都知道朱記和方圓閣交好了。

想暗中搞小動作的酒樓都望而卻步，畢竟方圓閣財力雄厚，又在這條街上開了這麼多年，誰都不願意輕易得罪他們。

如意樓那頭，陸掌櫃氣得牙癢癢，當著小夥計的面大罵方圓閣背信棄義、罵朱記狡詐陰險，可一想到自己還有把柄在人家手裡，罵起人來都少了幾分底氣。

朱記大酒樓的名號成功打出去了，宋寧得了空便開始琢磨自己的小吃買賣。

她先在店門口支了個小攤子，找人製作小推車、爐灶和烤架，用來賣炸雞和烤羊肉串，另外還有一些當季的鮮果汁和牛乳茶。

此外，宋寧還特地找人做了自己的專屬印章，印章刻的是「三娘小吃」字樣加上兩隻憨態可掬的兔子，每個油紙包上都蓋著她設計的印章。

開業前三日，照例有推銷活動，讓顧客先嚐後買。

由於炸雞和烤羊肉串香味著實誘人，牛乳茶和鮮果汁也是此處才有，況且又是明碼標價、童叟無欺，不需要大聲吆喝便引來一大批顧客。

路過的行人都被香味勾得飢腸轆轆，樂得花十來文錢買一碗牛乳茶或一支烤羊肉串來嚐嚐。

不久後，書院的學生們都知道這條街上有一家可以借書的酒樓叫朱記，朱記門口有家三娘小吃，東西可口、價格平實，老闆娘人很大方。

這一日，宋寧正在準備食材，忽然被岑蕙娘拉到後院的角落裡。

宋寧見她一臉神秘，問道：「怎麼了？是後廚那邊出什麼事了嗎？」

岑蕙娘搖搖頭說：「沒有，那個洪大廚最近也不知怎的，收斂了不少。」

說著從圍裙裡摸出一包炒得熱烘烘的南瓜子塞到宋寧手裡，道：「這是我方才炒的，妳不要嫌棄，那個……」

關於宋寧是朱記大酒樓小東家一事，她雖然未明白告知夥計們，但是大家都知道了。只是她要岑蕙娘跟顧嫂用之前的態度跟她相處就好，這樣彼此也比較自在。

宋寧見她欲言又止的模樣，忍不住問道：「到底怎麼了？吞吞吐吐倒有些不像妳了。」

岑蕙娘看向她，猶豫著開口道：「三娘啊，我看妳的小吃攤子生意很不錯，妳……還需要幫手嗎？」

宋寧饒有興致地看向她道：「當然需要，我一個人有點忙不過來，妳想來嗎？」

岑蕙娘抿唇，垂頭道：「不是我，顧嫂那頭也走不開。」

宋寧輕輕「唔」了一聲，問道：「不是妳，那是誰？」

岑蕙娘攥緊了手指，吞吞吐吐道：「是……是在後廚打雜的周文，他人老實、手腳勤快，就是……就是不愛多說話。」

宋寧仔細回憶了一下，想起後廚是有這麼一號人，只是此人平時太安靜，總是埋頭一聲不吭地幹活，很難引起別人的注意。

根據以往的經驗，眼下她更需要一個能言善道的幫手，就像岑蕙娘這樣的，以周文的性子，應該很難勝任要跟人打交道的活。

岑蕙娘見她猶豫，忙道：「要是不行就算了吧，就當我沒說過。」

宋寧搖搖頭，她看人一向最注重品行，周文除了沈默寡言也挑不出什麼毛病，所以她決定給他一次機會。「可以讓他試試，不過要是過幾日幹不下去了，妳可別怨我。」

岑蕙娘喜出望外地抓著她的胳膊道：「怎麼會？只要妳願意給他一次機會，我就已經感激不盡了。」

宋寧看了她一眼，打趣道：「我幫他，為何妳要感激？難道妳跟他有什麼關係？」

岑蕙娘瞬間羞紅了臉，垂下頭喃喃道：「他……他家住我家隔壁，大家是鄰居，他娘腿腳不好，家境困難，我……我就想著能幫一點是一點。」

宋寧不是特別愛八卦的性子，但也看出了這兩人之間有點什麼，她微微點頭，臉上掛著意味深長的笑容。

翌日，岑蕙娘將周文帶到宋寧面前。「往後你跟著三娘，手腳俐落點、人機靈點，別再跟個木頭似的了。三娘她心善，不會虧待你的。」

周文「嗯嗯嗯」點頭，也不知道該說什麼，只一個勁兒地朝岑蕙娘、宋寧道謝。

宋寧打量著周文，發現今日他換了身半新不舊的乾淨衣裳，頭髮梳得整整齊齊，下巴不見任何髒渣，看上去清清爽爽，像是從頭到腳換了一個人。

畢竟他們開門做生意，將自己收拾得像樣些，才能給人留下一個好印象。

從這日起，宋寧帶著周文做買賣，也教他做炸雞和烤羊肉串。「做炸雞首先要選取新鮮的雞肉，既不能太肥也不能太瘦。最關鍵的一步是醃漬，除了鹽和薑、糖這些基礎的調料，還需要我自製的五香粉，之後倒入牛乳浸泡。

「等到浸泡入味，再裹上太白粉和麵粉，油溫六成熱，經過兩次炸的工夫，直到表皮變得金黃酥脆，再撈起來控油。最後，刷上咱們朱記的獨門醬汁就好了。」

宋寧一邊示範一邊為周文講解，做好了又將東西推到他面前。「來，你試試！」

周文點頭，挽起袖子洗淨手，一絲不苟地嘗試起來。

宋寧意外地發現，周文雖然嘴笨，執行能力卻很強，再加上做什麼事都很認真，所以學得快，這讓她很滿意。

約莫半個月時間過去，周文依舊寡言少語，也常常因為婦人們的三言兩語鬧了個大紅臉，可他日復一日默默把手邊的事做好，從未有過一絲怨言。

岑蕙娘一得了空就過來偷偷看他，被宋寧抓了個正著。

宋寧笑道：「要不我同鍾掌櫃打聲招呼，將妳要過來，這樣妳就不用偷偷躲在角落裡看了。」

岑蕙娘嗔怪地瞪了她一眼。「妳再胡說，我……」

宋寧拍了拍她的肩道：「男未婚、女未嫁，相互愛慕也不是什麼丟人的事情。只是……你倆既然情投意合，那準備什麼時候捅破這層窗戶紙呢？」

岑蕙娘望了周文的方向一眼，無奈地搖搖頭。

第四十三章 為人師表

傍晚杜蘅從府學回來，特地到朱記等宋寧一起回家，順便說起一些事。「從明日開始，休沐日我都要去徐家講學，若是不能及時趕回來，就讓娘接妳回家。」

宋寧好奇道：「徐家？哪個徐家？」

只見杜蘅笑了笑，說：「城南徐家。」

宋寧睜大眼睛，詫異道：「就是那個在府城號稱與汪家、殷家三分財富的徐家？」

他們來府城這些時日，沒少聽過關於府城大戶人家的傳說，其中最有名的便是這三大家族。

汪家經營府城最大的錢莊，名下還有酒樓、客棧、當鋪等產業，汪家小姐還成了知府夫人，可說是既富且貴。

殷家原為書香世家，到了最近幾代卻沒能出一個讀書苗子，據說殷家老太爺無奈之下才做起鹽糧買賣。誰知無心插柳柳成蔭，經過一番苦心經營，如今已是府城最大的鹽商。

再說徐家，他們本是外來的客商，在此處落地生根後靠著買賣珠寶首飾、古董字畫發家，現在府城三成以上的首飾鋪子和古董鋪子都是徐家的產業。

宋寧不知道到有錢人家教書是什麼滋味，只知道她家相公真的令人驕傲。

翌日一早，杜蘅按照約定的時間到徐家為兩位小公子上課。

徐家的元管事恭敬地將他領到西苑的一間小書房裡，又命人送來上好的茶水、點心招待他。「杜先生，稍等片刻，老奴這就派人去看看兩位小公子過來了沒。」

杜蘅點頭道謝，獨自坐在書房裡等待，誰知等了約莫一個時辰，還遲遲不見他的學生過來。

臨近中午的時候，有下人過來稟報道：「元管事讓小的過來傳老夫人的話，請先生到壽安堂用飯。」

徐老夫人滿頭銀髮、面容和藹，她坐在鋪著厚厚狐狸毛的軟榻上，含笑打量著新來的先生。「老身聽說杜先生是耕讀出身，年紀輕輕便成了廩生，實在難得！」

杜蘅欠身還禮。「老夫人謬讚了。」

徐老夫人又同他閒聊了幾句，問起家中父母、可曾婚配等情況。

杜蘅一一如實回答，徐老夫人見他不僅相貌出眾，行為舉止也很穩重，便打消了顧慮，對他相當滿意。

「讓先生見笑了，家中本有族學，只是我這兩個孫兒……小六身子太弱，小七性子頑劣，不適合跟著族中兄弟們在一處讀書，這才請林院長找了先生前來教導。」

杜蘅點點頭，說道：「承蒙院長和老夫人信任，晚輩本該竭盡所能以報知遇之恩，只是不知為何遲遲不見兩位小公子現身？」

徐老夫人不禁掩口笑道：「這個小六準是老毛病又犯了，乳母也捨不得他疲累，故而遲了；小七嘛，大概又偷偷溜到哪裡玩去了。稍後老身讓人去瞧瞧，午後定會將人帶到先生面前。」

杜蘅再次謝過徐老夫人，面露愧意道：「食君之祿，忠君之事，晚輩來了這大半日，卻什麼都沒做，心中實在愧疚。」

徐老夫人擺手笑道：「先生不必自責，時間長了你便知道了。」

談完話，徐老夫人讓元管事取了一套上等的筆墨紙硯送給杜蘅當見面禮，又讓下人帶著他去外間用飯，自己則在兩個大丫鬟攙扶下前往裡間同家中女眷一同用飯。

在徐老夫人跟杜蘅談話的時候，徐家幾位夫人也在討論這位新來的先生。

四夫人十分頭疼地嘆道：「這個杜先生年紀這麼輕，又斯斯文文的，也不知道能不能管住我家這兩個小皮猴。」

三夫人輕撫著懷裡女兒的小腦袋，一臉同情地看向四夫人。

二夫人也道：「這個林院長也不知道是怎麼回事，竟派了這樣一個乳臭未乾的小後生來教小六、小七，咱們家每年往府學捐的銀子還不夠多嗎？」

大夫人擺手道：「算了算了，咱們家都換了多少位先生了，以小六、小七的性子，新來的先生估計撐不了多久就會主動請辭。」

幾位夫人妳一言、我一語，直到屏風後面傳來徐老夫人重重的咳嗽聲，她們才閉緊嘴巴，起身伺候她入席。

午後，杜蘅用過飯，又在小書房裡等了約莫一個時辰，待他將手中一卷《算經》看完，終於見到徐家兩位小公子在一眾僕從的簇擁下過來了。

如徐老夫人所言，六郎身體羸弱，走幾步路就氣喘吁吁，是由乳母抱過來的；七郎性子跳脫，不顧元管事的勸阻，甩開眾人就自己爬到了假山上。

小廝們急得團團轉，跟在七郎身後圍著假山轉了一圈又一圈，可是他們越是著急，七郎就玩得越起勁；小廝們累得氣喘吁吁，七郎卻優哉游哉地坐在假山石上哈哈大笑。

杜蘅走過去對元管事道：「這裡交給我，您讓他們都先回去吧。」

元管事猶豫著看了坐在假山上的小祖宗一眼，想到老夫人說過的話，最終還是帶著小廝們退到十步之外的遊廊上。

其他人都走了，只有六郎死死抱著乳母不肯撒手。

杜蘅拿出一個魯班鎖引他下來玩，六郎躲在乳母懷裡，怯生生地看著新來的先生，一副好奇卻又害怕的模樣。

只見杜蘅同他商量道：「能不能讓乳母去涼亭裡休息一下，六公子若是能把這個東西解開，今日就可以不用上課了。」

六郎瞧著杜蘅手裡的魯班鎖，再轉頭看向不遠處的涼亭，最終咬著唇點點頭。

杜蘅朝他溫和地笑了笑，為他演示了一遍如何解開魯班鎖。

六郎躍躍欲試，在杜蘅的鼓勵下，他伸手接過魯班鎖嘗試起來。

七郎在假山上玩了一會兒，覺得有些沒意思，躲在後面偷偷看新來的先生和六郎在做什麼。

「唉唷，錯了錯了，不是這樣的！」七郎看六郎擺弄了半晌還沒有解開，忍不住爬下假山，奪過魯班鎖自己拆了起來。

他腦子靈活，不多時就將一個完整的魯班鎖拆成一根一根的小木塊。

扔開木塊後，七郎得意洋洋地扠腰看向六郎道：「你怎麼這麼蠢？這有何難？」

六郎盯著七零八落的木塊，「哇」的一聲哭了出來。「你賠，你賠！」

他哭得撕心裂肺，守在涼亭裡的乳母擔憂地起身要去哄他。

杜蘅朝乳母搖搖頭，制止了她的行為。

七郎被六郎哭得腦子裡嗡嗡直響，捂著耳朵在院子裡跑了兩圈，妥協道：「你別哭了，我賠給你就是。」說完一屁股坐到地上，拾起那堆木塊拼湊。

六郎止住了哭聲，吸著鼻涕，眼巴巴地盯著他。

只可惜，七郎擅長拆東西，卻不知道該怎麼拼回去，試了十多次還是拼不好，最終失去耐心將東西一扔，打算跑去玩。

誰知六郎見他要跑，又大哭起來。「嗚嗚嗚……我要告訴祖母……還有爹！」

七郎不怕祖母，卻害怕老爹，想到竹條抽在身上的痛，洩氣道：「哭哭哭，就知道哭，煩人精！」

他捂住耳朵，看向一直坐在旁邊冷眼旁觀的杜蘅道：「喂，你能不能幫他把這個東西變回原來的樣子？」

杜蘅指了指裡面的書架。「第三層，倒數第二本，如果你能幫我把上面的書拿過來，我就告訴你怎麼做。」

七郎不情不願地照他說的做了，杜蘅讓他照著書上畫的步驟將魯班鎖還原。

這本書是杜蘅在小書房裡找到的，上面記錄著各種魯班鎖的組裝和拆解方式。

見過徐老夫人後，他就一直在思考該如何因材施教，想來想去只有「循序漸進」這個法子。

兩個孩子對書上畫的各種圖案很感興趣，不過六郎反應慢，七郎依舊很嫌棄他。

「我說了，該這樣做，你怎麼還是不懂？」

「不要你管，我自己會搭。」

就這樣，在兩個孩子的吵鬧聲中，一個時辰不知不覺過去了。

元管事帶人過來接兩位小公子下學，順便送杜蘅回去。

六郎玩得有些疲倦，趴在乳母懷裡睡著了。

七郎掙開小廝的手跑到杜蘅面前，仰頭問道：「你明天還會來嗎？」

杜蘅低頭朝他笑了笑。「來。」

七郎又問道：「那明天玩什麼？」

杜蘅回道：「還沒想好，不過你們要是能早點到，我就帶你們出去玩。」

七郎眼睛一亮道：「真的？說話算話。」

杜蘅點頭說：「嗯，一言既出，駟馬難追。」

第二日一早，杜蘅到了徐家，在書房裡等了一會兒，就看見七郎拽著六郎的胳膊興沖沖地跑了過來。

他跑到杜蘅面前，仰著紅撲撲的小臉問道：「走吧，今天我們要去哪裡？」

杜蘅笑了笑。「等一等，出去之前要先去稟告老夫人。」

七郎要跟著一起去，六郎也讓乳母抱自己過去，杜蘅將自己的打算同徐老夫人說了。

徐老夫人雖然擔心，但七郎和六郎都鬧著要出去，她只好派了幾個人跟著出門。

杜蘅帶他們去了附近的蒙學，蒙學的草地上有夫子帶著一群孩子在踢球。

兩個孩子興奮地跑過去看了一會兒，杜蘅就蹲下身講解蹴鞠的規則。「在場上並不是一個人往前衝就可以了，需要與隊友配合，將球送進那邊的孔中。你們要不要過去試一試？」

六郎望著場上比自己高出半個頭的孩子，害怕地搖了搖頭，七郎則拍手道：「我要去！」

杜蘅上前向那夫子說明了情況，夫子同意讓七郎上場試一試。

七郎興致勃勃地追著球滿場跑，跑得汗流浹背，好不容易有人將球踢到他面前，他興奮地雙手捧起球大叫。「我拿到了，我拿到了！」

其他孩子見狀捧腹大笑，夫子走過去告訴他不能用手拿球。

七郎氣呼呼地丟了球，獨自朝草場另一頭跑了。

杜蘅讓元管事幾人照顧好六郎，自己跨步跟了過去。

七郎一路跑出了草場，到了學生們上課的地方，見有幾個孩子立在庭院中搖頭晃腦地背書。

「夫子說，過了晌午要默誦《千字文》，你都記住了嗎？」

「嗯，記住了，不信你考考我。」

「寒來暑往，秋收冬藏。閏余成歲，律呂調陽。下面兩句是什麼？」

「嗯……雲騰致雨，露結為霜。」

七郎走過去，看向他們手裡的書問道：「你們在幹什麼？為什麼不去外面玩？」

其中一個孩子看向他道：「現在還沒到玩的時辰，我們在默誦《千字文》。」

七郎撓撓頭，一臉茫然地問道：「什麼是《千字文》？」

幾個孩子哈哈大笑，有人調侃道：「你沒上過學嗎？連《千字文》都不知道。」

七郎被問得啞口無言，他想說自己上過學，但他的確不知道什麼叫《千字文》。

此時屋子裡傳來幾道鐘磬聲，學生們都匆匆回了講堂。

七郎踮著腳尖趴在窗戶上往裡望了一會兒，覺得有些無聊了，想回去找六郎。

誰知一回頭竟然發現自己找不到路了，正要放聲大哭，就看見新來的先生出現在他的眼前。

七郎委屈地跑到杜蘅面前，伸手拽住他的衣角，哽咽著道：「你能不能帶我回去找六郎？」

杜蘅蹲下身將他抱起來，替他擦乾眼淚。「為何要哭？」

七郎抿著唇不說話，半晌才道：「我不喜歡這裡，這裡不好玩，我想回家。」

「好。」

「你知道什麼是《千字文》嗎？」

「知道，你要是想學，我可以教你。」

「哼，我才不想學，會那個也沒什麼了不起的！」

六郎看見先生帶著七郎回來了，掙開元管事的手，抱著一顆球歡快地跑過去。「七郎，你想玩嗎？」

七郎盯著那顆球，一臉傲嬌地說：「這沒什麼好玩的，你要是想玩我可以帶你去。」

杜蘅笑了笑，讓他們兄弟兩個去草場上玩了一會兒。

到了晌午，杜蘅依約帶著兩位小公子回府陪徐老夫人用飯。

然而馬車剛走到一半，七郎就開始吵著肚子餓了，要吃路邊的糖葫蘆，六郎眨巴眨巴著眼睛，也一臉期待地看向杜蘅。

元管事一臉惶恐。「先生，兩位小公子年幼，尤其是六公子體弱，老夫人和四夫人都不允許他們吃來路不明的東西。」

杜蘅點點頭放下車簾，一回頭見七郎、六郎都滿臉失望地看著自己。「你們真的想吃嗎？」

兩個孩子點點頭。

「那你們等一會兒。」

馬車路過朱記門口時，杜蘅下車去找宋寧，不多時就帶著兩支糖葫蘆和兩包糕點回來了。

元管事為難地盯著他手裡的糖葫蘆，杜蘅笑道：「這些都是我看著做的，出了什麼問題，我會向老夫人解釋。這家的糕點也很不錯，幾位不妨嚐一嚐。」

兩個孩子看著紅通通、亮晶晶的糖葫蘆，饞得口水直流。

七郎先拿過一串張嘴咬了一口。「哇，這個糖葫蘆比街上賣的還大、還甜！」

六郎聞著甜蜜蜜的糖味，輕輕舔了一口，小口小口地吃起來。

馬車駛回徐家，徐老夫人早已派了人在門口等候。「可讓老奴等到了，今日四爺回來了，正在花廳裡等著呢，兩位小公子快跟老奴走吧。」

兩個孩子依依不捨地跟杜蘅道別，就被人領走了。

徐家四爺，正是六郎和七郎的父親，他這一趟從外頭做買賣回來，聽母親說起新來的先生已經到府了，不免要過問幾句。

僕婦們帶兩位小公子去與祖母、父親一同用飯，席上徐老夫人讓兩個小孫子挨著自己坐。

乳母拿了勺子要餵六郎，六郎搖頭，端著碗自己吃了起來，就連七郎也沒有像往常那樣胡鬧，規規矩矩地埋頭吃起飯來。

徐老夫人看著乖乖吃飯的小孫子，詫異道：「你們兩個今日怎麼這麼乖呀？來來來，祖母為你們每人挾一塊你們最愛吃的芙蓉糕。」

七郎勉為其難地嚐了一口，有些嫌棄地將芙蓉糕從碗裡撥開。「祖母，這個糕沒有先生給我們買的牛乳糕好吃。」

六郎嘴裡叼著一塊芙蓉糕，點了點頭。

徐四爺皺著眉放下筷子，板起臉道：「吃飯就吃飯，還挑三揀四的，我是這麼教你們的嗎？」

六郎嘴角垮下，淚水在眼眶裡打轉；七郎嘛了嘛嘴巴，默默挾起剩下的芙蓉糕放進嘴裡嚥了下去。

徐老夫人放下筷子，心疼地將兩個孩子摟進懷裡。「好了好了，一家人好不容易吃頓飯，就不能好好說話嗎？」

徐四爺張了張嘴巴，妥協道：「是，娘，是兒子錯了。」

徐老夫人抽出帕子擦乾六郎眼角的淚痕，摸了摸七郎的小腦袋，笑著問道：「先生今日帶你們去什麼地方？吃什麼好吃的了？」

七郎興沖沖道：「去了學堂！」

聞言，徐四爺滿意地點了點頭，又聽七郎道：「去玩了蹴鞠。」

徐四爺臉色一沈，又聽小傢伙嘰哩呱啦道：「嗯，還學了《千字文》。」

徐老夫人訝異道：「喔？還學了《千字文》？這麼有出息！來，祖母再幫你們挾一隻雞腿。」

六郎眨著眼睛，忽然開口道：「還玩了魯班鎖、吃了牛乳糕。」

七郎笑嘻嘻地朝他吐吐舌頭說：「魯班鎖是昨天玩的，牛乳糕是今天吃的！」

徐老夫人含笑點頭。「好好好，到底是什麼牛乳糕啊？這麼好吃，你們兩個連李嬤嬤做的芙蓉糕都不吃了。」

元管事接話道：「是朱記大酒樓的牛乳糕，老奴看兩位小公子愛吃，就留了一份。」

說話間，小丫鬟已經捧著一份牛乳糕呈到徐老夫人面前。
七郎抓起一塊糕放到徐老夫人嘴邊。「祖母，您嚐嚐。」

第四十四章　上門找碴

徐老夫人年紀大了，平常就不大吃不好消化的東西，然而見小孫子眼巴巴地望著自己，又不忍心拒絕，便勉強抿了一小口。

徐四爺眉頭皺得更緊了，盯著七郎訓斥道：「好了，食不言、寢不語，都給我坐好！」

七郎嘛了嘛嘴巴，低下頭扒飯。

徐老夫人細細品味著牛乳糕的味道，只覺得一股清甜的滋味在唇齒間蔓延開來，甜中又帶著一絲恰到好處的酸，與外頭那些甜膩的糕點完全不同，吃完了又忍不住挾起一塊放進嘴裡細細品嚐起來。

一旁的賴嬤嬤怕老夫人吃了不乾淨的東西身子會不舒服，出言提醒道：「銀耳蓮子羹燉得軟爛，老奴再為您盛一碗吧。」

徐老夫人擺了擺手。「不必了，這牛乳糕的確做得不錯，用的東西也都新鮮，似乎還加了山楂，你們也嚐嚐。」

六郎、七郎不禁嚥了嚥口水，眼巴巴地望著父親。

徐四爺只當母親、兒子是吃慣了府中廚子做的，偶爾吃一點外面的才覺得新鮮，不以為意地挾了一塊嚐了嚐，嚐完後卻是心服口服，無話可說。「母親若是喜歡，回頭兒子再讓人去買。」

等到下午杜蘅替兩位小公子上完課，徐四爺就派人請他過去說話。

徐四爺打量著這位年輕的先生，問道：「聽說杜先生是耕讀出身？」

杜蘅恭敬應答。「先父早逝，是母親守著幾畝薄田供晚輩讀書。」

徐四爺沈吟良久後道：「令堂著實令人敬佩，想必杜先生也懂得父母望子成龍的心情。我這兩個兒子自幼便與其他兄弟不同，他們同胞出生，家人對他們縱容了些，縱得一個體弱、一個頑劣，都耽誤了學業。」

杜蘅不贊同地說道：「六公子雖天生體弱，但若是稍加鍛鍊，相信一定有所改善；七公子性子活潑、聰明伶俐，只要正確引導，也能成器。」

徐四爺聞言不禁笑道：「先生不必為他們開脫，那不過是些小聰明罷了。再過一個多月兩個孩子就要滿七歲，家中其他子姪六歲啟蒙，最遲七歲就入族學了，以徐某拙見，眼下先生應教他們多識些字，再加以規矩框束才是正理，您覺得呢？」

他是個典型的嚴父，徐家世代又是商賈出身，自然比一般人家更期待兒孫能夠透過讀書提升家族地位。

杜蘅表示理解。「您說得對，但此事急不來。自古以來，揠苗助長恐傷及根本，晚輩自當盡心竭力，教導好兩位小公子。」

晚上杜蘅回到家中，見母親正在堂屋縫製冬衣，妹妹在一旁幫忙穿針引線，妻子則坐在燈下，一邊看帳一邊同母親閒話家常。

「再過些時日就要立冬了，今天我和妳郁嬸去買了幾疋細布，妳們挑挑自己喜歡哪一種樣式，娘學著做。」

「娘，您挑的料子都好看……咦？相公，你回來了！」

孟蘭放下針線，起身看向兒子道：「回來啦，吃過飯了嗎？」

杜蘅點頭，視線在宋寧臉上掠過，最後又看向母親道：「徐四爺留了飯。娘，別做太久了，仔細眼睛。我先回屋了。」

宋寧收起帳冊跟了上去。「相公，今天那邊還順利嗎？」

杜蘅停下腳步等她。「徐四爺希望兩位小公子能盡快趕上家裡其他兄弟，但我認為此事急不得。」

聽杜蘅說起徐家兩位小公子的實際情況，宋寧若有所思地點點頭。

「我前些日子做了一套識字的拼圖，正面是一幅畫，反面是《三字經》。一塊拼圖上刻著一個字，看起來零碎，但只要對照《三字經》的內容，就能很快將畫拼出來。」宋寧翻出拼圖，為他示範了一遍拼圖的用法。

杜蘅馬上就明白了宋寧的想法，也覺得她這個法子著實巧妙。「怎麼突然想到做這個？」

宋寧放下拼圖在他身邊坐下。

「前些日子我收到家裡的信，大嫂說小滿、小福如今很愛去村裡老夫子家玩，學了滿口不倫不類的之乎者也回去，於是決定等開了春就送他們去蒙學試試，我才想到做這拼圖。這套就先送給徐家兩位小公子吧，回頭我再做一套就成。」

杜蘅拉起她的手指放在燈下仔細看了看，察覺到食指長出了一層薄繭。「刻這個很辛苦吧？回頭我幫妳做。」

宋寧詫異地攤開手掌放到眼前看了看。「長繭了嗎？摸起來是不是很粗糙？看來還得做一罐潤膚露來用用。」

說著又捧起床頭的銅鏡往自己臉上照了照。「最近忙過了頭，一不留神都長出小細紋來了。」

杜蘅好笑地看她對著鏡子左看右看，忍不住問道：「在什麼地方？我看看。」

宋寧湊到他面前，一臉認真地指著眼角道：「這裡、這裡，看見了嗎？」

杜蘅收起笑意，捧著她的臉仔細看了看，只瞧見了一雙眼波流轉的美眸和紅潤潤的唇瓣，還聞到她身上沁人心脾的馨香。

指尖不由自主地擦過她柔軟的唇角，想到那個一觸即分的吻，他心中一蕩，低頭吻了上去。

宋寧懵懵的，下意識地閉上了眼睛，睫毛卻止不住地顫個不停，不知道過了多久，直到他離開她的唇，她才重新找回呼吸。

「你……」她的雙頰滾燙，想找個話題。

他輕輕揉了揉她的髮頂，胡亂地說著話搪塞了過去。

立冬那日，門外寒風一陣一陣地颳過來，路上行人紛紛裹緊了身上的夾衣。

宋寧與鍾掌櫃商議在立冬之日推出四物湯和羊肉鍋兩道食補新菜式。

所謂四物湯，即在傳統的雞湯裡加入白芍、當歸、地黃、川芎四味藥材，具有活血化瘀、補氣益血的功效，對婦人相當有益。

羊肉鍋選取新鮮的羊脊骨熬製湯底，加入紅棗、枸杞、陳皮等滋補藥材，鮮香味美、營養豐富。

在這樣寒冷的天氣裡，一碗熱湯下肚，令人四肢俱暖、通體舒暢。時人推崇養身之道，這兩道藥膳一推出，便受到了顧客們的歡迎。

午後，一輛豪華寬大的馬車停在朱記門外。

馬車的簾子被人從裡面掀起，從車上走出一個四十來歲的婦人。

站在門口的小夥計快步走上前，恭敬地將人迎入店中。「這位夫人，小店新推出了四物湯和羊肉鍋，您要不要試一試？」

婦人環顧四周，擺了擺手道：「不必了，要一份牛乳糕和兩串糖葫蘆。」

小夥計窘迫地撓撓頭，為難道：「小店有芙蓉糕、桂花糕、馬蹄糕，就是沒您說的牛乳糕，也……也沒賣過糖葫蘆，您可是記錯了？」

「這條街上有幾家朱記？」

「就咱們這一家。」

「那就沒錯了。」

「可……」

小夥計實在沒法子，只好到後廚詢問有沒有人會做。「前頭有位夫人說在咱們這裡買過糖葫蘆和牛乳糕，我說咱們店裡從沒賣過這兩樣東西，可人家堅持就是在這裡買的，還真是奇了怪了。」

「糖葫蘆和牛乳糕？」宋寧正在後廚跟岑蕙娘、顧嫂商量新的菜式，聞言問道。

小夥計一五一十地答道：「是呀，說是之前在咱們朱記買的。」

宋寧若有所思地點點頭。「我知道了，你先去忙吧，我出去瞧瞧。」

到了大堂，宋寧就看見一位衣著華貴的中年婦人，她心中有了幾分猜測，於是上前問道：「聽聞夫人要糖葫蘆和牛乳糕？」

婦人打量了她一眼，點頭道：「正是，方才那位小夥計說你們這裡沒有這兩樣東西，姑娘不妨給個準話，到底能不能做？」

宋寧笑道：「夫人莫要見怪，這兩樣東西的確沒對外出售過，因此旁人都不知情。能做是能做，只是要現做，您若是等不及，不如稍後等我做好了派人送過去給您。」

婦人滿意地點點頭，從荷包裡取出一錠銀子。「那再好不過了，煩勞你們跑一趟城南徐府，說要找賴嬤嬤就行，這銀子算是給你們的酬勞。」

宋寧自然樂得做成這筆買賣，徐家是杜蘅的雇主，又出手闊綽，若是抓住機會，能使朱記的聲望更上一層樓。

上回的糖葫蘆和牛乳糕因為是給小孩子吃的，所以她用原料時都小心挑選過。

這次也一樣，做糖葫蘆用的山楂和葡萄由她一顆一顆地挑，糖由她親自炒。

做牛乳糕用的牛乳和椰蓉是最新鮮的，並在原來的基礎上進行改良，用好看的梅花和鯉魚模具來為糕點定型。

等到東西做好了，宋寧正要找個穩妥的人去一趟徐家，就聽見有人在門外吵嚷起來。

一個四十來歲的婦人帶著一個二十多歲的男人，上前將周文堵在門口。

周文認識這對母子，婦人叫董嬌，是岑蕙娘的嬸嬸，男人叫做岑揚，是董嬌的兒子，也就是岑蕙娘的堂哥。

董嬌指著周文，往地上啐了一口道：「好啊，我就說那丫頭天天早出晚歸跟著了魔似的，原來是因為你在這裡！也不知道你這窮小子到底給那丫頭灌了什麼迷魂湯，一天天的手肘往外彎！」

周文看了來者不善的母子一眼，捏緊了拳頭，臉色漲紫道：「董嬌，你們回去吧，蕙娘她不在。」

董嬌聞言往前一步，扠腰道：「你說什麼？老娘含辛茹苦餵大的丫頭現在是翅膀硬了，故意躲起來不見我是吧？」

站在董嬌身後的岑揚不耐煩地道：「娘，您甭跟他們廢話，咱們進去將那死丫頭揪出來，別讓她從後門跑了！」

鍾掌櫃見勢頭不妙，忙上前打起圓場。「夫人、公子，你們有什麼話不妨好好說。」

董嬌肆無忌憚地朝樓上跟樓下張望了一圈，盯著鍾掌櫃道：「你就是掌櫃的？掌櫃，我要找岑蕙娘，快去把人給我叫出來。」

岑揚捋起袖子晃了晃胳膊，粗聲道：「對，快把那死丫頭交出來。」

「你們要找岑蕙娘？先說說，你們是何人，找她什麼事？」宋寧從後廚走了出來，逕自走向他們母子。

董嬌掃視了宋寧一圈，見對方不過是個小丫頭，並未將她放在眼裡。

「妳又是誰？一個乳臭未乾的黃毛丫頭，憑什麼要我跟妳解釋？岑蕙娘，岑蕙娘！妳這死丫頭給我出來！」

宋寧笑了笑，朝鍾掌櫃道：「鍾掌櫃，看來這兩位是來搗亂的，這樣下去咱們生意也做不成了，報官吧。」

周文看向宋寧。「三娘，他們是……」

宋寧點點頭。「我知道。」

岑揚捏了捏拳頭，惡狠狠地盯著宋寧道：「乖乖把人交出來，不然老子一拳將你們這家店砸個粉碎！」

鍾掌櫃輕咳了兩聲，兩個人高馬大的小夥計立刻擋在宋寧身前，將岑揚逼得連連退後了幾步。

「好好好，算你們狠！」

董嬌見來硬的不行，便心一橫坐到地上，扯開嗓子大哭起來。「唉唷，欺負人了！你們還要報官？我家丫頭一個好好的人在你們這裡做工，都整整兩天沒回家了，我們沒報官告你們，你們倒惡人先告狀？嗚嗚嗚……還有沒有天理了?!」

宋寧緩步走到董嬌面前，在椅子上坐下，淡淡開口道：「你們來得正好，岑蕙娘是我們朱記請來的廚娘，當初簽了書契，如今她無緣無故不來了，可得賠償我們的損失。鍾掌櫃，您記得她一個月工錢是多少嗎？」

鍾掌櫃看了宋寧一眼，心領神會道：「岑蕙娘是後廚的二把手，也就是……二兩銀子一個月。」

宋寧點頭。「書契上寫得清清楚楚，一日不來就要賠一個月的工錢，如今她已有兩日沒上工了，酒樓裡的人都可以作證，算來該賠償我們四兩銀子。」

小夥計們紛紛點頭，七嘴八舌地談論起來。
「說起來，是有兩日沒見著蕙娘了。」
「是啊，我也沒瞧見她。」
「我正奇怪怎麼都沒看到她呢！」
「對對對，我上次見到她啊，是兩天前了。」
董嬌心虛道：「你……你們是一夥的，當然都幫她扯謊。」
宋寧盯著她道：「您要是不信，可以再去別家問問這兩日有沒有人見過岑蕙娘。」
董嬌眼珠子轉了轉，想到那日自己在家出手打了岑蕙娘，頓時不確定她是不是賭氣跑了。
宋寧見她神色變了又變，冷笑著問道：「你們給個準話，是不是你們把人藏起來了？既然您是她的嬸嬸，是她如今唯一的親人，朱記這筆損失是不是該由您來賠償？」
董嬌一聽，有些拿不準了，一股腦兒地從地上爬起來，嘴硬道：「人是從家裡出去後不見的，誰知道到底是你們給藏起來了，還是跟什麼野男人跑了?!」
說到野男人，她將目光投向了在場的周文。「對，一定是被你藏起來的！周家的，你跟我說實話，岑蕙娘那死丫頭是不是被你藏起來了?!」
周文聽她滿口污言穢語，毫不在乎岑蕙娘的名聲，饒是他脾氣再好也怒火中燒。「您是蕙娘的嬸嬸，卻開口閉口就是死丫頭、野男人，這麼多年你們一家都把蕙娘當丫鬟使，這樣對得起她死去的爹娘嗎？」

董嬌臉色白了又紅。「你什麼意思？我們待她要是不好，難道她喝西北風就能長這麼大了？再說了，你不過是個外人，還輪不到你來說嘴！」

宋寧按了按額角，不打算再跟這對母子費口舌，直接道：「該說的我們都已經說了，您要是再不信，咱們只好對簿公堂。怎麼樣？是您去，還是你們母子兩個跟我們一塊兒去一趟衙門？」

岑揚一聽她要動真格了，害怕自己的案底被人發現，忙拉了董嬌往外走。「不能去衙門！看樣子那死丫頭是自己跟人跑了……我呸，還真是夠倒楣的！」

他們娘兒倆原本想著就算岑蕙娘跟人跑了，他們還能上朱記訛一筆，誰知道碰上了塊不好啃的硬骨頭。再鬧下去，他們怕真把官府的人給招來，只好灰頭土臉地離開。

「三娘，他們不會真去報官吧？」顧嫂擔憂地問道。

宋寧拉了顧嫂到一旁，低聲道：「放心吧，蕙娘說過這娘兒倆有把柄在她手裡，他們不敢去官府，咱們只需要強硬到底，就能讓他們打不成這如意算盤。」

三日前，岑蕙娘對宋寧說起自己家中有事，想請幾天假。

宋寧發現她臉上、胳膊上有傷，問清了來龍去脈，才知道岑蕙娘有許多苦衷。

「她兒子在外面欠了一屁股賭債，想逼我拿錢出來，不給他們錢，就要拿我去抵債。」

宋寧忍不住道：「那個家妳還是不要回去了。接下來有什麼打算？」

岑蕙娘搖搖頭，一臉茫然道：「我也沒想清楚，但那裡我是一日都待不下去了。我跟顧嫂說先去她家借住兩日，再給自己找個住處。」

宋寧想了想，提議道：「顧嫂家裡還有病人，也不方便，不如去我家。」

岑蕙娘並不想給宋寧添麻煩，可她左思右想也沒想出更好的法子，便收拾東西跟宋寧去了楊柳巷。

孟蘭母女對岑蕙娘的遭遇都很同情，勸她安心住下。

岑蕙娘不願叨擾太久，堅持要找房子，孟蘭便託左鄰右舍幫她找合適的住處。

當岑蕙娘得知董嬌母子去朱記鬧了一場後，再也坐不住了，找上宋寧說出自己的打算。

「三娘，我已經想好了，這件事再這麼拖下去終究是個禍患，我明日就去找他們說清楚。」

宋寧擔憂地看著她說道：「妳一個人出面成嗎？要不要我叫幾個人陪妳一塊兒去？」

岑蕙娘搖搖頭，躬身朝宋寧一拜。「不用了，這些日子已經夠麻煩你們了。我……我心裡除了感激就是愧疚，妳要是不嫌棄的話，我下半輩子當牛做馬報答妳。」

宋寧將她扶起來坐下。「妳說什麼傻話……但是真的沒問題嗎？他們母子倆看起來都不是肯善罷甘休的。」

岑蕙娘抿了抿唇道：「妳忘了，我手裡還捏著他的把柄，不會有事的。」

見她似乎已經有了決定，宋寧便不好多說什麼。

第四十五章　打探虛實

翌日清晨宋寧起床時岑蕙娘已經不在他們家裡了，她心事重重地去了酒樓，總覺得內心不太踏實，就將昨日岑蕙娘說的話告訴周文。「你帶兩個人去蕙娘家裡看看，她一個姑娘家，我總有些放心不下。」

周文帶著兩個小夥計急匆匆地趕到岑家，只見岑家大門緊閉，拍了半晌也不見一個人出來。

反而是他娘冉麗娘在隔壁聽見拍門聲時趕了過來。「阿文，怎麼是你？」

周文走過去扶住拄著枴杖的娘親，滿頭大汗道：「娘，您見著蕙娘了嗎？」

冉麗娘皺眉道：「蕙娘？沒有啊，已經好幾日沒見著那孩子了。你們不是在一處幹活的，連你也不知道她去了哪裡？」

周文擦了擦額上的汗。「娘，先不跟您說這個了。岑家母子呢？您看見他們了嗎？」

冉麗娘點頭道：「方才我出來倒水，好像見到他們娘兒倆大包小包地朝渡口那邊去了，鬼鬼祟祟的，也不知道在幹什麼。」

周文聞言驚出了一身冷汗，讓自家娘親先回屋，自己則帶著人一路向碼頭奔去，追了好幾條街，終於在渡口見到董嬌母子的身影。

董嬌母子正在碼頭上跟人為了船錢討價還價，忽然聽見身後有人大聲喝道：「站住，你們站住！」

這可讓董嬌嚇了一跳，以為是討債的人跑過來了，忙催著船夫道：「快快快，快開船，你說多少就多少。」

船夫早就被這對母子磨得沒了耐心，見她突然改了口，懷疑地伸出手道：「先付錢，再開船。」

岑揚掄起拳頭。「少囉嗦！」

船夫罵罵咧咧地挑起竹竿，將船撐離了岸。

周文趕到岸邊時，見船已經離岸邊幾丈開外了，他頓時恨不得跳入江水中將人攔下。

「蕙娘……蕙娘！」

跟來的兩個小夥計見他真要往水裡跳，嚇得一激靈，忙將人死死拉住。

「放開……你們放開我！要是蕙娘有個什麼好歹，我……我還有什麼臉活著?!」

「周大哥，別激動啊，你要是有個好歹，我們也沒辦法跟三娘姊姊交代！」

「沒錯，周大哥，你先冷靜點……」

「咦？周大哥，你們怎麼來了？」

一道熟悉的聲音傳來，三人齊齊回頭，就看見岑蕙娘好端端地站在他們身後。

周文揉了揉眼睛，難以置信地衝上去抓著岑蕙娘的肩膀。「蕙娘，真的是妳？妳沒被他們綁走，也沒被賣給賭坊的人？」

岑蕙娘哭笑不得地搖了搖頭，見他眼眶通紅、手上青筋暴起，不禁紅著臉道：「原來你……這麼擔心我。」

周文怔了怔，收回手，訕訕道：「妳沒事就好，沒事就好……」

岑蕙娘笑了笑，將跟著周文前來的兩個小夥計先打發回去了。

等到只剩下他們兩個人，她才開口解釋道：「我給了他們一筆錢，讓他們同意把我從那個家裡分出來，從今往後我立了女戶，就跟他們徹底沒關係了。」

周文捏了捏拳頭道：「那些錢都是妳這些年一點一點辛苦攢下來的血汗錢啊……」

岑蕙娘苦笑著搖搖頭。「那筆錢是我叔叔臨終前偷偷塞給我的，說是給我日後成家用。經過這些年，我想明白了，既然我叔叔沒了，我對那個家也沒什麼好再留戀的。他們養我一場，就當是全都還給他們了。」

周文點點頭。「錢沒了還能再賺，只是他們為何要逃？往後還會不會回來找妳麻煩？」

岑蕙娘笑了笑，同他解釋道：「他們欠了賭坊的錢，人家說不給錢就要斷他一條腿，他們不想給錢，就逃回老家去了。只是那幫人也不是吃素的，將來如何，就看他們的造化了。」

況且岑揚從前在大戶人家做事時偷了東西，她手中握有證據，他們敢來找麻煩，她就去報官。

這邊的事情解決了，兩人一同回了朱記。

宋寧聽說事情的來龍去脈，不禁擔憂道：「他們走了也好，只是原來的地方是不能再住了。賭坊那邊的人找不到他們母子，很可能會上門找妳麻煩。」

岑蕙娘點點頭。「孟嬸已經託人幫我找到了新的住處，我收拾好東西就搬過去。」

周文撓撓頭。「妳還是別一個人回去了，我陪妳。」

岑蕙娘紅著臉點點頭，宋寧也跟著長長地吁了一口氣——這兩人的事算是有著落了。

冬至那日，北方下了一場大雪，九江府也跟著下起了小雪。

宋寧一早起來裹著厚厚的大棉襖，跟鍾掌櫃一塊兒去了趟集市。「下雪了，年前蔬菜瓜果應該會漲價，咱們趁早買一些蘿蔔、芋頭之類的蔬菜囤進地窖裡，以備不時之需。」

鍾掌櫃揣著手，哆哆嗦嗦地點頭道：「是呀，下雪天運糧食的路不好走，米、麵、油、鹽都得囤一點。」

宋寧看著他凍得紅通通的鼻頭，忍不住笑道：「這天冷得出奇，您老人家別忘了叫人多買些炭放在家裡。」

兩個人一路上說說笑笑，採辦了一車物資讓小夥計們拉回去了。

剛回到酒樓，就看見一輛熟悉的馬車停在門口。

一個穿石青緞、銀鼠褂的婦人在小丫鬟的攙扶下從馬車上下來，含笑朝宋寧和鍾掌櫃打了聲招呼。

宋寧認出那是徐家的賴嬤嬤，忙上前應道：「賴嬤嬤今日怎麼有空過來？府上的小公子們想吃什麼，您派人過來說一聲便是了。」

賴嬤嬤接了丫鬟遞過來的手爐，笑道：「今日這件事是老夫人吩咐的，我擔心底下人交代不清楚，由我親自跑一趟才放心。」

宋寧和鍾掌櫃趕緊將人請到樓上的雅間裡說話，屋裡燒著炭，很是暖和。

賴嬤嬤接了宋寧遞過來的茶，嚐了一小口後，稱讚道：「這牛乳茶嚐著倒新鮮，宋娘子果然心靈手巧。今日我來，是想請您臘月初六到府上為兩位小公子過生辰……喔，我們府上的廚子負責菜餚，宋娘子做糕點就好。」

宋寧點頭應下，徐家養著一大幫廚子，這種事情原是不需要從外頭找人做的，只是因為兩位小公子愛吃她做的牛乳糕，徐老夫人又疼惜孫子，才特地派人來請她。

晚上杜蘅照例過來接她，宋寧就同他說起徐家請她去做糕點的事。

兩個人並肩走在路上，杜蘅問道：「想好做什麼了嗎？」

宋寧搖搖頭說：「還沒想好。對了，相公，你知道老夫人和兩位小公子有什麼喜歡和不喜歡吃的東西嗎？」

杜蘅仔細想了想，道：「老夫人年紀大了，喜歡吃軟爛的東西，六公子喜歡吃甜食，七公子有些挑食。」

宋寧淺淺一笑，此時街角吹來一陣冷風，她忍不住打了個噴嚏。
杜蘅牽起她冰涼的小手握進掌心輕輕搓了搓，皺眉道：「手怎麼這麼涼？」
宋寧搖搖頭，這副身子一到冬天就這樣，手腳冰涼，十分怕冷。
杜蘅在她面前蹲下身，回頭道：「雪天路滑，我揹妳回去。」
宋寧微微一怔，見四周無人，便乖乖趴到杜蘅背上，雙手摟緊他的脖子，將臉貼在他耳邊輕輕蹭了蹭。「相公，你冷嗎？」
杜蘅搖頭道：「不冷。」
她軟綿綿的身子趴在自己身上，他絲毫不覺得冷，手心還微微出了些汗。
宋寧伸手去接了幾片雪花，喃喃道：「你知道嗎?從前有個人說過，今朝若能同沐雪，此生也算共白頭。」
杜蘅笑了笑，感覺到她呼出的熱氣一團一團撲進領子裡，令人又癢又難耐，就這樣揹著她踏著一地的碎雪返家。

很快就進入了臘月，初六這日宋寧早早便帶著周文和岑蕙娘到了徐府。
徐府的宅子很大，岑蕙娘一路上屏氣凝神、垂著頭跟在元管事身後，大氣也不敢喘，生怕行差踏錯一步，丟了朱記的臉面。
周文比她更加緊張，走起路來都同手同腳了。

宋寧進了小廚房，見他倆神情嚴肅的模樣，不禁笑道：「你們放輕鬆一點，咱們是來給人幹活的，又不是來做賊的。」

周文窘迫地抓了抓後腦勺，岑蕙娘見四下無人才敢說話。「三娘，我還是頭一回到這樣的人家來做菜，今天是徐府的大日子，咱們可千萬不能出一點差錯。」

「放心吧，按照咱們說好的做，不會有錯的。」

宋寧將手洗淨，繫上圍裙，清點了案上的食材，接著舀水開始和麵。岑蕙娘過去幫她的忙，周文則在一旁生火、打水。

雖說是為小公子做生辰宴，徐老夫人也只請了自己家裡幾房人，再來就是同徐家交好的一些世家，但來的人非富即貴，都是見過世面的大戶人家。

這一場宴席辦得好是徐家的臉面，辦不好也是會落人口實。

徐家幾位夫人原是不贊成從外頭請人來做糕點的，畢竟家裡後廚這一大幫人都是知根知底的，就算不出彩也不會出什麼差錯，但徐老夫人堅持要請朱記的人來做，幾個兒媳婦只好妥協。

然而，身為六郎和七郎的親娘，徐四夫人實在放心不下，暗地裡讓人前去打探朱記的人在做什麼。

沒多久，前去打探的小廝回來稟報道：「四夫人，他們那頭有個傻大個一直守在門口，神神秘秘的，小的看不真切。元管事那邊又提前吩咐過大夥兒，說朱記的人到府上做點心，府裡的人不得貿然前去打擾，小的就不敢走近了看。」

徐四夫人無奈地擺了擺手。「罷了罷了，下去吧。」

言罷她望向身後的李嬤嬤道：「我心裡總有些不踏實，朱記的底蘊不比那些老字號，那個宋娘子年紀又輕，不知道靠不靠得住。」

今日她娘家來了許多人，還有府城的貴夫人們也來了，她既不想在兄嫂面前丟了面子，也不想淪為那些貴夫人們的笑柄。

聞言，李嬤嬤欲言又止。

「娘親！娘親！」

熟悉的聲音在耳邊響起，徐四夫人緊蹙的眉舒展開來，一抬頭就見小丫鬟帶著兩個兒子過來了。

兩個孩子身上穿著簇新的紅綾襖，胸口用金線繡著七彩祥雲，袖口、領口都滾了一圈雪白的狐狸毛，更襯得兄弟兩人唇紅齒白，像是一對粉雕玉琢的小仙童。

李嬤嬤看得笑彎了眼睛。「唉唷，兩位小公子慢點、慢點！」

七郎、六郎乖乖喚了聲「李嬤嬤」後，便一前一後聚到了母親身邊。

屋裡燒了地龍，兩個孩子又是跑過來的，此時都熱得去扯脖子上裹得緊緊的毛領子。

徐四夫人先後捧著兩個兒子紅撲撲的小臉，抽出帕子細細替他們擦去額角的汗，笑嗔道：「瞧你們，這滿頭大汗的模樣回頭要是教你們爹瞧見啊，又該被數落了。」

七郎笑嘻嘻地從母親懷裡掙脫出來。「娘親，這裡好熱，我要出去玩。」

六郎也點了點頭。

徐四夫人替他們整理好被抓亂的領口，囑咐道：「去吧，別走遠了。還有，別太淘氣，當心弄髒了衣裳！」

這兩身衣裳都是她特地請濱州的繡娘提前做的，光是胸口的圖案就繡了兩個月，放眼整個九江府，沒有比這更仔細的繡技了。

兩個孩子點點頭，笑嘻嘻地往外跑，剛跑到門口，又聽徐四夫人在裡頭喚道：「欸，小六、小七！回來，回來！」

六郎、七郎停下腳步跑回娘親身旁，徐四夫人揉了揉他們的小腦袋瓜。「祖母請了朱記的廚子給你們做糕點，你們去小廚房幫娘看看做好了沒有？」

聽到有糕點吃，六郎嚥了嚥口水，正要答應他娘，回頭一看七郎已經跑出去了。

宋寧和岑蕙娘正在小廚房裡忙著，忽然看見兩顆毛茸茸的小腦袋從門口冒了出來。

她微微一怔，走過去在兩個孩子身前蹲下，看著他們相似的眉眼，試探著問道：「你們是……六公子和七公子？」

兩個孩子睜著烏溜溜的大眼睛，一眨也不眨地打量著她。

六郎往後縮了縮，七郎則是小胳膊扠腰道：「妳是誰？」

宋寧含笑摸了摸他頭上的髮髻。「我是朱記的廚娘，也是你們杜先生的娘子，從前你們吃的糖葫蘆和牛乳糕就是我做的。」

七郎眼睛亮了亮。「真的？那今天還做牛乳糕嗎？」

六郎也一臉期待地看向宋寧，然而宋寧卻搖搖頭。「今天不做牛乳糕，做點別的。」

恰逢岑蕙娘揭開了鍋蓋，一股濃郁的香味飄了出來，兩個孩子都不約而同地嚥了嚥口水。

宋寧不禁笑了笑，牽著他們進了小廚房。

岑蕙娘的視線在兩個孩子身上轉了一圈，詫異道：「他們……他們怎麼這麼像？」

宋寧笑道：「忘記告訴你們了，六公子和七公子是雙生兄弟。」

岑蕙娘恍然大悟道：「原來這就是徐家的兩位小公子，長得可真如畫像上的仙童一般漂亮！」

七郎踮著腳尖望了熱氣騰騰的蒸籠一眼，眨巴著眼睛道：「這是什麼？」

岑蕙娘道：「是栗子糕和紅豆糕。」

六郎輕輕舔了舔嘴唇，七郎則想要伸手去摸。

「小心燙！」宋寧趕緊阻止他，接著挾了兩塊剛出爐的糕點放進碗裡晾涼。

兄弟兩個眼巴巴地望著碗裡的糕點，等待她宣布可以吃了。

宋寧留意到他們穿了新衣裳，便為他們繫上小圍裙，看著兩個孩子迅速將碗裡的糕點吃掉。

「好吃嗎？」

七郎、六郎都意猶未盡地點了點頭，還想再去看看鍋裡在煮什麼，就聽見母親派來的人在門外呼喚他們——

「六公子、七公子！」

七郎朝窗外吐了吐舌頭。「你們做的糕點很好吃，謝謝，我們該回去了。」

說完還十分有禮貌地朝宋寧和岑蕙娘揮了揮小胳膊，然後牽著六郎離去。

兩個孩子回到母親身邊，徐四夫人拉過兒子的手問道：「看見他們做什麼了嗎？」

六郎點點頭，七郎搶先道：「栗子糕、紅豆糕。」

徐四夫人忍不住問道：「就這些？」

七郎點頭。「嗯。」他和六郎的確只看見這兩樣。

徐四夫人無奈地嘆道：「原來是市面上隨處可見的東西，看來朱記也不過如此。李嬤嬤，叫馬大廚準備幾樣拿手的糕點，原料、食材都要揀最好的，免得教人看了笑話咱們寒酸。」

很快便到了中午，徐家的賓客們都到齊了，賴嬤嬤去後廚吩咐僕婦們準備上菜。

等到一桌十六道主菜上了席，前廳那邊又來了人通知宋寧這邊可以準備上糕點了。「宋娘子，準備好了嗎？」

宋寧點點頭，正要讓僕婦們將自己做好的糕點呈上去時，徐四夫人那頭卻突然派了李嬤嬤過來傳話。

李嬤嬤看著宋寧，為難道：「宋娘子，我家四夫人唯恐時間倉促，您這頭來不及準備，特派老奴送來四道府上大廚做的拿手點心。」

她招招手，丫鬟們就一一揭開點心盒子。

宋寧看了看，是時下貴人圈子裡最盛行的四道點心：八珍糕、瓊葉糕、芝麻卷和桃花酥。

徐家聘請的大廚親手做的，色、香、味自然無法挑剔，卻難以擺脫老式點心的甜膩，也沒什麼新意。

李嬤嬤見她蹙眉，輕咳了兩聲，打著圓場。「喔，四夫人並非嫌棄您做的點心不好，只是眾口難調，您初來乍到的，一時也難以摸清府上眾人的喜惡……」

宋寧含笑點點頭。「知道了，四夫人和您的一片好意我們心領了。」

李嬤嬤張了張嘴巴，一頭霧水，不知道她這究竟是答應了還是沒答應。

第四十六章　大出風頭

前院，徐老夫人與四個兒媳婦坐在主桌上，汪家和殷家也派了長媳過來捧場。

汪大夫人坐在徐老夫人左側，笑道：「聽說您今日請了朱記的廚子過來做糕點，這個朱記聽說是前幾個月新開的，我們都還沒那個口福呢，真是令人期待。」

徐老夫人含笑點點頭，客氣道：「府城的酒樓以琳瓏閣為首，無人能出其右，夫人吃慣了美味珍饈，也該偶爾嚐嚐鮮。」

汪大夫人含笑道了句「您過譽了」，眼裡卻是藏不住的得意。

坐在徐老夫人右側的殷大夫人忍不住搭話道：「正是呢，汪家的琳瓏閣在府城稱第二，沒人敢稱第一，只是琳瓏閣的大廚無法輕易請動，想來老夫人定是因此才不得不退而求其次……」

徐家四個兒媳婦神色複雜，尤其是徐四夫人，臉上紅一陣、白一陣，頗不自在。

聞言，汪大夫人看了殷大夫人一眼，掩面輕咳了兩聲。

殷大夫人這才自覺失言，忙笑呵呵地道：「不過，正所謂初生之犢不畏虎，朱記能得老夫人另眼相待，定是有過人之處。」

徐老夫人點點頭，但笑不語，隨即就見賴嬤嬤領著小丫鬟上前捧上兩只精緻的小竹籃。

徐老夫人含笑看向賴嬤嬤道：「這小竹籃看著倒也有趣，不知裡頭裝的是什麼點心？」

賴嬤嬤恭敬答道：「是紅豆糕和栗子糕。」

汪大夫人和殷大夫人心領神會地對視了一眼，心道這徐家說到底還是外來的暴發戶，跟他們這樣實打實的名門世家在品味跟格調上差了不止一星半點兒。

一聽是這兩樣東西，徐家四位夫人神情窘迫，紅豆糕和栗子糕實在太普通了，相較於這一桌子山珍海味，顯得黯然失色。

徐四夫人臉上有些掛不住了，暗自叫了李嬤嬤來問道：「不是說了讓他們換成馬大廚做的嗎？」

李嬤嬤也摸不著頭腦。「老奴是交代了，沒想到宋娘子沒按咱們說的做。」

徐四夫人頭痛地按了按額角，不敢再去看那些夫人們略帶調侃的神色。

好在徐老夫人見識過大風大浪，縱然察覺到兒媳婦有些失望，還是一臉平靜地命小丫鬟將小竹籃裡的紅豆糕和栗子糕端出來。

眾人一看，紅豆糕倒是中規中矩，只是那栗子糕被做成鴿子蛋大小，一個個放在半剝出來的蛋殼中間，活像是一隻隻嫩生生、破殼而出的小雞。

徐四夫人愕然地睜大了眼睛，這個栗子糕怎麼跟想像中的不一樣呢？

只見徐大夫人忍不住笑道：「唷，這宋娘子手可真巧，瞧這小雞做得栩栩如生，連茸毛都看得見，要是不說出來，誰知道是用栗子做的？」

說著，徐老夫人滿意地點點頭。「不錯，這栗子糕樣子倒做得新奇，大夥兒快嚐嚐味道怎麼樣？」

殷大夫人盯著用來盛栗子糕的蛋殼，喃喃道：「好看是好看，只是不知道該怎麼下口。」

賴嬤嬤立刻解釋道：「諸位夫人請看，這蛋殼是用糯米做的，宋娘子說可以入口。」

眾人紛紛拿起筷子品嚐，才發現那栗子糕不但做得好看，味道更出色。咬開外頭的一層脆殼，嚐到裡頭的糕體，口感細膩又透著一股清甜，與尋常栗子糕的甜膩大不相同。

那是因為宋寧用桂花蜜代替了平常用來做糕點的糖，力求口味清爽、氣息清香。

有了栗子糕帶來的驚喜，眾人再品嚐紅豆糕時，又覺得別有一番滋味。

「原來這紅豆糕內藏乾坤，妳們瞧，這裡頭還有一層內餡，嚐起來像是南省的椰子肉。」

「不僅如此，這裡面還加了玫瑰花，難怪總覺得芳香撲鼻。」

婦人們妳一言、我一語，紛紛誇讚朱記的糕點做得別出心裁，又恭維徐老夫人獨具慧眼。

這時候，另外兩道糕點呈上來了，分別是梅花酥和橘子糯米球。

顧名思義，梅花酥形似一朵朵盛開的梅花，外皮酥脆，餡料由松子、瓜子仁、核桃仁做成，一口咬下去滿口鹹香、香脆可口。

橘子糯米球，外頭是一層糯米皮，裡面是飽滿的橘子肉，口感軟糯、滋味清爽，放在最後吃正好解膩。

宋寧的四道糕點讓徐老夫人非常滿意，連見慣了大場面的汪大夫人和殷大夫人也挑不出毛病。

徐四夫人見讚美聲不絕於耳，也覺得臉上有光。「朱記的宋娘子年紀雖輕，卻著實有本事。李嬤嬤，取六對新鑄的銀錁子送過去。」

徐老夫人也含笑點頭道：「是該賞，今日這幾桌酒席都辦得好，跟元管事說一聲，府裡上上下下都有賞。」

賴嬤嬤卻笑道：「老夫人、四夫人，先別急，宋娘子還有一道點心在後頭。」

說話間，兩個小廝已經搬了一個約莫半人高的大食盒上來。

徐老夫人詫異道：「喔？這裡頭裝的又是什麼東西？」

賴嬤嬤揮揮手，僕婦們就小心翼翼地打開食盒的蓋子，從裡頭捧出一個三層蛋糕。

眾人頓時睜大眼睛討論了起來。

「這是吃的嗎？」

「我還從未見過這麼大的點心……」

「是啊，這麼大一個，要如何入口？」

聞著蛋糕散發出的香甜氣味，六郎饞得直嚥口水，七郎則是盯著蛋糕上栩栩如生的兩隻小老虎，問道：「祖母，這是什麼東西？」

徐老夫人張了張嘴，她也說不出這是什麼東西，只好讓賴嬤嬤請宋寧過來。

「宋娘子，這東西是妳做的，妳來給大夥兒講一講這是什麼，該怎麼吃。」徐老夫人說道。

宋寧含笑解釋道：「老夫人、各位夫人，這東西叫做『生日蛋糕』，西洋人過生日都會用生日蛋糕慶祝。兩位小公子屬虎，這兩隻小老虎是特地為他們做的，材料是糖和麵粉，都可以吃。」

六郎、七郎聽說小老虎是做給他們的，迫不及待地看向祖母。

徐老夫人見狀，捂嘴笑道：「瞧這兩個小傢伙饞的，拿去吧。」

六郎和七郎如願拿到了兩隻小老虎，放到鼻子底下聞了聞，有一股淡淡的奶香味，讓人口水直流，可他們反而捨不得吃了。

宋寧請人拿來碟子和刀叉，告訴眾人該怎麼分蛋糕。

徐老夫人說道：「老四媳婦，妳這個做母親的來切吧。」

忽然被點名，徐四夫人臉頰微紅，小心翼翼地接過刀子分蛋糕給大家吃。

眾人沒想到這蛋糕裡頭有夾層，五顏六色，還怪好看的。

徐老夫人很喜歡，這蛋糕甜而不膩又是獨一份的，十分上得了檯面，她笑盈盈地朝宋寧道：「宋娘子有心了。」

宋寧忙道：「難得老夫人信任，這是晚輩應該做的。」

自從賴嬤嬤來找過宋寧後，她便著手準備這場生辰宴的蛋糕。先是畫圖設計出蛋糕的樣式，後又找人在院子裡搭了一個烤爐。

因為沒有現成的原料和稱手的工具，做出來的蛋糕總是跟圖紙上的樣式相差甚遠。

經過幾番嘗試，又去海潮街託南洋來的阿邁德先生幫她尋到了一批做蛋糕的原料，終於在來徐家的前一日做出了一個近乎完美的蛋糕坯。

縱然過程有些曲折，但徐家給的報酬著實豐厚，他們朱記也能藉這個機會在府城的貴婦圈子裡打響名號，想來一切都是值得的。

後院這頭婦人們言笑晏晏、賓主盡歡；前院那頭，徐四爺被人勸著多喝了幾杯，一時興起叫人去喚兩個兒子來當眾考校學問。

徐四夫人聽說以後，臉上的笑容都僵住了，惴惴不安地拉過兩個兒子悄悄囑咐道：「別惹你們爹生氣，實在不行就……就裝肚子痛。」

六郎懵懵地抓了抓腦袋，七郎機靈地朝母親眨了眨眼睛。

徐四夫人心不在焉地陪夫人們談天，約莫半個時辰後，終於看到元管事帶著兩個兒子回來了。

六郎有點累了，乖乖趴在乳母懷裡；七郎笑嘻嘻地跑到母親和祖母身前，獻寶似的將一塊巴掌大的魚形羊脂玉珮捧給她們瞧。
徐老夫人神色微變，伸手細細摩挲著玉珮，笑盈盈道：「你們爹爹給的？」
七郎點點頭。「嗯，爹給了我這個，給了六郎一塊別的。」
徐四夫人詫異不已，兒子握在手裡的玉珮可是她已故的公爹臨終前傳下來的，丈夫幾乎日日不離身。「這是怎麼回事？快給娘，可別摔壞了。」
七郎嘛了嘛嘴巴，不情不願地將玉珮交到母親手裡道：「爹考校我和六郎，我們都答對了，問我們喜歡什麼，我說喜歡這個，爹就給了。」
徐四夫人簡直不敢相信自己的耳朵。「什……什麼？爹爹考你們什麼了？」
七郎轉了轉黑白分明的大眼睛，一字一句道：「考了《千字文》和《三字經》，嗯……還讓我們認了十幾個大字，先生教過了，我們都會。」
徐四夫人又驚又喜，家裡換了這麼多位先生，終於有個人能讓兩個小崽子學進去了。
徐老夫人看著孫子們紅撲撲的小臉，一臉心疼道：「好了好了，又是考校學問又是辦酒席的，兩個孩子也累了大半天，讓乳母帶他們下去歇歇吧。」
七郎搖搖頭，表示自己不累，六郎也點點頭，讓乳母將自己放下來。
「祖母、娘親，讓我和六郎幫妳們捶捶背、按按肩膀吧。」
說話間，兄弟倆已經爬到凳子上替徐老夫人和徐四夫人捏起了肩膀。
兩個粉雕玉琢小娃娃認真賣力的模樣讓賓客們讚不絕口，紛紛誇他們孝順懂事、誇徐老夫人和徐四夫人好福氣、誇徐家家風好。

徐四夫人被誇得雲裡霧裡，徐老夫人也訝異道：「你們今天怎麼這麼乖？」

七郎一臉認真道：「杜先生說百善孝為先，烏鴉跪乳，羔羊反哺，連小動物都知道報答自己的母親，做兒子的也要孝順父母與長輩。」

六郎搖搖頭，糾正他。「不對不對，是烏鴉反哺，羔羊跪乳。」

七郎吐了吐舌頭，朝他做了個鬼臉。

徐老夫人忍俊不禁，拉起孫子們的小手道：「你們呀，好了，跟乳母下去休息吧。杜先生教得很好，你們要好好跟著他學。」

此次杜蘅也受邀參加兩位學生的生辰宴，等到徐家這頭的事情結束了，小夫妻倆就一起回家。

杜蘅摸出一個大大的紅封交給自家娘子道：「這是徐四爺給的，收著吧。」

宋寧望著紅封雙眼放光，裡頭裝的是一張一百兩的銀票。

杜蘅的紅封再加上徐老夫人和徐四夫人給她的謝禮，都快二百兩銀子了，徐家出手還真是闊綽！

她不是沒見過這麼多錢，只是這筆錢是徐家對杜蘅和她用心付出的肯定，意義不同。

朱記的點心在徐家的生辰宴上揚了名，年前又有兩家大戶人家請朱記到自己家中做酒席。

距離過年還有小半個月，朱記門口掛上了紅綢和大紅燈籠，從裡到外、從上到下都是一片喜氣洋洋。

朱宏帶著小九子來了府城，照例請宋寧、鍾掌櫃以及兩位管事吃了頓飯，席間聽鍾掌櫃交代酒樓的經營狀況。

見到他們朱記能在不到半年的時間裡做出這番成績，朱宏喜出望外，大手一揮拿出一筆錢來給大夥兒當獎金，從宋寧、鍾掌櫃到小夥計都有份。

等到府學休沐，宋寧算了算日子，心想二嫂姚靜臨盆在即，便同朱宏告假，準備提前回白水村一趟。

母子幾人連夜收拾好行李，翌日一早便啟程回鄉。

馬車在黃昏時抵達白水村，年前地裡活計少，村口的大榕樹下一群婦人正聚在一起，一邊做針線一邊閒話家常。

「唷，這是誰家來親戚了？」

「不知道，去瞧瞧吧。」

孟蘭扶著兒子的手從馬車上下來，看著一張張熟悉的面孔，突然有些熱淚盈眶，忙上前與眾人打招呼。

婦人們打量著孟蘭一家子，驚訝地大叫。

「這不是杜家的嗎？」

「是啊，好一陣子不見了！」

「回來過年的嗎？」

木匠媳婦楚萍往前湊了湊，上下打量著孟蘭母女道：「唉呀，杜家嫂子，瞧瞧，這才多久不見妳都胖了，氣色也好，真是越活越年輕了，這要是在街上碰見啊，只怕是認不出了。」

孟蘭不好意思地摸了摸自己臉頰，這段時間他們一家在府城過得的確比從前清閒了不少，她每日吃好、睡好，幾個孩子又孝順，沒什麼煩心事，的確是胖了些……

立刻有人附和道：「可不是嘛，還是府城的風水養人，樂娘這丫頭也長高了不少，真是出落得越發標緻了。」

杜樂娘被誇得滿臉通紅，恨不得找個地洞鑽進去。

眾人誇過了母女兩個，又把話頭轉向一對小夫妻身上。

「瞧瞧，這三娘和大郎啊，真是越看越登對，什麼時候要讓你們娘抱上孫子啊？哈哈哈……」

「就是說啊，可別讓杜家嫂子等太久了！」

杜蘅一張俊臉漲得通紅，不太習慣應付這種場面，好在宋寧及時拿出提前備好的瓜果與點心分給眾人，才得以脫身。

返回家中，他們就發現家裡已經被人收拾乾淨了。

孟蘭手指抹過一塵不染的窗臺，詫異道：「三娘，是誰提前來過了嗎？」

宋寧笑道：「娘，可能是慧娘和方嬸幫忙打掃的。」

婆媳兩個正說著話，聽見院子外有人叩門，杜樂娘跑過去開了門，見是住在隔壁的方錦和住對門的劉慧娘。

杜樂娘笑盈盈地跟她們打過招呼，朝裡頭喊道：「娘、嫂嫂，方嬸和慧娘姊姊來了！」

孟蘭婆媳兩個一聽，忙丟下手中行李迎了上去。

方錦帶來一斗米、一斗白麵和一些豬油。「你們剛回來，想來什麼都來不及置辦，我就隨手收拾了幾樣送過來給你們。」

孟蘭忙道了謝，請人進屋敘舊。

劉慧娘走在後頭，臂彎挎著一籃雞蛋和幾樣新鮮菜蔬，含笑打量著幾個月不見的宋寧。見她穿著一件七成新的藕荷色小襖配著一條丁香色的棉布裙，烏黑的髮間仍然戴著那兩朵栩栩如生的精巧絨花，穿戴打扮雖然與舊時無異，氣質卻是更勝從前。

宋寧朝劉慧娘笑了笑，也沒跟她客氣，接過她手裡的東西，拉了她進屋說話。

晚上羅里正母子也過來了，送來兩隻老母雞給杜家。

孟蘭實在不好意思讓大夥兒破費，好在他們早有準備，給相熟的幾家都送了從府城帶回來的年貨。

翌日一早，杜蘅陪著宋寧一塊兒回了娘家，誰知剛走到門口就看見大嫂吳雪慌張地從屋子裡衝了出來。

「大嫂，妳要去哪裡？」

吳雪滿臉詫異地看著突然出現在眼前的小姑子和姑爺，緊張道：「要生了……妳二嫂快生了。小妹、姑爺，你們先進屋，我……我去叫娘和妳二哥回來！」

說話間，屋子裡傳來姚靜痛苦的叫喊聲，宋寧不禁打了個哆嗦，一把拉住吳雪的胳膊道：「大嫂，先去找穩婆，然後讓二哥去鎮上找大夫。一定要快，我先進去看看。」說完她便進了屋。

吳雪怔怔地點頭，喃喃道：「好，找穩婆，找大弟，找大夫。」

杜蘅放下行李，讓吳雪先去找穩婆，自己則出去找宋安，然後再跟他一塊兒去鎮上請大夫。

第四十七章　郎情妾意

屋子裡，姚靜抓著床板，忍受著腹部傳來一陣蓋過一陣的疼痛。
她死死咬著唇，豆大的汗珠從額上滾落，整個人不由自主地顫抖起來，就在她以為自己快撐不下去時，卻看見小姑子那熟悉的面容出現在眼前。
宋寧快步走上前，緊緊握住姚靜的手道：「二嫂，妳堅持住，穩婆馬上就過來了。」
姚靜虛弱地睜開眼睛，感受到手心傳過來的溫度，哽咽著道：「小妹，真的是妳？我……我快要不行了，疼……好疼！」
「二嫂，妳千萬要堅持住，孩子，想想孩子，妳馬上就要看到他了。」宋寧從懷中摸出帕子替姚靜擦去額上的汗，盡力安撫她的情緒。
她雖未生過孩子，但在前世看過不少關於婦人生產的資料，在穩婆沒來之前，嘗試著用她腦中的知識幫助姚靜分娩。
「來，二嫂，眼睛看著腹部，跟著我的節奏用力吐氣、吸氣。吸氣……吐氣……放鬆……別怕，妳覺得疼是因為孩子馬上要出來了，堅持住！」
姚靜疼得幾乎昏厥過去，可是一想到孩子，又強打起精神按照宋寧說的做。

整個上河村就一個穩婆，吳雪在村子裡找了個遍，卻聽人說甘婆子一早被人拉去下河村幫人接生了。

吳雪急得滿頭大汗，跑去下河村找人，在半路上跟甘婆子撞了個正著。

「甘大娘，救……救命啊！」吳雪急得都快哭了。

甘婆子一頭霧水地說：「是小福他娘啊，妳這是怎麼了？」

吳雪一把抓起甘婆子的胳膊往回走。「快……快跟我走，我弟妹快生了。」

甘婆子腳下一個踉蹌，險些被路邊的樹根絆倒。「好好好，小福他娘啊，妳慢著點，我老婆子要是摔斷了胳膊，可就無法接生了。」

兩個人心急火燎地趕到宋家，誰知剛走到門口，就聽見裡頭傳來一陣嘹亮的啼哭聲。

「生……生了？」吳雪難以置信地瞪大了眼睛，拉著甘婆子急匆匆地進屋去看，果然就看見小姑子手裡抱著一個滿身紅通通的嬰孩。

姚靜看了孩子一眼，臉上露出一個欣慰的笑容，累得暈了過去。

吳雪看看宋寧再看看孩子，一臉茫然道：「小妹，我……我把甘大娘帶來了。」

宋寧看見大嫂帶著穩婆回來了，心裡繃著的那根弦終於鬆了下來。「甘大娘，您快幫忙瞧瞧我二嫂，還有這孩子沒事吧？」

甘婆子經驗老到地伸手拍了拍孩子的小屁股，只見小丫頭小嘴一撇，「哇」的一聲又哭了出來。

見狀，甘婆子點點頭，細細看過小丫頭，見她手指、腳趾還好好的，說道：「沒事沒事，她好著呢。我老婆子替人接生這麼多年，還是頭一回見到自己把孩子生出來的。」說著又吩咐吳雪跟宋寧去燒水、為產婦準備吃的。

很快的，家裡其他人都趕回來了。

小滿、小福兩個聽說小姑姑回家了，嬸嬸還為他們生了個小妹妹，全拍著小手要往宋寧身前湊，卻被親爹給趕走了。

宋小滿不滿地嘸著小嘴道：「爹，我們要去看妹妹！」

一旁的宋小福也點了點頭，一臉期待地望著他。

宋平耐著性子道：「現在你們的嬸嬸還在休息，等會兒小姑姑會把妹妹抱出來給你們看。」

葛鳳進屋去看娘兒倆了，宋賢坐在屋簷底下笑咪咪地望著兩個小孫子，這下好了，他有了自己的小孫女，再也不用看著別人家的小丫頭眼饞了——對，他就是喜歡女兒，就是偏心姑娘！

宋寧看見葛鳳回來了，立刻抱著孩子站起來，這才覺得眼前有些花，腿腳也軟綿綿的。

「娘，我……」

「好了，娘知道，妳們姑嫂兩個都是好樣的。」葛鳳看了安穩睡著的二兒媳婦一眼，摟了摟閨女的肩，接過小孫女，笑得合不攏嘴。

小傢伙胖嘟嘟的，秀氣的小鼻子、紅豔豔的小嘴跟閨女小時候像是一個模子刻出來的，實在惹人喜愛。

沒多久，宋安、杜蘅帶著大夫從鎮上回來了。

大夫看了產婦和孩子，確定都沒什麼大問題，只是姚靜剛剛生產完，身子還有些虛，需要好好調理。

宋安抱著孩子坐到姚靜身旁，望著妻子憔悴的面容，又是心疼、又是自責。「都怪我，靜兒，妳要是有個三長兩短，我該怎麼辦？」

姚靜恍惚間聽見丈夫的聲音，艱難地睜開眼睛，淚眼汪汪地看著丈夫和孩子道：「相公，你回來了……孩子，孩子她、她沒事吧？」

宋安一把握住她的手。「孩子沒事，咱們有閨女了，靜兒，謝謝妳！」

姚靜喜極而泣，抽噎著道：「多虧了小妹，要是沒有小妹，我……我大概挺不過來。」

宋安點點頭，滿懷感激地看向宋寧道：「小妹，是妳救了靜兒和這孩子的命，二哥……二哥不知道該怎麼謝謝妳。」

只見宋寧搖了搖頭，看著姚靜道：「這個孩子是二嫂自己拚盡全力生下來的，二嫂，妳很堅強。」

姚靜眼含淚光地朝宋寧笑了笑，堅持讓宋寧為孩子取個名字。

宋寧覺得名字該由父母取，但拗不過姚靜兩口子堅持，便為孩子取了個小名叫萌萌，取草木萌發、欣欣向榮之意。

小萌萌生得可愛，一出生便成了家裡的中心，小滿、小福兩兄弟一早起床也不出去跟外頭的孩子玩了，整天圍著家裡的小妹妹轉。

宋小福趴在搖籃邊上，盯著籃子裡吃飽喝足後呼呼大睡的小嬰兒道：「嬸嬸，萌萌怎麼又在睡覺啊，她什麼時候才能跟我們一起玩？」

看了看妹妹粉嘟嘟的小臉，宋小滿一臉嫌棄地對弟弟道：「小姑姑說了，小孩子要多睡覺才能長大。」

姚靜哭笑不得，耐心解釋道：「等妹妹長大一點就能跟你們一起玩了。」

小萌萌人小嗓門大，有時候哭鬧起來，連宋安這個當爹的也束手無策，然而只要宋寧一將她抱到懷裡，小丫頭就立刻不哭了。

葛鳳見狀忍不住笑道：「看來這孩子跟小姑姑投緣，希望她長大也能像小姑姑一樣出息。」

姚靜聽了這話，心裡很高興。從前她想要個兒子，甚至擔心生了閨女會被婆婆嫌棄，如今看自家閨女模樣像小姑子，想到閨女長大後要是也能像小姑子那樣有福氣，她也就心滿意足了。

家裡添了人口，他們又難得回來一趟，杜蘅便陪宋寧在娘家多住了幾天。

幾次看到宋寧抱著小嬰兒坐在屋簷底下，笑容恬淡、神情溫柔，杜蘅就好像看到了屬於他們的未來。

這日宋寧正陪著姚靜和小姪女在院子裡曬太陽，忽然看見她娘葛鳳滿臉帶笑地回來了。

宋寧問道：「娘，您不是去村口聽堂叔公說事去了，難道有什麼好事？」

葛鳳在閨女身邊坐下，伸手逗了逗她懷裡的小孫女，笑道：「咱們小萌萌可真是家裡的福星，可不就是有好事嗎？」

原來宋里正帶來了一條朝廷的新規，為了擴大耕地面積、提高糧食產量，各村的村民可以低價認購一批原本屬於公家的土地。

雖然這些地大多是閒置多年的荒地，耕種起來有一定的難度，但能以不到尋常土地十分之一的價格購得，並且享有前五年的賦稅豁免權，算得上是不可多得的機會了。

宋寧陪著葛鳳一塊兒去看了村裡劃出來的地，地勢平坦、臨近水源的地往往更受眾人青睞，在村裡也很搶手。

在村子裡轉了一圈，葛鳳回去忍不住抱怨道：「這好的地扳著手指頭都數得過來，人人都想要，看來是輪不到咱們了。」

一塊好地家家都想要，最後花落誰家，還要透過抓鬮決定。

宋寧思考了一下，提議道：「娘，我看西面小山丘那裡倒是不錯，不如咱們回頭問問堂叔公能不能給咱們家。」

葛鳳笑道：「傻孩子，那樣的荒地土又乾又硬，種個地還要爬到山上去，回頭灌溉、收成都是問題，簡直是燙手山芋。」

宋寧卻道：「娘，那塊地雖然不適合用來種糧食，卻很適合種茶樹。我去府城的路上見過好幾個村莊種著大片茶園，長勢都很不錯，可見咱們這地方適合種茶樹。」

葛鳳聽了眼睛一亮，立刻找全家人一起商量。

宋賢回憶起年輕時做石匠的經歷，點頭道：「不錯，我早些年跟幾個老夥計去別村打石料，也見過大片茶園，就是種在那樣的小山坡上，咱們可以向他們取取經。」

大夥兒都沒什麼意見，於是由宋賢出面找里正宋大山丈量土地，正式過了地契。

接下來便是開荒了，宋寧在小山坡上繞了一圈，發現山上有一些成年的松柏、幾汪山泉跟一些野果、野菜。

野果、野菜可以直接食用，山泉水方便灌溉，樹木除了可以用作木料，對於涵養水源、保持水土都有很大的用處。

宋寧還提議家裡可以買一批雞和山羊，放進林子裡餵養，這樣養大的雞和羊，肉質緊實、滋味鮮美，更能賣得好價錢。

儘管村裡有人對於宋家三房買下這樣一座荒蕪的小山丘十分不解，宋寧一家卻很滿意。

等到宋家這頭的事情都處理妥當了，宋寧就辭別娘家人，同杜蘅一起回白水村了。

年前幾天，孟蘭、宋寧、杜樂娘三個開始在家裡灑掃拆洗、準備年貨。

杜蘅與江澄相約去鎮上拜訪了陳夫子和昔日的同窗，順帶將自己這段時間在府學裡學到的東西整理成冊交給陳夫子，供大家借閱。

陳夫子翻閱著杜蘅整理的筆記，看出他一如既往地專心學習，並未因為小有成就而忘記初心，感到十分滿意。

同窗們見杜蘅依舊謙卑有禮，沒沾染府城富家子弟身上的驕浮之氣，又見他願意無私分享自己的學習成果，打心底對他更加敬服了。

江澄有些自愧弗如，好在他提前準備了在府城花大錢買到的、最近幾年的考卷分享給同窗們。

見到杜蘅和江澄，最高興的莫過於柳七，昔日三人一起在鎮上讀書，白日同窗學習，夜晚同榻而眠，情誼深厚，比旁人更甚。

三人從書院出來，又相約去酒樓敘舊。

席間，江澄笑嘻嘻地拍著柳七的胳膊道：「一段時間不見，七郎，你看著越發沈穩了。只是從方才起便見你忸忸怩怩的，可有什麼事瞞著我和子瀾？」

柳七面上一紅，低頭拿出包袱裡的喜帖，支支吾吾道：「江兄、杜兄，我……我爹娘替我訂了一門親事，日子選在五月，回頭你們要是有工夫，一定要回來喝一杯薄酒。」

江澄張大了嘴巴，一眼掃過大紅的喜帖，拍著桌子道：「好個七郎，才離了我們多久就要成家了？往後你們都娶了親，獨留我孤零零一個……這可千萬別讓我家老頭子知道了，不然又要逼著我去與人相看。對了，弟妹是哪家的？模樣、性子如何？」

柳七害臊地撓了撓頭。姑娘是他們村裡相熟的人家，算是跟他從小青梅竹馬一塊兒長大的，雖是父母之命，但他自己卻很願意。

杜蘅含笑點點頭道：「放心，到時候我們一定來。」

柳七紅著臉道：「屆時嫂夫人若是有空，也請她一道來。」

這天宋寧跟劉慧娘從小河邊上洗好衣裳回去，剛走到村口，就聽見一陣噠噠的馬蹄聲傳來。

宋寧好奇地停下腳步往大路上看了一眼，就瞧見一道熟悉的高大身影騎著馬朝她們這頭過來了。「是鄭官爺！」

她放下木盆，準備拉著劉慧娘一同上前找鄭昊，卻見她垂著頭道：「三娘，我……我先回去了。」

劉慧娘說完便端著木盆，逃也似的走了。

宋寧有些不明所以，回頭一看鄭昊已經牽著馬過來了，於是上前同他打過招呼。「鄭官爺又到咱們這邊來辦公事了嗎？」

鄭昊隨便點了個頭，望了劉慧娘遠去的方向一眼，黝黑的臉上難得顯出一絲不易察覺的紅暈。

宋寧看了看日頭，想到杜蘅也快回來了，便邀請鄭昊到家中用過飯再回去。

兩個人走到杜家門口，正好撞見對門的劉家來了客人。來者不是別人，正是上回與劉慧娘相看過的、她姨父的姪子。

曹霜正歡歡喜喜地領著人往院裡去，一回頭見宋寧帶著鄭昊過來了，於是轉頭叫自家妹妹先帶人進門去，然後滿臉帶笑地迎上前同他們打招呼。「唷，鄭官爺來啦，您這次來又是找三娘和我家慧娘買醬菜的嗎？」

鄭昊一臉窘迫地拍了拍馬脖子，訕笑道：「恰好路過，過來看看。」

曹霜了然一笑，執意要拉鄭昊去家中小坐。

鄭昊推託道：「您家裡還有客人，鄭某今日就不打擾了。」

曹霜擺了擺手。「也不是什麼外人，是我娘家妹子和她夫家的姪子。您來得正好，我家這些日子以來承蒙您照拂，待我家慧娘親事定下來了，也請您賞光喝杯薄酒。」

鄭昊看了院中那清秀的小後生一眼，一張黑臉越繃越緊。

曹霜忍不住打了個哆嗦，本想同他攀攀交情，也不知自己是哪句話不妥得罪了他，便歇了心思，又說了幾句客氣話後，訕訕地進了自家門。

望著劉家的院門慢慢闔上，鄭昊收回了目光，朝宋寧抱歉地道：「鄭某突然想起還有要事在身，今日就先不叨擾了，煩勞相公夫人回頭替鄭某向杜相公告一聲罪。」

宋寧點了點頭，望著鄭昊牽著馬遠去的背影，再看看劉家的院牆，心中有些了然。

黃昏時杜蘅從鎮上回來，劉家也送走了今日上門的客人。

宋寧站在門口看著劉家的客人悻悻離去，聽著院子裡傳出曹霜沒完沒了的抱怨聲，不禁輕笑出聲。「相公，我有件喜事要告訴你。」

杜蘅微微詫異地望向她道：「正好，我也有樁喜事要說。」

宋寧朝他眨眨眼睛。「那你先說。」

杜蘅將柳七訂親一事與成親的時間告訴她，又聽宋寧說起鄭昊似乎對劉慧娘有意。

事後宋寧悄悄拉了劉慧娘到家裡詢問，才知道這些日子以來，鄭昊因為緝捕凶犯沒少往附近的鄉鎮跑，羅里正為人熱情好客，每每遇見了總要拉他進村子吃住。

鄭昊實在不好意思白吃白住，便經常幫村民們幹活。一來二去，他與村子裡的人都相熟起來，如今村民們見了他都有如見了自家人一般。

有一回劉慧娘的弟弟鐵蛋與村裡幾個孩子偷偷跑去鄰村的林子裡摸鳥蛋，曹霜母女回來四處尋不見孩子急得滿頭大汗，還是鄭昊幫忙找回來的。

宋寧見她提起鄭昊臉上滿是感激，忍不住問道：「鄭官爺為人仗義，倒是個值得託付之人。妳心裡對他除了感激，可還有別的？」

劉慧娘腦海裡倏地浮現那張不苟言笑、剛正不阿的臉，一顆心瘋狂直跳，紅著臉喃喃道：「他是官差，我只是普通的平民女子，怎敢高攀了他？」

宋寧見劉慧娘如此，便明白這兩人是郎有情、妾有意，只是隔著一層窗戶紙沒捅破，於是藉著杜蘅的名義修書一封問清楚鄭昊的心思，試圖成就一樁好姻緣。

年還沒過完，宋寧記掛著朱記那邊諸多瑣事，杜蘅也要早些回府學，一家人便辭別鄉鄰，啟程返回府城的家。

第四十八章 炙手可熱

年初八，朱記正式開門營業，沒想到第一天就迎來了幾位特殊的客人。

彼時宋寧正在後廚跟顧嫂、洪大廚商量新菜式，忽然有小夥計進來稟報道：「門外有幾位南洋客人指名要找三娘姊姊。」

宋寧忙迎了出去，果然看見一張熟悉的面孔。「阿邁德先生，好久不見。」

阿邁德哈哈大笑道：「早就聽人說朱記有位宋娘子廚藝了得，今日我便帶了客人過來嚐一嚐您的手藝。」

宋寧正愁沒機會感謝阿邁德多次相助，見他帶來了幾位金髮碧眼的客人，便知道他們是西洋人，遂親自下廚做了幾道本地的特色菜，另外又煎了羊排、做了蔬菜沙拉，再配上一道蘑菇濃湯。

如今顧嫂與洪大廚已經盡釋前嫌，對於誰當主廚都不覺得有多重要，反而認為好好合作才要緊，兩人在一旁看宋寧做了許多異國料理，更是開了眼界。

阿邁德的幾位客人對於能在異國吃到家鄉菜都感到既驚又喜，還以為是遇到了同鄉。

宋寧只道是自己在書上看過關於異邦菜的記載，幾位西洋客商遺憾之餘，又對宋寧的用心表達了感激。

阿邁德說道：「宋娘子，三月九江府有一場海貿會，屆時會有更多異國商人到來，我們南洋商會要舉辦宴席招待遠道而來的合作夥伴，到時能不能請您來當主廚？」

鍾掌櫃想到萬國來朝的盛大場面，耳邊像是聽見了銀子嘩啦嘩啦入袋的聲響，恨不得一口答應下來。

宋寧自然也覺得機會難得，向阿邁德先生簡單詢問宴會的規模、參與國家及人數等情況後，歡歡喜喜地送走客人，開始琢磨到時候要做些什麼菜式。

陽春三月，九江府迎接了來自十多個國家的客商，他們或順流而下，或逆流而上，密密麻麻的商船停靠在九江府的平津碼頭，城中的客棧、酒樓、茶肆空前熱鬧，座位與房間幾乎供不應求。

由於宋寧提前從阿邁德口中獲悉了這個消息，朱記便預先做了準備，同糧油、菜蔬和肉類供應商簽訂契約、付了訂金，要他們保證優先供應商品給朱記。

到了三月，大批外地客商湧入，府城各類物資異常搶手，物價也隨之飛漲，幾家酒樓不得不抬高菜品價格來彌補原料採購上的額外開銷。

在這樣的情況下，朱記既能保持一貫的菜餚品質，又能維持原來的價格，為他們帶來了極好的口碑。

那些初來乍到的外國客商走在街上，只要同人打聽本地哪家酒樓味道好、價格公道，販夫走卒都會指著朱記的招牌告訴他們。「去這家準沒錯。」

月中宋寧帶著幫手應邀到南洋商會為阿邁德先生籌備宴席。宴會地點位在南洋商會的內室之中，出席人數約莫有五十位。

宋寧提前看過場地後，向主辦表示如今天氣暖和，可以採用半自助餐的方式，讓客人們在露天環境中就座，這樣既能欣賞到臺上的歌舞，又能自由活動，方便他們彼此交流。

屆時在院子裡搭上長棚，長棚下放上一張可供五十人就座的長桌，酒水、菜品就擺放在四周的小桌上，賓客們只需端著餐盤隨意取食便可，也有僕婦們隨侍在一旁，在必要的時候向他們提供協助。

至於菜品，宋寧花了很多心思，主要分為涼菜、熱菜、湯品、主食、糕點、酒水等六個品項。

既有海參、鮑魚之類的海鮮涼拌，也有烤鴨、羊排這類傳統菜式；有玉米濃湯、羅宋湯等湯品，還有米飯、麵條等主食，更有熱氣騰騰的蒸餃、小籠包等點心，糕點跟酒水就不必說了，這可是宋寧的強項。

這場宴席辦得很成功，甚至出乎阿邁德的意料之外，席間有好幾個西洋人向他打聽今日喝到的酒和茶水。

宋寧乘機將自己釀的高粱酒推薦給他們，這些久經商場的異邦人嗅到了商機，當場就與他們簽訂酒和茶葉的訂單，準備將他們淘到的本地特產帶去其他地方碰碰運氣。

朱記那頭，鍾掌櫃與兩個管事配合得很有默契，趁外國客商湧進來的這一個月賺了個盆滿缽滿，每日看著白花花的銀子進帳，全都樂得合不攏嘴。

到了四月下旬，那群歸國的西洋客商送信給了南洋商會，信上說他們帶回去的絲綢、瓷器、茶葉和酒都受到了本國人的追捧，賣出很高的價錢，如今可謂炙手可熱。

他們寫信請求與梁國的供應商簽訂更多訂單，請阿邁德先生協助他們促成此事。

阿邁德收到信的第一時間便將這個好消息告訴宋寧。「宋娘子，您那批高粱酒在西洋賣得很好，他們想簽下更多訂單，還請你們早做準備。」

宋寧對阿邁德再次表達了感激之情。根據他們帶來的消息，那群西洋商人約在半年後重返此地，她需要早早籌備釀酒事宜。

是夜，宋寧搬出自己的小金庫，替自己算了一筆帳。

如今家裡的主要收入來源除了酒樓門口的小攤子，還有朱記本身和九鄉居醬菜買賣的分紅，以及杜蘅給學生上課賺來的束脩。除去開銷，如今她手上已攢下四、五百兩銀子。

這四、五百兩銀子雖然還不足以在府城的黃金地段買下一座宅子，卻足夠在城郊買下一塊地用來搭建釀酒作坊。

翌日，宋寧將自己的打算告訴家人，孟蘭立刻表示自己可以找左鄰右舍的人打聽哪家在城郊有地要賣。

住在楊柳巷的大多是本地人，家裡多有田地抑或是親戚住在城郊，杜家要買地的消息一傳開，很快便有人找上門。

宋寧同婆婆、小姑子一道前去看了城郊的幾處田地，最終定下一塊距離水源和官道都比較近的地方。

那戶人家姓夏，家裡是做藥材買賣的，這幾畝地原本種著藥材，田地周圍還搭了幾間屋子用來看守藥田，只因他們要搬去別的地方才急於出手，價格也給得頗為公道。雙方都是爽快人，早上看過後，下午就簽了書契。

這塊地地勢平坦，周圍綠樹環繞，不遠處有一條小溪，坐騾車到最近的集市不過一刻鐘的工夫，用來當作住處也是個宜居的好地方。

宋寧決定將其中一畝地用來搭建廠房，其餘的地用來蓋莊子、種菜、養牲口。

到了五月，柳七那邊來信提醒杜蘅、江澄兩人別忘了時間。

宋寧原本打算同杜蘅一道參加柳七的喜宴，未料臨行前半個月突然收到劉慧娘寄來的信，展開一看竟是她和鄭昊的喜帖，信上只說鄭老太爺年事已高，希望早日看到孫子成家。

鄭昊這樣的人品及家世，曹霜跟劉貴當然求之不得，兩家一合計便把親事定了下來。

宋寧含笑看完劉慧娘的信，最後又看了喜帖落款處的日期一眼，詫異道：「相公，可還記得七郎的好日子定在哪一天？」

杜蘅不假思索道：「五月二十六。」

宋寧將信紙遞給他。「還真是巧了，慧娘和鄭官爺也是這一日。」

杜蘅含笑點點頭，千載難逢的吉日自然搶手。

小夫妻倆商量了一會兒，決定到時候分頭行動。

宋寧是以劉慧娘娘家的送親人員身分從白水村出發的，同行的還有劉家幾位叔伯與曹家的娘舅。

大喜的日子，新娘子一襲大紅喜袍端坐在花轎中，劉慧娘杏眼柳眉、雙頰酡紅，唇上點著大紅的胭脂，整個人豔若桃李，只是一雙白生生的素手緊緊攥在膝上，顯露出她內心的緊張與期待。

白水村好久沒有這麼大陣仗的喜事了，村民們都自動自發地過來將送親的隊伍送往村口，人人臉上喜氣洋洋，嘴裡說著一連串的吉祥話。

曹霜夫婦牽著小兒子鐵蛋，在一陣嗩吶、鑼鼓聲中被人簇擁著向前，笑呵呵地朝鄉親們撒喜糖。

花轎到了村口，按照本地的風俗，新娘子辭別父母，由叔伯兄弟送往夫家，鐵蛋還小，這事就交給其他長輩。

劉慧娘從轎內掀開轎簾，朝劉貴、曹霜的方向喚道：「爹、娘，女兒去了！往後女兒不在身邊，你們好生珍重……」

話未說完，轎內的劉慧娘早已泣不成聲，轎外的劉貴、曹霜也都落下淚來，連年幼的鐵蛋都跟著嚎啕大哭。
眾鄉親們又是一陣好勸歹勸，好不容易才將人勸住。
曹霜收了淚，上前拉著女兒的手強顏歡笑道：「也是，我閨女是嫁到好地方享福去了，娘應該高興才是。走吧走吧，可別耽誤了時辰，讓姑爺好等！」
劉慧娘也擦乾了淚水，由喜婆攙扶著上了馬車，一行人吹吹打打地往鄭家去了。
這還是劉慧娘頭一回離開父母與弟弟孤身前往這麼遠的地方，內心難免忐忑，好在一路上有宋寧陪著她說話，她不安的情緒才稍微有所緩解。

馬車走走停停，終於在第二日抵達鄭家所在之地。鄭家算得上是當地的大族，前來迎親的隊伍人數是劉家這頭的兩倍，再加上鄭昊倆門的那些弟兄，場面可謂空前熱鬧。
新郎官一身大紅的喜袍，腰板挺直，英氣勃勃地跨坐在馬上，看見送親的隊伍來了，不苟言笑的臉上難得浮現一絲藏不住的笑意。
到了鄭家這頭，新娘子已從馬車換回了花轎，劉慧娘獨自坐在轎內，垂手聽著轎外的歡聲笑語，胸口按捺不住地一陣猛跳。
宋寧跟著喜婆走在轎邊，隔著窗朝她笑道：「鄭官爺過來了。」
劉慧娘一聽便緊張了起來，她雙手緊緊攥著帕子，朝窗外低聲懇求道：「三娘，我有些怕，妳可千萬別走啊。」

宋寧為了讓她能安心一點，便同她說起自己同杜蘅成親時的情形。

彼時她還是那個專橫跋扈的宋三娘，對父母定下的這樁婚事也多有怨言，新婚當夜便將自己那位相公給一腳踹下了床。

劉慧娘雖然知道起初他們兩人不合，卻不曉得還有這等曲折過往，一時感慨到底是好事多磨，漸漸也就忘了即將為人婦的忐忑。

新娘子在花轎中晃來晃去，被人送到了鄭家宅院外，新郎官下馬將轎中新娘子扶出，再跨火盆、入宅院、拜天地，最後送入洞房。

翌日清晨，宋寧打算悄悄留下書信不驚動主人家，自己雇車馬回盈川縣與杜蘅一道回府城。

誰知鄭昊早已吩咐過家中僕婦好生招待，不得怠慢，守門的老僕一見宋寧出來，說什麼也不肯放人。

鄭昊夫妻兩個得知她要走，匆匆忙忙收拾出來相送。

宋寧見他們夫婦和睦，新婦更是一臉羞怯，便知兩人正是蜜裡調油的時候，她怎肯再打擾。

客人要走，主人要留，雙方正僵持不下，忽見一輛馬車從官道上緩緩駛來。

杜蘅從馬車上下來，同這對新婚夫婦道喜。

鄭昊本想留他們用過早飯再離開，不過杜蘅想到江澄還孤身一人在盈川縣等候，便謝絕了他們的好意，帶著宋寧啟程前往縣城。

馬車上，宋寧輕輕將頭靠在杜蘅肩上。

「相公，昨日我送慧娘出嫁，想到咱們剛成親的時候，總覺得對你有諸多虧欠。若是能重來一次，我一定對你好一點。」

杜蘅想到往日種種，也忍不住輕笑出聲，低頭在她額上留下一吻。

彼時他們奉父母之命成婚，對彼此都還不熟悉。好在一切還來得及，重來一次也未嘗不可。

八月，杜蘅與同窗們一道參加了三年一試的秋闈，次年三月入京參加春闈，他一路過關斬將，以貢士的身分面見聖顏，在殿試中以一篇〈論治天下之道〉給聖上和主考官留下深刻的印象，在三百多名貢士中脫穎而出，一舉成為新科進士、天子門生。

之後杜蘅又被聖上欽點進入翰林院擔任編修，從事誥敕起草、史書纂修、經筵侍講等工作，一時之間風光無限，前途可謂不可限量。

然而，不是所有人都能這麼幸運。

江澄春闈落榜，不過江哲跟黎韻娘對於兒子頭一回參加科考就能考中舉人，已是喜出望外。

官府的喜報一登出，江哲便作主大辦了幾十桌酒席，一則為家裡出了一位舉人而慶賀，二則為江澄相看合適的人家。

柳七雖然沒能考上舉人，卻也透過秋闈深刻地體會到自己與其他考生之間的差距。他自知天賦才學不如兩位好友，下定決心埋頭苦讀，以待來日。

杜蘅一眾同窗中，考中進士的只有他和柏洮兩人，只不過柏洮的排名靠後，被外派到了地方擔任縣官。

留在京城的只剩下杜蘅一人，幾位老翰林對他們這批新人寄予厚望，要求相當嚴格，每日分派許多公務給他們，再加上同僚之間一些推脫不掉的應酬，諸事繁忙，實在無暇顧及其他。

夜深人靜的時候，杜蘅孤身一人臨窗對月，想到遠在府城、相依為命的母親與妹妹，憶及貼心俏皮的妻子，心中生出無限相思之情。

這日杜蘅同兩位同僚一道從翰林院下值，剛走到外頭的長盛大街上，忽然被兩個衣著華麗的女子攔住了去路。

其中一紫衣女子朝杜蘅微微頷首，笑盈盈道：「杜編修，我家姑娘在前面的致遠齋恭候多時了，請隨我們走一趟吧。」

京城民風開放，自從那日新科進士打馬遊街後，這樣的事情便屢見不鮮，常有不知哪家的姑娘突然冒出來將人堵住去路，杜蘅這樣的青年才俊更是搶手。

前些時候杜蘅都很晚才返家，得以逃開這樣的糾纏，可今日翰林院一位老學士八十大壽，大夥兒免不了都要去捧場，是以下值得早，才碰上這樣一件難纏的事。

兩位同僚見怪不怪，十分識趣地朝杜蘅使了個眼色，相攜著先離開了。

杜蘅彬彬有禮地朝兩個姑娘躬身一拜，說道：「杜某還有公務在身，先行一步了。」

姑娘們對視一笑，依舊伸手攔在他前面，另一位粉衣女子說道：「什麼公務都沒有見我家姑娘這件事要緊。」

杜蘅眼底神色一暗，如實道：「杜某已有妻室，只好辜負姑娘一番美意，恕不奉陪。」言罷，他也不顧兩個姑娘的反應，沈下臉來朝另外一個方向疾步離去。

豈料那兩名女子在他身後緊追不捨，紫衣女子道：「我們早就同人打聽過了，杜編修自從入京以來就跟同僚們住在一處，身邊不曾有過女子，今日您這樣說，誰知道是不是故意敷衍搪塞？我家姑娘是尚書家的千金，生得花容月貌不說，琴棋書畫更是無一不通，與杜編修正好相配，您去見上一面，保證不會後悔。」

這女子實在纏得緊，杜蘅又不好在大街上與人拉拉扯扯，正感進退兩難之際，忽然聽見一道熟悉的聲音在耳邊響起——

「杜兄，好久不見！」

幾人聞聲回頭，就看見一個十六、七歲的小郎君笑盈盈地從幾步之外的茶肆中走了出來。

紫衣女子上下打量著這突然冒出來的小郎君，見他一身竹青色圓領袍，腰束玉帶、手執摺扇，唇紅齒白，倒比尋常男子更要清秀幾分。

「公子是何人？」紫衣女子好奇地問道。

第四十九章　局勢動盪

宋寧含笑上前一把挽住杜蘅的胳膊，十分親暱地朝他笑了笑，轉向兩名女子道：「我是杜兄的舊相識。」

紫衣女子、粉衣女子一臉狐疑地交換了個眼神，又聽宋寧道：「杜兄，多日不見，嫂夫人和伯母實在掛念，此次我便是前來幫她們瞧瞧你在京城過得好不好。」

杜蘅似笑非笑地看著日思夜想的那張面孔，在那兩名姑娘或驚詫、或懷疑的目光中牽著她告辭離開了。

「他……真有了家室？」

「有家室倒也罷了，這人表面看起來人模人樣的，沒想到私底下居然有這種癖好！妳看他，當街跟個男子牽手，像什麼樣?!」

宋寧沒來之前，杜蘅跟幾個同僚住在一處，如今她來了，自然不能跟他們擠在一個屋簷下。

杜蘅帶她去了一家環境幽靜的客棧，店小二將兩人帶到房間，門一關上，杜蘅就把宋寧的行李扔了，一把將她抱住。

宋寧輕呼出聲，一顆心怦怦直跳，只見他黑得深沈的眼眸中帶著久別重逢的熱切，幾乎要將她整個人都燒起來一般。

「不是說要等到下個月莊子上的事情忙完了再過來嗎？」他抵著她的額，啞聲問道。熟悉的氣息迎面撲了過來，宋寧的臉瞬間漲紅，她雙手環著他的脖頸，咬唇道：「還說呢，再晚來一刻，我家相公就要被人捉去當女婿了！新科進士、青年才俊，可真搶手呀！」

聞言，杜蘅忍不住輕笑出聲。

此刻正是黃昏時分，屋子裡還沒來得及點燈，落日餘暉透過窗櫺斜斜地照了進來。半明半暗之間，只見她雙目含情，櫻唇微微翹起，一張俏生生的臉上帶著半真半假的惱怒。

杜蘅伸手輕輕撫過她的臉頰，視線從眉到眼、從眼到鼻，最後落到紅潤的唇上，眼底的炙熱漸漸匯聚成小火苗，不禁低頭覆了上去。

他雙手摟著她的腰肢，用力吻她，彷彿要將日夜匯集的思念悉數傾吐。

宋寧也很想他，雙臂環住他的脖頸，竭盡所能地回應他的熱情，直到她感覺自己的胳膊有些痠麻，身子不由自主地往下滑了一下。

杜蘅這才注意到她的疲倦，想到她連日趕路的艱辛，他忍下心底的小火苗抱起她去了床上，兩人躺下來相擁。

宋寧為了早些見到杜蘅，已經好幾日沒好好睡上一覺，此時倚在他的懷中，被眷戀的氣味包裹著，從頭到腳都放鬆下來，很快便萌生睡意。

杜蘅心滿意足地擁著宋寧躺了一會兒，直到懷裡傳來她均勻的呼吸聲，他轉頭看了窗外一眼——天已經快黑了，還有一場不得不去的宴席在等著他。

他輕輕起身，伸手理了理她額間的碎髮，在她眉間留下一吻，提筆在紙條上留了話，下樓找到店小二細細囑咐了一番，才匆匆出了門。

一向守時的杜編修頭一回在同僚們的注視下姍姍來遲，被人拉著連罰了三杯才罷休。杜蘅自知酒量淺，從不貪杯，奈何今夜盛情難卻，被人勸著多喝了幾杯。

一群文人聚在一起免不了行酒令，吟詩作賦好不盡興，唯有杜蘅一直心不在焉，早早地去壽星面前敬了酒，向眾人告罪，準備先行一步。

有好事者拽著他打趣道：「早聞杜兄才名，難得今日同僚相聚於此，不如稍後換個地方再一較高下？」

眾人了然一笑，所謂『換個地方』，大約是秦樓楚館一類的吟風弄月之地。

出身貧寒、沒有背景或靠山的讀書人，初入官場時一無權、二無勢，為了能夠結交一、兩個貴人，或多或少都被拉著去過那樣的地方與權貴們應酬。

像杜蘅這樣每日只在翰林院與住處來回穿梭之人，就顯得有些格格不入了。

今日有人發難，他們大多懷了看熱鬧的心等著看這位年輕的翰林院編修到底是真清高，還是假矜持。
杜蘅微微斂目，沒有理會那些意味深長的目光，朝眾人躬身一揖，推說家中有事便先行離開了。
那人暗罵了一句「掃興」，立刻有人出來打圓場。「許是他家中真有要緊的事，來來來，咱們喝咱們的。」

宋寧一覺醒來看見杜蘅留在桌上的紙條，猜想他一時半刻也回不來，便自行用了飯，又叫了水，準備舒舒服服地沐浴一番。
誰知她在水裡泡到一半就聽見叩門聲，知道是杜蘅提前回來了，便匆匆披了衣裳出去開門，結果門一開就被人迎面抱了個滿懷。
宋寧微微詫異，嗅到杜蘅身上的幾分酒氣，便任由他抱了一會兒，直到頭髮上的水珠滴滴答答地落下來，將她披在身上的衣裳浸濕了一大片。
杜蘅垂頭看了宋寧紅撲撲的臉頰一眼，察覺到她方才在沐浴，自知酒氣難聞，抱歉地朝她笑了笑，催她先去換身衣裳，自己則繞過屏風獨自進去沐浴。
宋寧換了衣裳、擦乾頭髮後，就窩到床上躺著。
直到洗去身上的酒氣，杜蘅才重新回到她身旁，伸手放下床帳。
帳子內，鼻尖盈滿她的香氣。許是喝了酒的緣故，他忽然覺得胸口有些發燙。

此時她就在身側，他卻似乎比往日更想她，不禁一把將人摟進懷裡耳鬢廝磨了一會兒，細細吻她。

過了端午，天氣一日比一日熱，此時他渾身滾燙與她肌膚相貼，很快的，兩人都出了一層薄汗。

宋寧感受到了杜蘅身上的變化，就在以為他要更進一步時，他卻突然停下動作，替她掩好衣襟，獨自起身灌了兩大杯涼茶。

還在床上的宋寧側過身，半睜著雙目，兩頰酡紅地望向他。

他回頭朝她笑了笑。「過兩日休沐，隨我去個地方。」

兩日後的休沐日，杜蘅帶著宋寧去找中人在京城四處轉轉，看了幾座宅子。

看了一圈，中人滿臉期待地看向杜蘅夫婦道：「杜公子、杜夫人，今日這幾處宅子無論是地段或風水都沒得挑，譬如方才那座宅子背後毗鄰公主府，很是搶手，這幾日已經有好幾家看過了，你們看……」

杜蘅沒什麼意見，宋寧卻是十分客氣地婉拒道：「有勞了，只是買宅子是大事，容我們再商量商量。」

中人見慣了商場上形形色色的顧客，倒也不覺得意外，滿臉堆笑地點頭道：「行行行，您兩位再談談，價錢的事好說，回頭等你們合計好了再找我。」

兩人在外頭吃完飯回到客棧，宋寧關上門拉著杜蘅坐下，好奇地問道：「相公，你怎麼突然想在京城買宅子了？」

杜蘅一邊為她倒茶一邊道：「過些日子，我想把娘和樂娘都接過來。」

宋寧點頭，這件事他們早就商量過了，只是買宅子是大事，她想等婆婆和小姑子過來了再一起去挑也不遲。

杜蘅起身從包袱裡摸出一只小匣子遞到她手裡。「銀子的事不用擔心，妳看這些夠嗎？」

宋寧微微一怔，打開一看，只見匣中整整齊齊地疊放著幾張百兩的銀票，此外還有幾錠分量十足的金錁子。

她險些被金子晃瞎了眼，詫異道：「這些錢是……」

杜蘅微微一笑，同她細細說起這筆錢的來歷。

前些日子聖上的避暑山莊落成，請這屆的新科進士同遊，讓他們根據各處的景致題匾額。

席間杜蘅因字好、才思敏捷受到聖上讚賞，龍顏大悅，賜下了這些金錁子。

至於銀票，說起來實屬偶然所得，自從他一舉考中進士後，在盈川縣可謂聲名遠揚，連遠在臨溪鎮的凌雲書院都快被人踏破了門檻。

起初陳夫子很得意自己教出了這樣一位優秀的學生，還有幾分精力與人應酬，也樂得看乘風書院的老對手孫夫子吃癟。

奈何一連幾個月，上門請教的人絡繹不絕，時間一長，他老人家就有點吃不消了，索性閉了門不再見客。

只是這樣也無法打消那些人的熱情，後來有人提出一件事，就是杜蘅從前贈送給同窗們的筆記對參加科考之人十分有助益，建議陳夫子可以找人將杜蘅的筆記裝訂成冊，發表到市面上，這樣就能幫助更多人了。

陳夫子一聽，認為這個主意相當中肯，立刻寫了信給杜蘅徵求他的意見。

杜蘅覺得這是件好事，只是他覺得自己的筆記不夠嚴謹，便重新整理了一番，分別交給府學的夫子們和陳夫子指正、批註後再發表，結果大受歡迎，他也獲得了賣書的費用。

宋寧沒想到他孤身在京城的幾個月裡發生了這麼多事，但銀子是他辛苦賺來的，花起來也要謹慎。

接下來的幾日杜蘅要當值，每日早出晚歸，辛苦異常。

宋寧白日依舊扮成男子，雇了馬車去京城的各處集市、酒樓同本地人交談，一邊遊玩一邊打聽京城的物價，不出幾日就弄清楚哪一帶的地段有升值空間、哪一邊交通便利、哪一處的宅子更宜居。

這可比從中人那邊聽來的二手消息可靠多了。

等到天氣越來越熱，就不適合成日往外頭跑了。

這日宋寧從集市上回來，借了客棧的灶房親自燉了綠豆湯，冰鎮好了等著杜蘅返回。等到深夜，她都和衣倒在小几上睡著了，杜蘅才進門。

宋寧揉了揉眼睛，轉過身去取那碗綠豆湯時，才發現冰早就化掉了。

「相公，清熱解暑的綠豆湯，要喝一點嗎？」她笑道。

杜蘅洗手解了外袍，抱歉地朝她笑了笑，伸手接過那碗湯埋頭喝起來。

宋寧坐在小几前支著下巴打量他，見他眼底泛著隱隱的青紫，渾身上下透著濃濃的倦意，忍不住擔憂道：「相公，最近你們翰林院的事情很多嗎？怎麼日日都這麼晚才回來？」

杜蘅一口氣將綠豆湯喝完，放下碗，伸手握住她的小手。「往後別等我了，睏了就先去睡吧。」

宋寧搖搖頭，打了個哈欠。「對了，告訴你一個好消息。我看好了幾個地段的宅子，都是環境清幽、交通便利，到你們翰林院也不算太遠，等到娘和樂娘過來……」

他盯著她疲倦中帶著興致的臉，目光突然閃爍了一下，艱難地開口道：「買宅子的事情先緩一緩吧。」

宋寧不明白了，買宅子的事是他先提出來的，怎麼如今又不急著買了？

杜蘅起身走到宋寧身旁，低頭看著她帶著疑問的小臉道：「妳以前不是說過有機會想跟阿邁德先生下南洋去瞧瞧嗎？明日有兩個經商的同鄉要帶家眷回鄉祭祖，妳若是跟他們一道回去，說不定趕得上這一季南下的商船。」

宋寧看著他深不見底的雙眸，眼中的疑惑更深了，好半晌才道：「我明白了，我……馬上收拾行李，明日就跟那些人回府城去。」

說著便要起身去收東西，杜蘅站起來一把將她拉進懷裡，手掌安撫地貼著她的背脊，下巴蹭著她的頭頂。

「先聽我說，我絕不是要趕妳走，只是眼下我被一些瑣事絆住了，實在抽不出身。妳在京城人生地不熟的，所以我想……妳可以先回府城，去想去的地方、做想做的事情。等到這邊一切都安排妥當了，我再接妳和娘、樂娘過來好不好？」

宋寧身體僵直地靠著杜蘅，有些心疼又有些心酸，伸手環住他勁瘦的腰。「好了，你不用解釋，我知道了。」

待宋寧離開後，杜蘅每日都將自己沈浸在繁雜的公事中，比從前更忙上了幾分。

六月的天，孩子的臉，方才還是晴空萬里，下一刻就下起瓢潑大雨。

此時京城也悄無聲息地變了一次天。

御史臺聯名上書，彈劾內閣首輔高桓及其子時任戶部尚書的高凌，徇私舞弊、結黨營私、貪墨公款，其中就包括年初朝廷撥給北部大雪的賑災銀子六十餘萬兩。

巡按御史傅昆帶著北部三府的十餘名災民到殿前面聖，災民們聲淚俱下，講述了以高凌為首的官員們如何在當地盤剝剋扣賑災銀糧，導致他們家破人亡，眼睜睜看著母親與妻兒活活餓死。

內閣首輔高桓是聖上的舅父，聖上聽聞災民的慘狀後龍顏大怒，當即下令嚴查高家父子的罪行。

果不其然，賑災一事不過是冰山一角，經過調查後，高桓父子及其親信多年來利用職務之便，縱容手下強搶民女、搶占民田，種種惡行簡直是罄竹難書。

朝廷上有不少人或受高桓父子提拔、或與高黨有過來往，高家的事情一被揭露，朝中頓時人人自危，生怕累及自身。

偏偏聖上下定決心要扳倒這位從他八歲登基起便把持朝政的舅父，有不少堅定的帝黨站出來擁護這個決定。

眼看高桓父子萬死難贖其罪，風向就要往一邊倒了，此時在後宮禮佛多年的高太后站了出來，以絕食要脅，懇請兒子放自己的兄長與姪子一條生路。

很快便有一批人站出來為高桓父子洗脫罪名，聲稱首輔執掌內閣多年，兢兢業業、鞠躬盡瘁，他們只是一時受小人蒙蔽才鑄成大錯，求聖上從輕發落。

兩派人馬僵持多天也沒個結果，一邊是太后、一邊是聖上，為臣的誰都得罪不起，只好每日小心行事，盡力做好分內工作。

這日杜蘅與同僚從翰林院出來，一聲驚雷自天而降，傾盆大雨瞬間即至。同僚忍不住抱怨道：「得，這天還真是說變就變，杜編修，你帶傘了嗎？」

杜蘅含笑點頭，回身取了桌子底下一把大傘準備與同僚一道回去，才走了兩步，忽然聽見身後有人喚道：「杜編修，留步！」

聞言，杜蘅回過身，抬高傘面透過落個不停的雨珠望過去，就看見巡按御史傅昆帶著人過來了。

他認識傅昆，是在聖上的宴席上，傅昆認得他，卻要從盈川縣那場縣試說起了。

杜蘅抱歉地朝同僚笑了笑，將手中大傘遞了出去，跟著傅昆上了一輛馬車。

馬車載著兩人穿過重重雨幕，七拐八拐地進了一處隱蔽的私宅。

兩人在正廳內坐定，傅昆撣了撣身上的水珠，鷹隼一般銳利的眼睛望向這位年輕的後生，開門見山道：「杜編修知道傅某找你所為何事嗎？」

杜蘅眸光微動，直言不諱道：「大人是為高家之事？」

傅昆讚賞地朝他點點頭，跟聰明人說話就是省事，他叫杜蘅來，的確是為高家一案。

當年在盈川縣縣試中差人陷害戴林、毆打蘆山書院學生的高縣尉父子，與京城這對位高權重的高桓父子本是同宗，也是他們的爪牙，沒少仗著高家在京中的勢力草菅人命、魚肉百姓。

傅昆早就派人查過了，當初江家去接杜蘅、江澄和柳七的馬車墜河之事，便是這對父子的報復。

好在他們陰差陽錯躲過了一劫，事後傅昆這邊暗中派人盯著高縣尉，才令他們父子稍微收斂了一些。

傅昆同杜蘅說完陳年舊事，睨著杜蘅問道：「杜編修怕不怕惹禍上身？」

「大人需要下官做什麼？」杜蘅反問。

傅昆笑了笑，起身拍了拍他的肩道：「如實相告。」

杜蘅眸色微暗，想到黃縣令託鄭昊送來的那封信，點頭道：「好。」

這些時日傅昆一直在暗中收集高桓父子的罪證，可以直接證明他們手下那些人為非作歹、貪贓枉法全是出於他們父子的首肯和授意。

也就是說，聖上想要徹底擊垮高桓父子在朝中的勢力，也藉機摸清楚滿朝文武到底有哪些人是站在自己這一方的。

杜蘅想到了夫子口中的聖人之言，想到了在大殿上痛哭流涕的災民，也想到自己的家人，他知道，自己必須做出抉擇。

第五十章 夫唱婦隨

半個月後，由傅昆署名、一封長達四十頁的信被送到聖上面前，信上列出高桓父子及其黨羽多年來犯下的種種罪行，每樁每件都寫得清清楚楚。

那些趨炎附勢、仗勢欺人的黨羽固然該死，然而高桓父子才是罪魁禍首。

但凡對高桓父子惡行有所耳聞的百姓們都群情激憤，自發地前往宮門前請願，求朝廷祛蠹除奸，還芸芸眾生一個公道。

聖上態度強硬，高桓父子自知大勢已去。

翌日，高桓被人發現自縊於家中，臨終前留下一封絕筆信，請求聖上寬恕家中無辜婦孺。

高太后為了保全族人，不惜搬出先帝遺詔斥責聖上忘恩負義、不忠不孝，聖上有苦難言，朝中兩股勢力又僵持了一段時間。

這對皇家母子博奕的結果，最終是禍首當斬、財物沒收，犯案情節嚴重者流放，輕者下獄。至於高家的婦孺，則貶為平民。

為了安撫以高太后為首的朝中勢力，聖上不得不讓步，將自己選拔出來的一批年輕官員貶謫到偏遠之地為官，無詔不得升遷。

杜蘅在翰林院等待許久，終於等來了被貶去千里之外的津州這一結果。臨行前，已經升任刑部尚書的傅昆前來相送，傅昆看著這名年輕的後生問道：「杜大人，你後悔了嗎？」

「不後悔。」杜蘅望了皇宮的方向一眼，肩上的擔子卸下了，渾身是前所未有的輕鬆。雖然替戴林申冤時，他沒想過會有今天這個結果，然而當他收到黃縣令的信時，就明白這天遲早會來臨。

高縣尉父子為惡一事在扳倒高桓父子上起了些許作用，而他這個名字出現在傅昆信中的人，卻必須承擔後果。

杜蘅曾天真地以為能在京城安居，誰知卻是給了妻子無謂的希望。

他朝傅昆拱手道：「傅大人，請別忘了對下官的承諾。」

聖上自然惜才，杜蘅卻不曉得高太后是否會記恨。傅昆查弊後在百姓之間聲望高漲，高太后動不了傅昆，可是要對付他這一個貧苦農家出身的讀書人簡直易如反掌。

傅昆笑道：「禍不及家人，杜大人安心去吧，傅某在京中等你回來。」

九江府，宋寧剛從城郊的莊子上回到家，就收到了從京城寄過來的信。

這幾日她們都在莊子上忙釀酒的事情，昨日羊圈裡那隻有孕的黑山羊突然生產，足足用了十多個時辰才生下了兩隻小羔羊。

孟蘭母女留在莊子上照顧黑山羊母子，她則是因為跟人約好談生意才提前返回城中。

送走客人，宋寧搬了把小竹椅到院中的葡萄架下坐好，迫不及待拆開信來看——這不是杜蘅的家書，而是一位叫做傅昆的大人寄過來的。

八月的津州剛經歷一場嚴重的澇災，不少道路與屋舍坍塌，四處都是流民，本就不富足的耕地大多已被洪水沖毀。

杜蘅帶領屬下抵達津州衙門時，裡面一個人也沒有，連該掛在大堂上的「明鏡高懸」匾額都不知被誰拆了。

自古以來犯官貶謫之地向來不會是什麼好地方，可誰也沒想到津州的情況會如此糟糕。

杜蘅剛到任，還來不及休息，就先花了幾日摸清楚各地的受災情況，將流離失所的災民收治到各處廟宇之中。

隨後他上了一封急奏給朝廷，請求調運糧食以解津州燃眉之急。

奈何天高皇帝遠，朝廷的賑災糧食最快要十日才能到，眼看自己與屬下帶來的糧食支撐不了幾日了，杜蘅只能向本地一些尚有餘糧的鄉紳請求援助。

然而，莫說是鄉紳們也在洪災中遭受了嚴重的損失，就算是他們餘糧充裕，也未必肯借給他這麼一個初來乍到的年輕縣令。

杜蘅只好一面對鄉紳們軟硬兼施，設法獲取更多的賑災糧食，一面給相鄰的州縣去信請求援助，最後甚至開始變賣自己手邊值錢的東西換取糧食。

饒是如此，鄉紳們仍有所保留，而相鄰的州縣也都受了災，籌到的食物依然不夠一縣的災民撐到朝廷的賑災糧食到達。

倉中的餘糧越來越少，連縣衙的人每日也都只能喝一碗混著大半野菜的麥麩清粥勉強充飢。

杜蘅知道就算自己等得起，百姓們也快要撐不住了。

翌日清晨杜蘅出了門，準備帶人去山上看看有什麼能吃的東西，卻見百姓扶老攜幼爭先恐後地朝同一個方向奔走過去。

杜蘅微微一怔，拉住一個衣衫襤褸的少年問道：「這位小哥，前面可是出了什麼事？」

那少年上下打量了他一眼，實在沒將眼前這個面容清瘦、穿著粗布麻衣的青年人與新上任的縣令連結起來。

他指著前面的一座草棚，上氣不接下氣地道：「那邊……那邊有幾個活菩薩在施粥，去……去晚了可就沒了。」

說完就迫不及待地提著一雙破布鞋跑了。

杜蘅跟著這群人過去一看，卻見到了幾道熟悉的身影。

江澄一邊埋頭為幾個婦孺發放窩窩頭，一邊指著後面排隊的一群人道：「欸，我說大夥兒都有，不要往前擠了。老弱婦孺先到這邊來，其他人去另一側。」

接著他轉頭朝身旁的四喜道：「來的人太多了，咱們動作快點。」

四喜苦笑著點頭，結果瞧見杜蘅站在烏泱泱的人群之外，他不敢置信地揉了揉眼睛，激動地朝江澄喊道：「公子！是杜大人，杜大人來啦！」

江澄順著他指的方向望過去，果然看見許久不見的杜蘅站在不遠處，只是他身上穿著一件灰撲撲的舊衣裳，整個人瘦了一大圈，他險些認不出來。

「子瀾啊，你來了！哈哈，我們本想做好事不留名的，沒想到你這麼快就發現了。只是你這縣令大人做得實在不怎麼體面啊，怎麼就……」

杜蘅感激地笑了笑，聽著江澄喋喋不休地抱怨「你都不知道這一路上有多麼不容易啊」，目光卻已經繞過了這對主僕，落在他們身後的草棚內。

她穿著一件寬寬大大的男子衣裳，一頭青絲悉數裹在一條灰布巾內，腰間繫著一條沾滿了灶灰的圍裙，一手攪動著鍋裡的粥，一手扠著腰同身後的兩個婦人說話。

「啊，祝嬸，再發些麵蒸幾籠窩窩頭吧，我怕待會兒不夠。」

「華姊，妳幫我看著鍋裡的火候，我再去抽些柴過來。」

她交代完事情後，彎著腰從草棚裡出來，一抬眸就撞上一對熟悉的眼睛。

宋寧看著他微微凹陷的臉頰，喉間哽咽了一下，什麼話都說不出口。

「妳……怎麼到這裡來了？」他望著她語氣嚴厲地質問道。

津州貧瘠，山高路遠，如今又剛遭了災，除去長年隱在山間的匪徒，連流民也餓得幾乎喪失了理智，面對路過的商旅，只要能搶到一些東西，他們都會爭得頭破血流，甚至因此失去性命。

宋寧被他的語氣噎了一下，立刻收起心中的感動，冷哼一聲道：「杜大人不是說過，讓我想去哪裡就去哪裡，想做什麼就做什麼嗎？」

江澄一邊幹活，一邊豎著耳朵聽夫妻兩個說話，聽到這裡暗覺不妙，立刻笑嘻嘻地打起圓場。「我說杜大人，你這個縣令底下總該管著幾個人吧？我們從早上就站在這裡施粥，大半天了連喝口水的工夫都沒有，你別乾看著，快去叫幾個人來幫幫忙啊！」

聞言，杜蘅回過神來，立刻去縣衙安排人手過來幫忙。

晚上，杜蘅帶著他們去了縣衙。

江澄看著破破爛爛的縣衙大門，幾間房舍不是漏風就是漏雨，一臉同情地看向杜蘅道：「沒想到津州這地方這麼窮，你這個縣令當得著實不易啊。」

杜蘅抱歉地朝他道：「城中沒什麼好的客棧，只能委屈你們暫且住下了。」

說著便帶著他們進門，讓人收拾了兩間充作庫房的屋子，準備和屬下先搬過去，把自己原先住的那間讓給女眷們，稍好的一間則給江澄跟四喜。

祝嬸和華姊是宋寧在來的路上救濟的一對母女，她們早就聽說了宋寧同這位杜大人的關係，說什麼都不願意住到主屋去，暗自搬了被褥去庫房。

宋寧看著杜蘅那個比其他房間稍微寬敞了一點的住處，沒再堅持。

他們都是吃過苦的人，如今只要還有一口飯吃、頭上有片瓦遮風擋雨就別無所求了。

宋寧將隨身帶來的包袱放在床上，環視一周，看著他這屋子裡過於簡陋的陳設。

一個縣令的居所除了一張硬邦邦的櫸木床板、一個用來懸掛官袍的木椸，一只放著幾部書、一個銅盆和一只水碗的瘸腿樟木箱子以外，連張桌子也沒有。

她不禁眼眶發酸，看了他身上的粗布麻衣一眼，吸了吸鼻子道：「你從前那些衣物呢？」

杜蘅垂頭看向自己的衣裳，侷促道：「為了能買到更多的糧食，能當的都當了。」

到處都缺糧的情況下，有時候即使有錢也買不到吃的，但他運氣還算不錯，買到了東西應急。

宋寧偏過頭抹了一下眼角，一時不知道該說什麼。

杜蘅嘆了一口氣，走到她身邊坐下，扳過她的肩膀伸手替她擦了擦眼角的淚。「好了，妳看，我這不是好好的嗎？」

宋寧抬頭望著他瘦削的臉和帶笑的眼睛，撇了撇嘴角，輕輕在他胸口捶了一下。「我趕了這麼久的路，吃不好又睡不好，還要擔心糧食被人搶，千里迢迢地過來幫你，你就這麼報答我的嗎？」

杜蘅想起白日自己對她的態度，當時也是關心則亂，才一時失了分寸。

他伸手輕輕將她攬進懷裡，愧疚道：「我……我錯了。這幾個月發生了很多事情，我不知道該怎麼和妳們開口。我當然也很想見到妳，只是妳也看見了，這裡條件太差，我不希望妳跟來吃苦。」

宋寧掙脫他的懷抱，質問道：「所以你打算將我趕回去？」

杜蘅不置可否地淡淡一笑，又見她微微嘟著唇道：「實話告訴你吧，我是來做一筆買賣的，現在的投入，希望杜大人來年能連本帶利還給我。還有啊，我來了就沒打算回去了，你休想趕我走。」

看著朝思暮想的這張面孔，杜蘅輕嘆一聲，起身將人打橫抱回床上，用綿長的一吻來傾訴他綿綿不絕的思念之情。

「好了，時辰不早了，你們趕了這麼久的路實在辛苦，早些睡吧。」

他起身吹了燈就往外走，宋寧一骨碌從床上爬起來，盯著他的背影道：「欸，你去哪裡啊？」

杜蘅回頭朝她笑了笑。「睡吧，我去找主簿商量一下修繕縣衙的事情。」

修繕縣衙？那就是同意他們留下來嘍？宋寧心滿意足地躺回了床上。

他們帶來的這批糧食解了津州的急用，等到朝廷的賑災糧食撥下來，百姓們的生活便逐漸恢復正常。

人吃飽了就有力氣幹活，最近縣衙徵收了一批青壯年讓他們參與災後的房屋修建以及河堤、道路修繕等工作。

宋寧出發前從沿海地區購得的一批優良種子也到了，她又找木工、鐵匠打造了一批稱手的農具，以縣衙的名義將種子和農具借給百姓們，每個分到種子的家庭只要在來年收成後還給縣衙一斗糧食即可。

分到種子和農具的百姓們都趁著寒冬到來前種菜、種豆，積極地生產勞動。

為了幫助各行各業早日恢復生機，杜蘅還向朝廷申請了部分賦稅減免和利率較低的銀糧借貸，那些在洪災中逃亡到外地的商旅得知這個消息後，都陸陸續續回到津州謀求新的機遇。

基本的民生問題解決後，杜蘅又集資興建學堂，鼓勵百姓們讀書習字。

冬去春來，一年後的津州已經恢復了往日的生機。

年輕的縣令杜蘅牽著家裡新買的一頭騾子路過一望無際的稻田，偶爾停下來跟沿途遇到的百姓們交談，詢問這一年的收成與家裡的境況。

當他完成一日的工作，從田間回到縣衙，見到心愛的妻子正在帶人往裡頭搬幾只沈甸甸的箱籠時，不禁問道：「這些是什麼？」

宋寧回頭朝他笑了笑，帶著他進了後院的一間庫房。「是書，當初你為了買糧食，將自己帶來的那些寶貝書籍賣得所剩無幾了。這些是我從府城訂的，往後可以為學生們建一間圖書室，你覺得怎麼樣？」

「好，都聽夫人的。」杜蘅點點頭。「明日我帶妳去一個地方。」

翌日，杜蘅帶著妻子去了城郊一處莊子上。

這座莊子竹林環繞、毗鄰小溪，屋前種著兩株石榴、一叢芭蕉，院子裡搭著葡萄架，看起來跟他們在府城的那處莊子有七、八分相似。

突然間，宋寧聽見了幾聲羊叫聲，推開棚屋的門，就看到婆婆和小姑子正在裡頭給羊餵水。

她難以置信地上前拉住孟蘭的手道：「娘、樂娘，妳們何時來的呀？這是……」

她的視線落到了一旁兩隻額頭長著白點的黑山羊身上，驚喜道：「是咱們之前接生的那兩隻小羊！」

孟蘭含笑點頭。「是呀，妳看一晃眼牠們都長這麼大了。」

宋寧看婆婆氣色很不錯，小姑子也長高了許多，就知道分別的這些日子她們過得不錯。

晚上孟蘭帶著女兒早早回了屋，留下一對小夫妻在院子裡的葡萄架下說話。

晚風輕拂，宋寧輕輕靠在杜蘅身側，忍不住問道：「相公，這座莊子是何時開始建的，我怎麼都不知道啊？」

杜蘅低頭蹭了蹭她的額頭。「明日便是妳的生辰，這是給妳的生辰禮，喜歡嗎？」

宋寧微微一怔，詫異地指著自己的鼻尖道：「我的生辰？」

自從來到這個地方她便從未慶祝過生辰，要不是杜蘅提醒，她都快忘了。

她想了想，笑道：「所以你特地安排娘和樂娘趕在這個時候過來？」

杜蘅嘴角微微揚起，不置可否。

當漆黑的夜空劃過一道炫目的光線，宋寧就激動地抓著杜蘅的衣袖道：「是流星，快許願！」

等她閉起眼睛許完願再睜開眼時，卻見他走到自己面前，一臉鄭重地牽起她的手道：「阿寧，如今我有一個只有妳才能實現的願望，妳想不想聽？」

宋寧眨了眨眼睛，心頭一陣小鹿亂撞，但仍舊強裝鎮定道：「你說吧，我勉強聽一聽。」

杜蘅垂眸，閃著火花的目光鎖定她臉上。「咱們再成一次親好不好？這一次妳心甘情願地嫁我。」

宋寧緊張地嚥了一下口水，轉過身去望著璀璨的星空，輕聲道：「好。」

在貶謫津州的第二年，縣令杜大人如願娶到了心愛的娘子，新婚之夜杜大人身體力行證明了對妻子的濃烈愛意。

晨光熹微，新婦雙頰酡紅，一隻素手探出錦被，有氣無力地將流連在她頸側的男人推開些許。「相公，讓我睡一會兒吧，實在是太睏了。」

男人輕笑一聲，啞聲道：「讓我再抱妳一會兒吧，一會兒就好。」

新婦紅著臉垂下頭，攤開手掌在他的胸口按了一下——唔，還挺結實呢，杜大人這一年著實不一樣了啊！

雖然誤打誤撞來到了這裡，但宋寧尋得了她的摯愛，一生無悔。

——全書完

2023年10月出版

娘子套路多

文創風 1198～1200

應是她執念太深，病死了也無法真正放下，
只能看著未婚夫背棄諾言，成家立業，這種人生不要也罷！
重生的她，要為自己、為家人平反冤屈，男人閃邊去吧！

重生為洗刷冤情，卻意外撿到夫君／遲裘

不能怪她孟如韞重活這一世，變得步步思量、精打細算。
前世的她身為罪臣之女，家破人亡，只得孤身上京投靠舅舅；
但世事難料，她最終落得病死，未婚夫也背棄承諾，另娶他人成家立業……
說不難受是假的，但如今因著莫名機會重新回到十六歲入京時，
既然已知道投靠舅舅後不得善終，不如趁機帶著丫鬟另尋出路！
於是她乾脆在酒樓落腳，靠著賣詞賺錢，也好避開無緣的未婚夫；
但如今的她只是個孤女，想靠一己之力為家人平反，談何容易？

窈窕淑女，君子好逑／夏言

2023年11月出版

繡裡乾坤

即便被拒了兩次婚，他依然癡心不改，
人家小姑娘走到哪裡，他就要跟到哪裡，
別說什麼男人的骨氣與尊嚴了，
他根本連堂堂定北侯的面子都不要了！
只要能順利把心愛的姑娘娶回家，臉面值幾個錢？

文創風 1205 **1**

上有兄長、下有妹妹，在家排行老二的雲意晚從小就不得母親喜愛，
本以為十指都有長短了，喜愛當然也有多寡之分，不須在意，
然而向來不爭不搶的她，前世卻被母親逼著嫁給定北侯顧敬臣當續弦，
理由只是為了照顧因難產而逝的喬家表姊獨留在侯府的新生幼兒，
她不懂，身為一個母親，到底要多不愛，才會這麼對待自己的親生女兒？
結果，她在懷孕四個月時被一碗雞湯毒死，連凶手是誰都毫無頭緒，
死不瞑目的她如今幸運重生，她發誓今生定要查明凶手，不再糊塗度日！

文創風 1206 **2**

顧敬臣雖長得高大英俊，但因常年征戰沙場，身上帶著肅殺之氣，
前世嫁給他後，由於他面容冷峻、難以靠近，她一見他就懼，何談愛他？
今生她但求表姊能長命百歲，如此她便不用嫁他當繼室，迎來短命人生，
但也不知哪裡出錯，太子要選正妃，喬家表姊竟一心一意要去參選！
不應該啊，莫非……她的重生改變了相關人物的命定軌跡？
還是說，表姊是在落選太子妃後，才退而求其次地當了侯夫人？
若真如此，那顧敬臣肯定是愛極了表姊，不然哪個男人容得下這種事？

文創風 1207 **3**

雲意晚發現自己花了大半個月、耗費不少心神繡的牡丹絹布不見了！
好在上面沒有繡名字，且見過那幅精緻繡件的人也不多，
否則萬一落入不懷好意的外男手中，說是她私相授受，那可就麻煩了，
經過查訪，得知竟是母親派人偷走，謊稱是妹妹所繡，送給喬表姊選妃參賽，
而靠著她的繡件，表姊的刺繡表現第一，成為太子妃人選的最終十人！
母親最重權和利，卻沒讓她去選妃，還偷她的繡件贈人參賽，這極不合理，
況且，她可以明顯感覺得出母親對表姊的偏寵，這當中莫非有什麼隱情？

文創風 1208 **4**

不論前世或今生，母親都一手主導著雲意晚的婚姻，
第一樁婚約，她被許配給商賈之子，在對方的姊姊成為寵妃後解除；
第二個無緣未婚夫是個窮書生，在即將考上狀元、平步青雲前也成了前任。
前世的她只以為是巧合，然重生後為了追查死因，她竟意外發現自己的身世，
原來她與喬表姊在同一天出生後就被「母親」與「外婆」故意對調了！
只因當年她的生母永昌侯夫人懷她時，有一名道士說腹中孩子帶有鳳命，
她們想讓表姊當皇后，而她當然是一生不順最好，怎可能為她說一門好親事？

文創風 1209 **5** 完

她萬萬沒想到，他兩次求娶她被拒這事竟鬧得人盡皆知，他還當眾認了！
難道說，其實從頭到尾都是她誤會了，他兩世喜歡的人根本是她？
是了，回想過去，包括危急時救她、替她查明身世並找齊證據等等，
若非一心關注著她，他又怎會每件事都能適時地出手相幫？
在他不畏世人取笑，第三次親自上門求娶時，她終是應了他這份真心，
無奈好事多磨，在兩人大婚之日，太子竟在大庭廣眾之下派人擄走她！
太子這又是為了哪樁？難不成……是因為她擁有鳳命的命格？

文創風
1216

村裡來了女廚神 下

國家圖書館出版品預行編目資料

村裡來了女廚神 / 予恬著. --
初版. -- 臺北市 : 狗屋出版社有限公司, 2023.12
冊 ; 公分. --（文創風 ; 1215-1216）
ISBN 978-986-509-477-5（下冊 : 平裝）. --

857.7　　112017984

著作者　予恬
編輯　連宓均
校對　陳依伶
發行所　狗屋出版社有限公司
地址　台北市104中山區龍江路71巷15號1樓
電話　02-2776-5889～0
發行字號　局版台業字845號
法律顧問　蕭雄淋律師
總經銷　知遠文化事業有限公司
電話　02-2664-8800
初版　2023年12月
國際書碼　ISBN-13　978-986-509-477-5

本著作物由北京晉江原創網絡科技有限公司授權出版

定價280元
狗屋劃撥帳號：19001626
網址：love.doghouse.com.tw　E-mail：love@doghouse.com.tw